新 潮 文 庫

ごんぎつねの夢

本 岡 類 著

新 潮 社 版

11889

ごんぎつねの夢＊目次

ごんぎつねの夢

「ごん、お前だったのか。いつもくりをくれたのは」

ごんは、ぐったりと目をつぶったまま、うなずきました。

兵十《ひょうじゅう》は、火縄銃をばたりと、とり落としました。青い煙が、まだ筒口《つつぐち》から細く出ていました。

「ごんぎつね」は大嫌いだった。あれだけ懸命に栗《くり》を運んだごんは殺され、兵十は一生、罪の意識にさいなまれる——小学四年生の時、国語の授業で読み、救いが何もない結末に気持がどこまでも落ちていった。夜、眠ってから悪夢に幾度もうなされた。

中学二年の時、見方が変わった。

「『ごんぎつね』を小学校でやるというのは、早すぎるんだ。中学の授業で取り上げ、大人になるまで考え続けるべき作品なんだよ」

長門《ながと》文彦《ふみひこ》先生が言った言葉を、ぼくは忘れていない。

第一章　「ごんぎつね先生」の最期《さいご》

1

クラス会は教師がいないほうが絶対にいいよな。先生面《せんせいづら》されて主賓の席でふんぞり返っていられるのも重いし、記念品代もかかるしさ。その点、今回はよかったかも。

受付で会費をもらっている時、何人もの出席者から同じようなことを言われた。

高野原《たかのはら》中学校3年B組のクラス会では、かつての担任教師を呼ばなければならないという負担はなかった。担任だった長門文彦は今どんな仕事に就いているのかもわからない。ああしたスキャンダルを起こして学校を辞めたのだから、今も教師をやっているとは思えない。

もう一人の当事者だった菊谷千波《きくたにちなみ》とは連絡がついていない。

中学校だったら、卒業してから十五年で二度や三度のクラス会が開かれているのが普通だが、今回が初めてだったのは、やはりあの事件が重い蓋《ふた》のようにみんなの頭の上に覆《おお》い被《かぶ》さっていたためかもしれない。

「有馬《ありま》、今日は幹事、ご苦労さん」

水割りのグラスを手にやってきた椎名《しいな》浩平《こうへい》はそう言って、隣の椅子《いす》に腰をかけた。

「ご苦労もいいところだよ、みんな仕事が忙しいとか言って、面倒くさいことをぼくに押しつけるんだから」

「まあ、いいじゃないか、おれたちサラリーマンは若いうちはこき使われるんだ。その点、フリーはいいよなあ、上司もいないし、時間を自由に使えるんだから」

サラリーマンになった人間からしょっちゅう言われることだ。たしかに上司もいなければ、毎日会社に行く必要もないが、収入の不安を抱えてずっと生きて行かなければならない点については、誰も気にとめてくれない。

「長門先生、今、何してるんだろう」

氷だけになったグラスをカラカラ回しながら、浩平が訊《き》いてきた。ここに集っている誰もが、たぶんいちばん気になっていることだ。

「わからない。最初の挨拶《あいさつ》の時にも言ったんだけど、同窓会のお知らせは出しておいた。返信はあったんだが、欠席にマルがついていただけだ。近況欄にも何も書いてなかった」

強いていうなら、氏名欄に長門文彦とあり、さらに（風間《かざま》敏雄《としお》）とカッコ書きされていたが、とくに触れる必要もないだろうと、挨拶の時は言わなかった。別名でも使っているのかと少し気になり、検索にかけてみたが、何もヒットしなかったし——。

「先生の住所、知っていたのか」

「長門先生、中野区の賃貸アパート住まいだっただろ。中学時代、年賀状出して、その返事が机の引出しにあったんだ」

「おい、担任に賀状なんて出すのか」

「あの先生にはけっこう世話になってたからさ、年賀状で礼を言ったんだ。もう引っ越している可能性が高いだろうし、引っ越していなかったとしても出席するわけはないと思ったけど、いちおうその住所に案内状を出した」

「来たら、笑いものになるだけだよなあ」

浩平は肩を震わせて笑った。

「長門先生の情報があるのかよ」

頭ひとつ背が高く、集まりの中でも、すぐにわかる男がスモークサーモンの小皿を手にやってきた。山崎祐也《やまざきゆうや》だった。

「いや、昔と同じところに住んでるみたいだけど、何をしているかはわからない」

「教師はもうできないだろう。けっこう噂《うわさ》になったしな。欲に流されると、一瞬にして職も立場も失う。とくに女には気をつけねえとな」

「とくにおまえなんか、気をつけろよ」

「だいじょうぶだ。だいぶ用心深くなっていて、トラップにはひっかからないさ」

祐也はけらけらと笑い、スモークサーモンを口に突っ込んだ。中学時代はバスケの選手で女の子にいちばんもてて、今は有名企業に勤めている。クラスの中ではずっと陽のあたる道を歩いてきた男だ。

「千波のほうは、どうなの？」

「今どこにいるのか知ってる者はいなかったから、とりあえず昔の住所に案内状は出しておいた。そしたら、往復はがきは戻ってこなかったけど、出欠の返事もなかった」

「はがきが戻ってこなかったというのは？」

「引っ越していれば、はがきは宛先不明で戻ってくる。戻ってこなかったということは、まだあの団地に住んでいるか、あるいは本人はいないが、親がまだいるってことだ」

いずれにせよ、長門と同様、千波にしてもクラス会に出られるわけはない。

隣のテーブルでは男女四人が、やはり長門先生や菊谷千波のことを話のネタにしている。

池袋の小さなレストランを貸し切りにして行われたクラス会は、最初こそ近況報告など型どおりに進行していたが、アルコールが入り、出席者が席を移動するようになると、しだいに話題は長門先生と菊谷千波のことになった。みんな、そのことを話したくて聞きたくてウズウズしていた。

そして、それは突然起こった。

入口のドアが開く音がした。直後、ドーンという重くて大きな音が響き、バラバラと天井の破片が落ちてきた。

顔に面をつけた男が入口に立っていた。手に何かを持っていた。何が起こったのか理解できなかった。わずかな時間の静寂があって、それから「キャー」と悲鳴が上がった。

男が顔につけているのはキツネの面。持っているのは銃。もう一度、ドーンと音が響き、今度は壁にかかっていた画《え》が砕け散った。男はすばやく弾を銃に装塡《そうてん》する。足元に薬莢《やっきょう》が二つ落ちている。火薬の臭《にお》いがした。本物だ。血の気が引いた。

「全員、部屋の隅で固まっていろ」

初めて男から言葉が発せられた。ひび割れたおかしな声だった。男は銃を左から右へと振った。魔法のタクトが振られたように、全員が抗《あらが》うこともなく、その方向にざざっと動いた。部屋の隅に男女二十三名がひとかたまりとなった。有馬直人《なおと》もその中にいた。一番前に押し出されていた。上下二連の銃口がなにかの目みたいにこちらを見ている。悪い夢の中にいる気分だった。

「長門さん、落ち着いて話しあおうじゃないか。一時《いっとき》の気持だけで早まったことしちゃだめだよ」

警視庁SATを指揮する室田《むろた》警視は努めて静かな声を作って言った。

「一時の気持じゃない、ずっと考えてきたことだ。これから選び出した三人を処刑する。それも今日中に三人全員をやる」

「ばかなことを言わないでくれ、無抵抗な人間を殺しちゃいけない」

スマホとつながったイヤホンから小さな笑いが聞こえた。

「ともかく、早くテレビカメラを入れて、ライブで処刑中継できるようにしてくれ」

「だめだ、それはできない」

「テレビカメラを入れるのを渋れば、処刑の人数が三人から四人、五人と増える。すぐには決められないだろうから、少し時間をやる。とりあえず、電話は切る。また二十分後に電話する」

一方的に電話は切られた。むこうのスマホに電話をしてみた。出てくれない。次の連絡までの二十分で、最善の策を考えるしかない――。

13時23分に最初の110番通報があった。池袋にあるレストラン「カプリ」の店長からだった。銃を持った男が店の入口から侵入した。従業員は別の出入口から脱出したが、中学校のクラス会に出席した男女二十数名が人質になっているというのだ。

その直後、当の犯人から警察に電話があった。自分はこれから三人の人間を射殺すると言った。処刑のもようを中継するためのテレビカメラを入れてくれと要求してきた。

狙《そ》撃《げき》班を有する特殊部隊SATの出動が即座に決定された。

東池袋一丁目にある「カプリ」はビルの二階に入っているレストランだった。道路をはさんで向かいに賃貸マンションがあった。住人の承諾を得て、店が正面に見える二階の一室に狙撃班は拠点を構えることができた。一帯には規制線が敷かれ、ビルの非常階段を二階まで上った場所にもSATの別動隊が店内突入の備えをしていた。

レストランの店長の証言どおり、男の手にあるのは散弾銃で間違いなかった。スマホの電話番号から緊急照会をかけて、犯人の住所・氏名などはすでに判明していた。中野区上高田《かみたかだ》に住む長門文彦、44歳。長門が公安委員会に提出した書類によれば、散弾銃および実包を所持している。鹿《しか》や熊《くま》などを狩る12番口径の二連銃だったから、至近距離から撃たれたら人間などひとたまりもない。

室田警視はスマホを介して犯人と二度話をしていた。むこうは興奮している口調ではなかった。二度とも同じ要求をしてきた。厄介な相手になりそうだな、と、ベテラン警視は思った。

興奮している相手だったら、時間をかけるうち感情の昂《たかぶ》りは治まっていく。要求がくるくる変わるなら、相手の気持が定まっていないということだから、つけ入る余地がある。だが、冷静さを失わず、要求も変わらないとなれば、いわゆる確信犯で、翻意させるのが難しい。

犯人は先月、散弾銃の所持許可を取ったばかりだ。銃の扱いに慣れているとは思えない。所持している銃は二発しか弾込めができないことがわかっている。だから、二発撃って、弾の装填に手間取っているところを狙《ねら》って――いや、だめだ。警視は自分の側に都合のいい考えを打ち消した。タイミングを誤って警察官を突入させ、立てこもり犯から返り討ちにあった例が過去にある。人質も警察官も犠牲にしてはならないのだ。

犯人を翻意させることに全力を尽くし、それが危ういとなれば、犯人を射殺することが、最後の選択肢だ。

マンションのベランダには、少し間隔をあけ、二人の狙撃手が待機していた。両者とも伏射の姿勢をとり、銃身は砂袋に載せて安定させている。レストランまでは五十メートルもない。彼らの腕前からすれば、百に一つの失敗もないはずだ。

問題は犯人がいる位置だった。相手も狙撃される危険は察知しているのだろう、窓《まど》際《ぎわ》には寄ってこない。今まで一瞬見えたのは、紺色のズボン、白っぽい長袖《ながそで》シャツ、銃の一部だけだ。頭や顔は見せない。手足や胴体に当たっても、相手を即死させることはできない。胸に当たっても、すぐには死んでくれない。相手を一発で絶命させるには頭部を撃つしかないのだ。だが、その的が現れないのなら、手の施しようがない。

都会とは思えぬほどの静けさの中に、バリバリというヘリコプターの音が聞こえた。犯人を刺激する取材は慎むようにとマスコミには通告してあるが、抜け駆けする社が珍しくもなく現れる。

一瞬、腹が立ち、直後、室田は自分の中に焦《あせ》りが生れているのを自覚した。警部時代、班長として立てこもり事件の犯人と対峙《たいじ》したことはあった。犯人との交渉役を務めた。が、現場全体の指揮をまかされるのは初めてだった。

焦って決断すれば、運まかせになる。運まかせでやっていい仕事では断じてない。

どこかで決断するにしても、リスクは少しでも小さくしなければならない。ヘリのことなど、本部にまかせておけばいいのだ。

2

大人が二十三名もいるのに、銃の前では何もできなかった。部屋の隅に固まっているだけだった。時間がたって、今では半数以上が床に座りこんでいる。

キツネ面の男は店の入口近くのレジカウンターの前に椅子を置き、腰を下ろしている。両手で銃を保持し、弾をさしたベルトを肩から斜めがけにしていた。

さっきはたしか二発を発射したあと、弾込めをしている。たぶん弾倉には二発の銃弾しか入っていない。だったら、全員で一気に襲いかかればなんとかなる？　だが、そうした蛮勇は自分も含め誰も持っているはずがなかった。

男の斜め前の床には、バラバラになった天井の破片が散乱していた。赤や緑の断片になり、原型を留めていない絵画も落ちている。あんな姿にはなりたくない。恐怖の糸が全員を縛りつけていた。

男はハンズフリーのマイクを使い、何度か電話をかけていた。かけた先は警察のようだ。男の声は嗄《しわが》れていて、よく言葉は聞き取れなかったが、「テレビカメラを入れてくれ」「三人を処刑する」という部分だけははっきりと耳の中に入ってきた。

全身に震えが走った。震えをしばらく止めることができなかった。床が透明な液体で濡《ぬ》れているのに気づいた。誰かが失禁したに違いなかった。

〈だが、三人処刑の三人っていうのは、いったい誰なんだ……〉

混乱する頭の中で、有馬直人は必死に考えを巡らせた。誰かが、あの男から恨みを買ったというのか。

〈ぼくじゃないぞ、ぼくは他人から処刑されるような恨みは買っていない……〉

二十九年間生きていれば、他人を不愉快にするようなことは数々しているはずだ。だが、殺意を抱かせるほどの恨みは断じて買っていない。有馬は過去に軋轢《あつれき》のあった人物を次々に思い浮かべてみたが、それほど大きなトラブルは起こしていないはずだ。

中学の三年間は、イジメだってあった。だから、イジメられた誰かが復讐《ふくしゅう》に──そこまで考えて、キツネ面の男が自分たちと同じ年頃の人間ではないことに気づいた。声が嗄れている。顔は面に隠されているが、首からは肉が削《そ》ぎ落とされ、筋が浮き立っている。老人だ。だが、老人が、なぜ自分たちのクラス会を狙う？

わけがわからなくなり、キツネ面の男を見定めようとした時、むこうと目が合った。

慌《あわ》てて視線を逸《そ》らしたが、

「きみ」

声が飛んできた。こちらをじっと見ている。

「きみだよ、青のジャケットを着ている、きみ」

見回してみたが、青色のジャケットを着ているのは自分だけだった。

「ちょっと、こっちまで来なさい」

手招きをしてきた。だが、動けない。最初に処刑されるのか。呼吸が苦しくなった。

足に力が入らず、一歩たりとも動けない。

「撃ちゃしないよ。だが、言うことをきかなきゃ、撃つかもしれない、こんなふうに」

男は窓に向かって、またドーンと銃を撃った。空気が震え、ガラスの破片が床に落ちて、ピチピチと跳ねた。もう一発、壁に撃った。男は悠然と弾込めしている。行かなきゃ殺される。床に貼《は》りついてしまった靴裏を引き剝《は》がすようにして、有馬は一歩、二歩と前に進んだ。

二メートルほどまで近づいたところで、男から「止まれ」と声がかかって、足を止めた。

キツネ面は目と口のところに穴があいている。さっきよりもはっきりと目が見えた。一重の細い目で、瞳《ひとみ》の茶色が普通よりも薄い。どこかで見た憶《おぼ》えがある気がした。

「なあ、きみ」

「は、はい」やっと答えた。

「もし、私に何かあったら、ここに入っているものを読んでほしい」

シャツの胸ポケットをぽんと叩《たた》いた。

意味がわからなかった。問い返そうとしたが、その前に言われた。

「帰ってよろしい」

わからないままに、後ずさりしながら元いた場所に戻った。

戻ったすぐあと気づいた。あの目が誰だったのか。あの頃、何度も正面から見た目だった。それにあの教師口調。長門先生——いや、違う。声が違う。先生はもっと艶《つや》のある声だった。それに、計算すると、まだ四十代の前半か半ばのはずだ。有馬は頭に湧《わ》いた思いを打ち消しにかかった。

それから、もう一つ。「私に何かあったら」というのは、どういう意味なんだ？

胸のポケットには何が入っているんだ？　頭の中がオーバー・フローして、それ以上、何も考えられない。

ドーンという音が二回聞こえた。野郎、誰かを処刑したか。指が動いて、犯人へ電話をかけていた。だが、出ない。諦《あきら》めてコールボタンをオフにした直後、呼出音が鳴った。長門文彦の番号だった。すぐに出た。

「おい、誰か撃ったのか」

「撃ったが、まだ処刑は行われていない。ただし、窓ガラスの破片が人質の中に飛んでいったみたいだ。ガラスといっても、首にでも当たったら致命傷になるよな」

「だれも、ケガはしていないのか」動揺が生じた。

「さあ、なあ、わからない。そんなことよりも、おい、カメラマンの手配はできたのか。これが最後の通告だ。聞いてもらえないんなら、まず最初の一人を処刑する。一人といったが、一カ所に二十何人かが蜜蜂《みつばち》の巣の中みたいにぎっしり固まってるからな。何人か巻き添えを食って、死ぬかもしれない。なんなら試しに一発撃ってみようか」

「や、やめろ」

ベテラン指揮官の声が上ずった。本当にやるかもしれないと感じた。覚悟を決めた。

「わかった。テレビカメラだな。じつはもう準備してある。ただし、民間人だから危険にさらしたり、脅したりすることはしないようにしてくれ」

笑った声が聞こえた。

「民間人か。そんな勇気のある民間人がいるものかね。どうせ捜査員がカメラマンに化けてるんだろ。いや、誰だっていいんだ。こっちは、処刑の中継がスマホで確認できればいい。ただし、条件がある。カメラマンはシャツにズボンという格好で、カメラ以外には何も持たずに来てもらおう。どこかに拳銃《けんじゅう》でも隠し持っていたら厄介だからな」

「了解だ。民間人だから、拳銃なんて持たせられないさ」

最初から拳銃など持たせるつもりはなかった。ピストルの弾なんて、そう簡単には急所に当たってくれない。散弾銃相手の撃ち合いは、ナイフ一本で虎《とら》と渡り合うようなものだ。その点、丸腰なら、リスクの高い行動に出ることもない。武器は持っていないほうが安全な場合もある。

「処刑は3時半から始める」

「3時半？」

中途半端《はんぱ》な時刻だと思った。電話のむこうで小さく笑うのが聞こえた。

「調べればすぐにわかるだろうが、おれは中学校の元教師で、人質は全員が教え子だ。3時半ってのは、6時限の授業が終わる時刻だ。処刑は課外みたいなもんだから、それから始めるのが道理というものだろう」

「教師だったら、教え子は殺せないはずだ」

「教え子だから殺すということもある」

冷静な声だった。狂ってると、室田は思った。こいつなら、やりかねない。腕時計を見た。3時半まで三十分ほどしかない。

「エレベーターで二階まで上がってきてくれ。きっかり十分後だ」

「わかった。15時08分にそららにやる」

「遅刻すんなよ」

電話は切れた。

室田警視はカメラマン役としてレストランのあるビルの裏手で待機している仙道《せんどう》警部補と連絡をとった。シャツにズボンという格好で15時08分に二階まで上がるように伝え、「打合せのとおりにやってくれ」とだけ言って、警察無線を切った。

次に伏射の姿勢をとっている二人の射手に声をかけた。

「どちらかに行くはずだ。迷わず撃て」

東池袋署に拠点を構えている現地本部の許可は、もう取ってある。できれば避けたいが、最悪の場合は射殺だと――。

立てこもり事件の場合、最善の策は犯人を説得して人質を解放させることだ。しかし、それがかなわず、いたずらに時間が経過した場合は、隙《すき》を狙って隊員が突入し、犯人を制圧する。やむを得ない場合は拳銃を使って射殺する。そして、そんな隙が見つけられず、人質の身に明らかな危険が迫っている場合は、狙撃手が犯人を射殺する。しかし、今回の事件では、最後の手段が第一選択肢になりそうだ。処刑までの時間が切迫している。隊員の突入にかけてみたい思いもあったが、相手の所持している武器が問題だった。閃光弾《せんこうだん》で目をくらませても、散弾銃を発射されれば、人質を含めて死傷者が出る危険がある。一方、頭部を狙って狙撃すれば、犯人一人が死ぬだけで、人質の命も警官の命も失われない。

現地本部に詰めているお偉方は「人命最優先でやってくれ。最悪、狙うとしても、致命傷にならないようにな」と、おきまりのことを言っていた。犯人が射殺されて、各方面から批判されることを案じているのだ。現場のほうも「人命最優先」だが、あくまでも人質と警察官の人命だ。

狙撃になるのか、それとも突入による制圧なのか。

〈どっちにしても、仙道ならばやってくれるはず……〉

部下を信じて、室田警視は腹を決めた。

仙道孝介《こうすけ》警部補は着ていたパーカーを脱いで、Tシャツ姿になった。鍛え抜かれた上半身はテレビ局のカメラマンには見えないだろうが、むこうも民間人が来るとは考えていないはずだ。腕時計を見て、小型のテレビカメラを持ち、ビルの裏手の待機場所から一階の非常口に向かった。

やることは決まっていた。犯人をダマすことだった。ダマして、キル・ゾーンにおびき寄せることだった。

向かいのマンションから狙える場所は二つしかなかった。一つはレストランの大きなガラス窓だ。だが、むこうも用心しているらしく、窓のそばに寄ってこないと、室田警視からは聞いていた。

もう一つは明かり取りの窓を通して狙撃する手だった。二階のエレベーターホールと店の入口との間には、壁に明かり取りの窓が取りつけられている。小さくて縦に細長い窓だったから、犯人だって注意を向けていない可能性が大だ。二人いる狙撃手のうち一人は、犯人が店の入口から少しでも顔を出せば射殺できる位置で銃を構えている。

　窓際にも、店の外にも誘導できなかった時は、さまざまな話をして相手の気持を和らげる。百パーセント隙を見せない人間なんていない。隙があると判断されるや、テレビカメラに取りつけられたマイクから、二階非常口の外に潜んでいる突入班に合図の言葉を送る。「クラス会」というのが合図の言葉で、非常口から突入した隊員が閃光弾を放って犯人の視力を奪い、制圧する――訓練で嫌というほどやった手法だ。

　まだ少し早かった。一階のエレベーターホールで時間調整をした。

　犯人の長門文彦については、時間がたつにつれ、追加の情報が入ってきていた。長門は十五年前まで中学校の国語教師だったが、教え子を妊娠させるというスキャンダルを起こし、学校を辞めた。以来、塾の講師をしていたらしい。

　人間、最初に就いた職で得た習い性は時がたっても消えないものだ。元教師ならば、たいがいは指示癖が出てしまう。早い話が、上から目線になる。こうした人間は下手《したて》に出たほうがいい。

　ちょうどいい時刻になっていた。仙道はエレベーターに乗り、二階のボタンを押した。武器も持たずに散弾銃を乱射する男の前に立つことに、恐怖心を抱いてはいなかった。両親は彼が十代の頃に相次いで病死していた。さらに妹が事故死した。独りになった。いつの間にか、人間どんなことをしても死ぬ時は死ぬんだという割り切りのようなものができていた。

すぐに二階に着いた。エレベーターを下りて、一歩進んだところで、

「止まれ」

開いていた店のドアから銃口が向けられた。意外だったのは、男がキツネと思われる面をつけていたことだった。犯人がサングラスやマスクで顔を隠すのはよくあることで、それがキツネ面に変わっただけだ。そう単純に思ったが、わざと驚いた顔を作って、棒立ちになった。

「時間どおりだな。その場で、ぐるっと回って、背中を見せてくれ」

のろのろとした動きでぐるりと回った。

「OKだ。おかしなものは持っていないようだな」

「な、何も持ってません。私はただのカメラマンですから」

わざと震えた声を作った。想定される場面ごとにベストな演技をする修練は積んでいた。プロの役者から演技指導を受けたこともある。同僚からは「警察を辞めても、役者で食っていけるな」とからかわれたりしている。

「素人《しろうと》がこんなところに来るかよ。わかってる、おまえは警察官だ。しかし、そんなことはどうでもいい。テレビで放送されているかどうかは、スマホで確認できる。もし確認できなければ、おまえから死ぬことになる」

「やめてください、死にたくない」

「きちんと放送されれば、命は保証する。店内に入って、しっかり撮れ」

「店の中に入ったら、私も人質になってしまう」

「入らなきゃ、いい画が撮れないだろ。さあ、入れ」

焦《じ》れたように相手は銃口を振った。仙道は歩きだそうとして、膝《ひざ》を床についた。

「おい、どうした」

「怖くて、足に力が入りません」

仙道は考えてきたとおり尿道を開放した。なんの躊躇《ちゅうちょ》もなかった。小便がほとばしり出た。失禁が目立つようにと、薄いベージュのズボンをはいてきていた。ズボンに濡れたシミが拡《ひろ》がっていく。

「おい、おまえ、小便チビったのか。だらしがないやつだな」

相手は苦笑の顔になった。「しっかりしろ」と、前に足を踏み出した。

明かり取りの窓を通して、スコープは店の入口をとらえている。ドアは外側に開いていて、今、人の姿はない。そこに白い長袖シャツを着て銃を手にした男が現れれば、頭部を狙って「闇夜《やみよ》に霜の降るごとく」引金をしぼればいいだけだ。

岡島志郎《おかじましろう》巡査部長は落ち着いていた。

警視庁警備部でも射撃はトップクラスだったが、SATに配属され、狙撃役を命じられた時は心が乱れた。威嚇《いかく》射撃や足を狙って撃つ射撃ではない。的が人だと認識し、頭部を狙って弾を放って、命を奪うことだ。人殺しをリアルに体験する仕事だ。

射撃訓練の時、着弾がばらつくようになった。スコープの十字線がとらえた標的が、当たれば血の噴き出す人間だという思いが湧き上がり、トリガーを引く指に乱れが生じた。

先輩に言われた。

「われわれSATの出番は犯人が人質を取って立てこもり、説得にも耳を貸さないという時に限られる。手をこまねいている間に、人質が殺されたことも過去にあった。だから、人を殺すために引金を引くんじゃないんだ。罪もない人を助けるために引くんだ」

それを聞いて、少しは気持が楽になった。無実の人を救助するために引金を引く

——また着弾が安定するようになった。

人質はクラス会の出席者二十数名。犯人は散弾銃を所持している。下手をすると、大量殺人になる。人質を助けるために撃つんだ。保持している豊和《ほうわ》M1500は、体の一部になっているかのように手になじんでいる。

「仙道が二階に着いた」

室田警視の声が耳に届いて、岡島は改めて店の入口に照準を定めた。明かり取りのガラス窓こそあるが、至近距離だ。絶対に当たる。余計なことは考えず、スコープの中だけがすべてだと気持を集中させた。

スコープの正円の端に人の姿が現れて、岡島は引金を静かに引いてゆく。引金が重くなり、撃発寸前を指が感じとった時、何かに気づいたかのようにスコープの中の顔がこちらを向いた。キツネだった。瞬間、心に揺れが生じた。そのまま引金をしぼった。

〈あの男は、長門先生……〉

キツネ面から覗《のぞ》くあの目は学校で見ていた目だった。そして「帰ってよろしい」という教師口調。

いや、先生はあんな声じゃなかった。十五年たっても、あんな老人になっているはずはない。だいいち、先生が教え子を殺そうとするわけがない。

〈だけど……〉

否定しても、すぐに長門先生ではという思いが心の内側にしみ出してくる。それにシャツの胸ポケットに入っているものって何なんだ。

店の外から何か音がした。誰かが上がってきたようで、言葉のやりとりが聞こえてくる。小型のテレビカメラを持った男がエレベーターホールにいるのが、開け放たれたドアを通して見える。

テレビ局が来た。だったら、いよいよ処刑が始まるのか。誰が犠牲になるんだ。固まっている者たちの間の空気が揺れ、言葉にならない声がいくつか漏れた。

カメラマンが片膝をついた。キツネ面の男は「おまえ、小便チビったのか」と笑いを含んだ声で言い、一歩、店の外に出た。

一瞬の間があったような気がした。ガラスの割れる音と「うっ」という声が聞こえ、キツネ面の男はダンスでもするかのようにその場で大きく体を回転させた。銃が手から離れて宙に飛び、男は床に叩きつけられるように倒れた。その拍子に面が外れた。顔の輪郭が長門先生であるかのように見え、有馬は駆けだしていた。

面の下の顔は肉が削げ落ちていたが、紛れもなく長門文彦だった。白いシャツに赤い染《し》みがどんどん広がっていく。

「先生、あなただったんですか」

目を閉じている先生はゆっくりとうなずいた。

次の瞬間、有馬は突進してきた警官隊にはね飛ばされていた。

3

有馬よ、私からの遺言だ。埋もれている「ごんぎつねの夢」を広めてくれ。もはや、きみにしかできない。私もあらゆる手を尽くしたつもりだ。

メモ用紙をコピーしたものが目の前にある。

「有馬直人さん、あなた宛《あて》になっています。長門文彦の胸ポケットから出てきたものをコピーしました。『埋もれている「ごんぎつねの夢」を広めてくれ』って、いったいどういうことなんでしょうか」

机のむこうに座っている西海《にしうみ》と名乗った中年の刑事は再度、訊いてきた。

有馬直人はもう一度、コピーを見直した。右肩上がりの癖のある文字で、長門文彦が書いた字であることはわかった。クラス会の返事にあった「お名前」もそんな字だった。紙の左側四分の一に黒い染みがついたままコピーされているのは、血の痕《あと》に違いない。

だが、「ごんぎつねの夢」。あの頃、長門先生の口から聞いたかもしれないが、記憶には残っていない。答えようがない。

「『ごんぎつね』といえば、私も昔、国語の授業で読まされた有名な童話ですね」黙っていると、促すように刑事が言った。「長門は『ごんぎつね』の作者である新美南吉作品の熱烈な愛読者で、あなたが所属していた演劇部の顧問だった。そして、あなたが中二の時、文化祭で『ごんぎつね』を演《や》った。間違いありませんね」

警察はすでにかなり調べを進めている。有馬は「はい」とうなずいた。

「そして、有馬さんは演劇部の部長をしていて、長門とは『ごんぎつね』について、かなり突っ込んだやりとりをしていたと聞いています。そんなあなただから訊くのです。『「ごんぎつねの夢」を広めてくれ』とは、いったい何なのです」

「それが、考えてるんですが、わからないんです。先ほども言いましたけど、長門先生が撃たれる少し前、ぼくを呼んで、自分に何かあったら胸ポケットにあるものを読んでくれとは言われましたが」

「そうでしたね、胸ポケットに入れていたそのメモを、あなたに託していたわけです」

西海の小さな黒目がゆっくりと動いて、こちらの様子を探っている。これが刑事の目というものか。緊張しながら、有馬は言った。

「中学の頃、長門先生とはいろいろな話をしましたが——少なくとも今の段階では何のことかわかりません」

「ついさっきまで銃撃現場にいて、もう事情聴取ですからね。今思い出せなくても、当然かもしれません。これから幾度かお話をうかがうことになるでしょうから、何か思いあたることがあったら話してください。そう、『もはや、きみにしかできない』とも書いてありますから、あなただったら、わかるかもしれない」

「『ごんぎつねの夢』の件も含めて、思い出したら話します」あることに思いが行った。「その代わりといってはなんですが、メモにある私の名前はマスコミに出さないでくれませんか。テレビや週刊誌に追いかけまわされてはたまりません」

頬骨の張った顔をひと撫《な》でして、刑事は答えた。

「上と相談して、そのようにしたいと思います。すべてをマスコミに話すわけではないですから――その代わり、どんなに小さくても『ごんぎつねの夢』について思い出したら、すぐにご連絡ください」

「わかりました」と言って、どこか腑《ふ》に落ちないものを感じた。「メモの内容って、それほど重要なものなんでしょうか。犯人は射殺され、人質も解放されて、事件はいちおう解決しているわけでしょ」

西海は調書をとっている若い刑事と顔を見合わせてから言った。

「今ごろ、記者会見で話しているはずですから、教えてもいいでしょう。じつは犯人・長門文彦が放った弾は最初の四発だけが実包で、ああ、実弾ですね、残りの弾は銃に装填されていたものを含めてすべて空包だったんです」

「空包――」

「音と火だけは出て、鳥獣を脅かして追い払う時などに使う弾です」

「どういうことなんです」

刑事は首を横に振った。

「われわれにも理解できないんですよ。これでは人質は処刑できない。突入してきた警官隊とも渡りあえない」

「つまり、先生は実弾は脅かすためだけに使って、人を殺す気はなかった」

「そうなりますね。ややこしいことになった。刑法から言うと、脅迫やら監禁の罪には問えるが、より重い殺人未遂罪にはならない」

「不能犯ですか」

「よくご存じで。ああ、有馬さんはフリーライターでしたね」

ストローで相手の胸を突いても、殺人未遂にはならない。それと同じだ。しかし、そんな刑法上のことよりも、最初の四発で店内を派手に破壊し、残りの弾は空包だったのは、なぜなのか？

「長門は間違っても人を殺すことがないように、発射した最初の四発以外は空包にしておいたんです。だけど、これじゃ、わざわざ殺されにいったみたいなものじゃないですか。それから、なぜキツネの面をかぶっていたのか。そして、『ごんぎつねの夢』ってのは、いったい何なのか――わからんことばかりで、こちらも困ってるんです。なにしろ、殺意を持っていない犯人を警察がライフル銃で射殺してしまったんですからね。状況から判断すれば、銃器の使用は適切だったはずですが、いろいろ騒ぎだす連中もいるでしょう。ですから、基本的なことは説明できるようにしておきたいんです」

刑事は丁寧に説明していく。有馬は訊いた。

「撃たれた時、長門先生は意識があったようですが、何か聞き出せなかったんですか」

「出血が多くて、身柄確保後に意識を失い、死ぬまでに何も聞けなかったようです」

「しかし」武器を持ち、人質をとっている犯人に対しては、頭を狙うのが狙撃の鉄則だと聞いたことがあった。「どうして、頭部ではなく、胸を撃ったんでしょう」

刑事は少しだけ唇をとがらせた。

「キツネ面が想定外だった――らしい」

有馬はうなずいて返した。いきなりキツネ面の男を見たら、冷静な狙撃手だって指先に狂いを生じさせるだろう。

「次の質問があります。長門文彦は演劇部にいた教え子の女子生徒を妊娠させ、教師を辞めることになったんですね。それについてお訊きいたします」

取調室には三人いるだけだったが、潜めたような声になった。

「女子生徒――名前を言います。菊谷千波さんです。長門と菊谷さんがそうした関係になっていたことを、演劇部の部長だった有馬さんは気づいていましたか」

「いや、まったく」正直に答えるしかない。

「他の部員の方は、どうだったんでしょう」

「先生が教師を辞めてから何人かと話したんですが、だれも二人が親しくしていたことには気づいていなかった」

「二人きりでいるところを見たとかは」

「それはあったかもしれませんが、とくに記憶には残っておりません。先生は『ごんぎつね』を書いた作家の新美南吉について深い知識を持っていましたから、出演者が役作りに悩んだりした時は、個人的にも相談していたようです」

有馬自身は劇の脚本担当で、長門とは放課後、幾度も話しあっていた。

「菊谷千波さんは、どんな役をやったんですか」

「ごんぎつね役でした」

「主役でしたか。でも、ごんぎつねというのはオスでしょ」

「部内でいちばん演技が上手《うま》かったのが彼女で、それに小ぎつねですから、女子が演《や》っても不自然さは感じません。というか、女のほうが向いているかもしれない。アニメの声の役なんて、そうでしょ」

西海は調書を取っていた若い刑事のほうに顔を向けた。

「少年の役は、声の高い女性がやったほうがぴったりしますね。いくらでもありますよ、そういうの」

まだ目のあたりに幼さの残る刑事はノートパソコンの手を止め、嬉《うれ》しそうに言った。

もっと話したかったのか、口を開きかけたが、西海が有馬のほうに顔を向けたので、その口は閉じられた。

「主役だったら、長門にいろいろアドバイスを求めていたんでしょうね」

誘導尋問気味の問いかけを、相手はしてきた。

「それはそうでしょう。あの劇では、ごんと兵十が大きな役でしたから。とはいっても、二人が学校外で私的に会っていたかどうかは、まったく知りません。だいたい、二人のことが噂になったのは、文化祭から一年以上もたった卒業間近の頃でした」

「菊谷千波さんとは演劇部でいっしょだっただけでなく、クラスも同じだったとか」

「同じB組でした」

「だったら、よく話をしたりしたんじゃないですか」

「むろん話はしましたが、よくではありませんでした」

「どうしてですか」

「説明するのが難しいんですが、性格的にあまり合わないというか」

これまた正直に答えた。むこうは突っ込んで訊いてくる。

「彼女、どういった性格だったんですか」

「えーと」瞬時、考えた。「理性的というより、感情が勝ったというか。まあ、演技の上手い女性は、そういうタイプが多いらしいですけどね。それから、あの年頃の女子は一般的にそうなんでしょうが、男を上から目線で見る」

話している途中で気づいて、有馬は刑事の顔を見た。

「でも、どうして、そんなに菊谷千波のことを訊くんです。彼女が立てこもり事件に関係しているとでもいうんですか」

刑事は頰だけに笑いを作った。

「刑事というのは、疑問点はすべて解決しておきたいと思う人種でしてね。今回の事件では、犯人の長門はキツネの面をつけて射殺され、『ごんぎつねの夢』なる言葉を遺書に残しています。そして中学の教師時代には、『ごんぎつね』で主役を演じた女子生徒を妊娠させ、学校を辞めている。どこまでも『ごんぎつね』がついてまわっている。だから、ごん役をやった菊谷さんとの関係を、もっとはっきりさせておきたいんです」

いちおう納得のいく説明ではあった。有馬は言った。

「だったら、菊谷さん本人に訊いたら、もっとよくわかるんじゃないですか」

今度のクラス会で、級友の連絡先名簿を作って、受付の時に出席者に渡してあった。

警察だったら、当然それを入手しているはずだ。

「今のところ、彼女は行方知れずなんです。中学時代にいた団地には菊谷千波さんのお母さんが住んでいるだけで、千波さんは18歳の時に家を出て、どこに住んでいるかは、母親も知らないと言います」

「でも、行方不明者を捜すのは、お手のものなんでしょ」

「足跡を残していればね」

西海刑事は抑揚のない口調で答えた。有馬は言った。

「菊谷さんについて知っているのは、さっきお話ししたことだけです」

「ああ、それから、クラス会の会場で押収したものですが」

刑事はクラス会への出欠を知らせる一枚のハガキを、有馬の前に置いた。長門から来た返信だった。

「名前の欄に長門文彦とあるだけでなく、（風間敏雄）と書かれているのは何なんでしょう。風間という別名を使って何か活動をしてたんですか」

「それが、私にもわからないんです。国語の先生でしたから、ペンネームで何かしてたのかもしれないと、検索してみたんですが、なにもヒットしなかった」

「塾の講師をしていたようなんで、そっちのほうからも調べてみましょう」

「わかったら、私にも教えてください」

刑事はそれには答えず、口許《くちもと》を少しだけほころばした。

「今日のところは、これでけっこうです。あと何度かご足労を願うと思いますが、思い出したことがあれば、お話しください」

どうやら解放されそうだ。すべてが終わり、最後に若い刑事が作った供述調書が読み上げられ、有馬はそれに署名した。有馬は椅子から立ち上がったが、大きな疑問がわからないまま残っていることに気づいた。立ったまま訊いた。

「長門先生は、まだ四十代の半ばのはずです。しかし、さっきの犯人の声は、私の記憶に残っているものとは大きく違っていました。嗄れて、老人のようだった。首筋だって筋張っていたし、そうでした、キツネの面が取れて現れた顔も中年とは思えない容貌《ようぼう》でした」

刑事は迷ったような素振りを見せたが、結局は言った。

「長門は末期ガンに冒されていて、余命半年くらいの状態だったといいます。手術はしたんだけど、手遅れだった。喉頭《こうとう》ガンだったから、声が大きく変わっていたんでしょう」

「余命半年――」

「やけのやんぱちになって犯行に及んだというんなら、わかりやすい。だけど、空包やらキツネの面、胸のポケットに入っていた意味不明のメモまで登場すると、やけのやんぱちで一件落着にするというわけにはいかない。被疑者死亡だから本人に訊くわけにもいかない。ほんとうに警察泣かせのことをやってくれたものです」

第二章　文化祭の記憶

1

事件から二週間ほどがたった頃、中林瞳子《なかばやしとうこ》から電話があった。話があると、先方は言ってきた。どうせ長門《ながと》先生が起こした事件がらみの話だろう。会うことは承知した。クラスは違ったが、なんといっても、彼女は「ごんぎつね」の演出担当だったのだ。

約束の時間、神田神保町の喫茶店に着いた。

いつものようにステンドグラスの光が差しこむ席に彼女はいた。片手を挙げ、読んでいたゲラ刷りを大きなバッグにしまった。

有馬がブレンドコーヒーを注文してしまうと、すぐに彼女は言った。

「とんだ災難だったね」

「災難もいいとこだった。一時は死も覚悟した。銃で撃たれて血まみれになる人間を見たのも初めてだったし、事情聴取で取調室に入ったのも初体験だった」

「ものを書く人間には貴重な体験だったんじゃないの」こちらの気持を無視したようなことを、瞳子は言う。「B組じゃなくて、よかった。まあ、テレビのワイドショーに出るチャンスは逃したけどね。有馬くんは当然、テレビ局からお呼びがかかったんでしょ」

「頼まれたけど、すべて断わった。長門先生をさらし者にしたくはない」

「あなたらしいね」

微笑のような苦笑のような笑みを浮かべ、瞳子はカップを口に運ぶ。

ど派手で、かつ謎《なぞ》が満載だっただけに、テレビ局はワイドショー、ニュースショー含めて、連日のようにあの事件を取り上げた。立てこもり事件だけでなく、かつて起こした教え子とのスキャンダルも当然のように報じた。有馬にも電話がかかってきた。スタジオまで来てくれないかというオファーも受けた。だが、応じなかった。

「週刊誌にも、あなたのコメント出てなかったね」

「いくつかの雑誌から連絡があったけど、犯行現場での体験を話しただけで、あとは丁重に断わった。長門先生がどんなふうに扱われるか、わからないからな」

「ふーん」呆《あき》れたように瞳子は言う。「現代に生きている文筆自営業者とは思えないね」

自分も同じような世界で仕事をしている人間だ。週刊誌記者の取材を断わる時には、躊躇《ちゅうちょ》もした。しかし、立てこもり事件だけではなく、教え子との間に起こしたスキャンダルまで好き勝手に書かれてしまうことには耐えられなかった。

「まあ、それが有馬くんの良いところだけどね」

コーヒーがテーブルに届いて、カップを手にした有馬はまず香りを嗅《か》いだ。この店のブレンドコーヒーは甘い香りがする。抽象画のようなステンドグラスといい、瞳子に似合っていて、行きつけの店だというのもわかる気がする。

嵐《あらし》のような二週間だった。自分は中学の頃、犯人が顧問をしていた演劇部の部長だった。しかも現場に居合わせていた。断わっても断わっても、マスコミが簡単に諦《あきら》めるわけもなく、しつこく電話がかかってきた。

捜査本部からの呼出しもあれから二度あって、東池袋署まで足を運び、西海から聴取を受けた。「ごんぎつねの夢」については、思い出したこともなかったから、それを伝えただけだった。

そんな騒ぎも、台風一過のように一昨日からぱたりと止《や》んだ。代わりにかかってきたのが、中林瞳子からの電話だった。

こちらがカップを受け皿に戻したのを見はからったように、瞳子が言ってきた。

「長門先生、『「ごんぎつねの夢」を広めてくれ』とかいうメモを持ってたって、テレビでは言ってたよね。だけど、『ごんぎつねの夢』って、何だったんだろう。有馬くんだったら、わかるんじゃないかって」

混迷に満ちた事件にさらに混迷を加えたのが、犯人が持っていた遺書めいたメモだった。テレビや週刊誌では、「ごんぎつねの夢」についてさまざまな推測が飛んだが、的を射たようなものには出会えなかった。

「意味は、ぼくにもわからない。だけど——」瞳子なら、言ってもいいかと思った。「マスコミには漏れていないんだが、その遺書の最初の部分が『有馬よ』となっていたんだ」

瞳子の名前を表しているような大きな瞳《ひとみ》が動いて、有馬の目を見た。

「遺書に書かれているぼくの名前は発表しないでくれって警察に頼んだから、週刊誌の連中は知らない」

持ってきたコピーをバッグから取り出して、瞳子の前に置いた。

「これがそれだ。自分宛《あて》になっているんだから、渡してほしいとゴネたら、コピーを取ってくれた。被疑者死亡、よって不起訴処分と、法的にはまったく争うところのない事件だから、渡しても差し支えないと、むこうは考えたんだろう」

瞳子はメモを手にとり、顔を近づけた。

「大きな黒いシミがついてるね」

「血の痕《あと》だよ」

「わっ」瞳子は顔から紙を遠ざけた。

「コピーだよ」

「わかってるけど、生々しいね。長門先生、酷《ひど》い目にあったんだ」

「先生は自業《じごう》自得みたいなものだったけど、こっちはなんの罪もないのに死の恐怖を味わわされた。さらに合計三度も事情聴取に呼ばれ、刑事から責めたてられた」

コピーを見ていた瞳子が首をひねって、訊《き》いてきた。

「『ごんぎつねの夢』って――長門先生の口から聞いたことあったっけ」

少し間を置いてから有馬は答えた。

「思い出せない。もう十六年も前になるから、忘れてることも多い」

「私も週刊誌で読んで、『ごんぎつねの夢』って何だろうって、さんざん考えた。それでさ、もしかすると、あの時に先生の口から出てきたことじゃないかって」

言葉が止まった。ステンドグラスからの光がそこだけ少し違う色で瞳子の片側の頬を照らしている。先を促そうとした時、発色のいい赤の口紅で整えられた唇が動いた。

「ごんぎつねの結末部分をどうするか、長門先生と話しあっていた時。先生、言ってたよね。あの童話には新美南吉が書いたプロトタイプの作品がある。小学校の教科書に載ってよく知られているのは、プロトタイプを改作したものだって」

「ああ、憶《おぼ》えている。新美南吉が『赤い鳥』に投稿したのがプロトタイプで、それに雑誌の主宰者である鈴木三重吉が徹底的に手を入れたとされるのが今読まれている『ごんぎつね』らしい。先生から初めて聞いた時には驚いたけど、けっこう知られた話みたいだね」

後年、「ごんぎつね」について書かれた何冊かの本を読んだ。南吉は18歳の時、児童雑誌「赤い鳥」に「権狐《ごんぎつね》」と題する童話を投稿した。地方色豊かだが、読みにくさもあった作品は、鈴木三重吉によって大幅な手直しがされたというのが、今日の定説になっている。

「そして、二つの『ごんぎつね』はほぼ同じストーリーだけど、最終場面の印象が大きく異なる。プロトタイプのほうでは救いみたいなものがあったけど、鈴木三重吉はばっさりとそれを削り、ひたすら悲劇性を強めたものに仕立てた」

瞳子の言葉が呼び水になったかのように、記憶が甦《よみがえ》ってきた。「ごんぎつね」の芝居は、有馬にとって十代で味わった最大の興奮体験だった。それだけに部の顧問だった長門とのやりとりは忘れているわけではなく、けっこう細かい部分まで記憶の中に折り込まれていた。

「もっと言ってたはずよ。『赤い鳥』に載った『ごんぎつね』は救いがなくて、作者の新美南吉は不満だったんじゃないかって。うん、だったら、プロトタイプのほうが『ごんぎつねの夢』だったりして」

「遺書には『埋もれている「ごんぎつねの夢」』とあるけど、プロトタイプの『ごんぎつね』は埋もれているわけじゃない。資料として誰でも読むことができるんだ。ぼくも読んでみたけど、18歳の少年が書いたものだから、文章も稚拙で、長門先生が自分の命をかけて『広めてくれ』と言い残したレベルのものではないね。だから、『ごんぎつねの夢』と称するもう一つの『ごんぎつね』があったんじゃないかと」

テーブルをはさんでやりとりされていた言葉が、ここで止まった。

瞳子は首を横に振って言った。

「わかんないよ、あの時は余計なことを考える余裕なんてなかったからね。どんな演出にするのかで、頭がオーバー・フローしてた。なにしろ音楽も入れて、ミュージカルふうにしなくちゃいけなかったしさ。有馬くんも大変だったでしょ」

「ただ物語のあらすじをなぞっただけのものにしてはだめだ。作者の真意を読み取り、セリフに変化をつけるんだとか言われて、頭が煮えたぎってた。中学生には無理な注文を次々につけてきた」

「でも、頑張ったおかげで、芝居は大成功。拍手喝采《かっさい》、鳴り止まなかったもんね。だから、14歳のわたしとしては、それだけで大満足だった」

「14歳のぼくも同じだった」

また言葉のやりとりが止まった。

この店ではバロックか環境音楽しか流さない。バッハがサティっぽい曲に変わり、盛り上がりに欠けるメロディーが続いたあと、瞳子が言った。はっきりとした声だった。

「有馬くん、この事件のこと、書きなさいよ」

コーヒーカップを見ていた有馬は視線を上げた。

「わからないことだらけのこの事件、書いて明らかにしなさいよ。あなたの仕事はノンフィクションのライターだったんでしょ。納得のいくよう書けたら、必ずうちから出せるようにする」

「しかし、きみ、この前、ぼくの書き方じゃ、ぜったいに売れない。こういうの、うちからは出せないと言ったじゃないか」

少し舌をもつれさせながら、有馬は言った。前回ここで会った時は、初めて出版した本を酷評された。「これは絶対に売れない」と遠慮会釈《えしゃく》なく言われた。個性的な脇《わき》役《やく》として高く評価されていた男優が孤独死を遂げるまでを追った作品で、いくつかの書評では高評価をもらった。だが、瞳子の言葉どおり販売は振るわなかった。「脇役は読者にとってても脇役なのよ」「テレビに出なくなった俳優は、すぐに忘れ去られる」「じっくり読める良い本だけど、今の読者はせっかち」などなど、彼女の言葉がまだ耳の中に残っている。

瞳子は一気に喋《しゃべ》った。

「これだけ派手で謎に満ちた事件は、そうそうないわ。テレビや週刊誌で毎日のように取り上げられ、謎が解けないままに終わったんで、多くの人の中にはフラストレーションが溜《た》まっている。ほとんどの教科書に載っている『ごんぎつね』を読んだ人は数千万人いる。そして、現場で人質になっていた有馬直人は犯人・長門文彦の教え子であり、犯人から命を賭《と》した頼みごともされてしまった。これだけ揃《そろ》えば、売れないほうが不思議よ」

胸を反らせ、まっすぐにこちらを見ている瞳子は中学校の同窓生ではなく、大手出版社の書籍編集者の顔になっていた。

圧倒され、少しの間、黙ったあと、有馬は言った。

「やはり、売れる売れないがポイントか」

「売れなければ私たちも困るし、あなたも困るでしょ」

瞳子は、さらに言った。一転、静かな声だった。

「売れる売れないの問題だけじゃない。もし『ごんぎつねの夢』なるものが現実に存在するなら、私も読んでみたい。それから、どうして長門先生が立てこもり事件なんて起こしたのか、ほんとうのところを知りたい」

「それは――ぼくも同じだ」

「教師時代のスキャンダルを含めて、テレビや雑誌ではさんざんな伝えられ方だったよね。死人に口なしで、嘘《うそ》もいっぱい盛られていた。事実を明らかにして、少しでも先生の名誉を回復したくない？」

「当然、したいさ」

「やってみない？　私もできる限り手伝いはするわ。真相が明らかになれば、うちから出版できるようにする。だいじょうぶ、あなたならできる。『もはや、きみにしかできない』と長門先生も書いているじゃない」

瞳子の口説き方には説得力があった。ただ、一つだけ気がかりなことがあった。

「一部のマスコミでは、犯人の長門は精神を病んでいたに違いないと結論づけていた。多数の教え子を人質にしたのも、キツネの面をかぶっていたのも、心の病気が原因だと。不可解な部分は、すべて病気のせいだとね。もし、ぼくが取材をして、不可思議なふるまいは心の病気が原因で、『ごんぎつねの夢』なんてどこにもなかったという結論が出たならば――どうなるだろう」

「それは」瞳子は口ごもった。わずかに微笑《ほほえ》んだ顔で言葉をつなげた。「本は出せない。有馬くんに運がなかったってことね」

2

ここは昭和なんだ。歩きながら思った。中野区上高田である。

平成の生れである有馬は、むろん昭和の空気を肌で感じたことはないが、話に聞いているその頃の街並みであるような気がした。西武新宿線の新井薬師前駅で電車を下り、中野方向に歩く道は都内だというのに高い建物が見当たらない。八百屋、ラーメン屋、不動産屋など、小さくて年代を感じさせる商店がびっしりと並んでいて、一時代前の匂《にお》いが立ち上っていた。

昭和も一ケタの頃、東京外国語学校（現・東京外国語大学）に通っていた新美南吉はこの上高田に下宿していた。それゆえ、自分も同じ地区に住んでみたところ、すっかり気に入ってしまったと、長門文彦は言っていた。実際に歩いてみると、いかにも先生好みの街のように思え、彼が教師の職を失ったあとも引越しをしなかった理由がわかる気がした。

商店街を左に折れると、小さな住宅、アパート、低層のマンションなどの建物が、これまた隙間《すきま》もなく並んでいる。「コーポ角田《つのだ》」の前に出た。モルタル二階建てで、外壁の一部には蔦《つた》が這《は》っている年代物のアパートだった。

古い年賀状をバッグから出して、もう一度確かめた。長門の部屋は201号室だった。

手すりに錆《さび》の浮いた外階段を二階に上がった。上がってすぐのところにある部屋が201号室だった。表札は剝《は》がされていた。中に長門がいないことはわかっていたが、ノックしていた。当然、返事はなかった。

隣の部屋のドアもノックした。部屋の主は仕事に出ているのか、こちらも応答はなかった。仕方なしにカタカタ靴音のする外階段を下りた。

お隣は一戸建ての住宅だった。インターホンのボタンを押した。高齢女性と思われる声で応答があった。が、「コーポ角田」に住んでいた長門文彦について話をお聞きしたいと言うや、インターホンは切られた。無理もないだろう。事件直後、このあたりにはマスコミがイナゴの大群のように押し寄せ、近隣を食い散らかしたはずだ。

長門がどんな生活をし、ついには立てこもり事件を起こしたのか、自分で調べることから始めようと、有馬は考えていた。長門の生活ぶりについては、マスコミから情報が垂れ流されていたが、どこまで事実なのかはわからない。

アパートの周辺を探索してみることにした。五十メートルほど行くと、中華料理屋があった。間口は狭く、油が滲《にじ》んだようなのれんがかかっていた。

引き戸を開けて、店に入った。「らっしゃい」と、店主とおぼしき中年男から声がかかった。昼食時間も終わって店には客が一人いるだけだ。のれんよりももっと油染《あぶらじ》みたコック服を着た男がカウンターのむこうでスポーツ新聞を読んでいた。

「すみません、近くの『コーポ角田』にお住まいだった長門文彦さんについて、お聞きしたいんですが」

店主の目がこちらを見て、口が開いた。

「あんた、ずいぶん遅いね」

「はっ」

「テレビか週刊誌の記者なんだろ。一時はずいぶんうちにも来たけど、ここんところ、まったく姿を見せない。何か新しいことでも調べにきたのかい？ だけど、俺の言うことは一つだけだ。あの散弾銃をぶっ放した男は、この店で時々、タンメン食べていった。タンメンばかりだ。あとは知らない。以上です」

男は一気に喋って、またスポーツ新聞に目を向けた。

「違うんです。私はテレビ局や週刊誌の人間じゃありません。散弾銃を撃った長門は昔、中学教師をやってたんですけど、その時の教え子です。しかも、事件現場となったレストランで人質になってました」

店主はまたこちらを見た。口調が真面目《まじめ》なものに改まった。

「そりゃ、大変な目にあったねえ。これほどの最悪はないだろうね。それで、その教え子さんが何でここに来たの」

「長門先生はスキャンダルを起こして学校を辞めてるんですが、教師としてはとても良い先生で、なぜあんな事件を起こしたのか、さっぱりわからない。とくにぼくは部活ですごくお世話になったんで、マスコミでは報じられない理由を探してみたいと」

「そりゃあ、そりゃあ」店主はよく肉のついた顎《あご》を撫《な》で回した。「そういうわけなら何か話してやりたいけど、タンメン食べたくらいのことしか知らないのよ」

店主は手にしていたスポーツ紙を四つ折にして、カウンターの上に置いた。

「マスコミじゃなければ、ひとつ良いことを教えてやろう。『コーポ角田』の家主ってのが、近所に住んでいてね。左に四軒行った家だ」

その方向を手で示した。

「家主のバアさん、いや、角田さん、独り暮らしで、アパートに長く住んでいた長門とはそれなりのつきあいがあったみたいだ。うちのお得意さんで、一週間くらい前に女房が出前を届けて行った時にも、長門のことを話していた。行ってみな。機嫌が良ければ、何か話してくれるかもしれない」

引き戸が開いて、客が入ってきた。「らっしゃい」と店主。若い男の客はカウンター席に座るのとほぼ同時に言った。「チャーハンと餃子《ギョウザ》」

有馬は礼の言葉を口にすると、店を出た。

教えられたとおり、左に四軒分歩いた。「角田」という表札の出た家があった。やはり隣と軒を接するように建てられた家だったが、小さな庭があり、小柄な老女が花の手入れをしていた。

「すみません」

声をかけた有馬は、自分は立てこもり事件を起こした長門文彦の教え子であることをまず言った。テレビや週刊誌の記者でないことを最初から伝えておいたほうがいいようだ。

「はあ、教え子の方」

「昔、長門先生にはとても親切に指導いただいたんです。ですから、あんな事件を起こすなんて信じられず、ほんとうのことを知るために、いろいろな方から話を聞いているところなんです」

「信じられないのは、私もだよ。あんな恐ろしい事件を起こすような人じゃなかった」

花を切っていたはさみの手を止めて、女は言った。

「長門先生はずいぶん長くあのアパートに住んでいたと思いますが」

「もう二十年近くなるかね。あれだけ長く住んでいた人は、あの人だけだ。毎月のお金も遅れなかったし、家賃を持ってきた時は、時々お茶を飲んでいったりしてね。良い人だったから、まさか鉄砲持って騒動を起こすとはねえ。いえ、その前に教え子と問題を起こして、学校を辞めさせられたなんて話も、テレビで初めて聞いて――」

そこで言葉が止まった。一呼吸置いて言った。

「こんなところで変な話もできないから、ちょっと上がっていくかい」

願ったり叶《かな》ったりだ。頭を下げた。

左手に小菊の花を持った老女は右手で玄関の引き戸を開けた。カラカラという軽やかな音で戸は開き、有馬も玄関に入った。

靴を脱いで上がった先がダイニングルーム、というより居間という風情《ふぜい》の部屋になっていた。レースのテーブルクロスがかかった小さなテーブルに古道具屋で売っていそうな椅子《いす》が三つ置かれていた。椅子の一つに座るよう勧められた。

「仏さまに花を供えてくるから、ちょっと待ってて」

角田さんは隣の部屋に消えた。

すぐに戻ってきた。「まさか、あの人がねえ」と話しながら、お茶をいれる。日本茶と和菓子とがテーブルに置かれた。角田さんも椅子に腰を下ろした。

事件を起こす一週間ほど前に来月分の家賃を持ってきて、日にちは決まっていないが、引越しする予定だと告げたという。

「事件のあと、警察の人といっしょにあの人の部屋を見にいったんだよ。そしたら、布団《ふとん》一式と洗面用具以外はほとんど何もなくて、すっからかん。何年か前に水道が壊れて、業者の人といっしょに部屋に入った時には、本とかそういったものでぎっしりだったんだけどさ。驚いたねえ」

1DKの部屋だったが、ダイニングルームにまで本棚が置かれていたという。角田さんはズズッとお茶を飲んで、「驚いた、驚いた」と繰り返す。

「全部処分して、事件を起こしたというわけですか」

「あとから警察の人に聞いたんだけどね、事件の十日くらい前に業者を呼んで、何から何まで捨てている。警察のほうでも、処分したものを調べたみたいだけど、残っていたのは業者が中古品屋にまわした家具や電気製品くらいで、あとは焼却ずみだったんだって」

少し落胆した。遺《のこ》されたノートの類を調べれば、「ごんぎつねの夢」についての手がかりが見つかるかもしれないと考えていた。だが、重要なものは、誰か縁のある者に送った可能性もある。

「重要なものはご兄弟とか親類の方とかに送っているかもしれませんね」

「そりゃ、そうかもしれないね」

「入居の際の保証人とかはいなかったんですか」

「いいや、保証人をつけるほどのアパートじゃないから、そんなのいないけど、いちおう連絡先として、愛知県に住んでるお姉さんの電話番号は聞いてあるよ」

「お姉さんの連絡先を教えていただけませんか」

「あいよ」角田さんは一度、立ち上がって、また椅子に腰を落とした。「だめだって。今の時代はプライバシーってのが、やかましいだろ。あんた、私よりは若いんだから、そのへんわかってるでしょ」

八十年配に見える老女だが、声にも張りがあるし、頭の回転もなかなかのものだ。仕切り直しだ。有馬は用意してあった別の質問を口にした。

「長門先生とは、どんな話をしていたんです」

「まあ、世間話だね。私みたいな一人暮らしの年寄りには、世間話というのがいちばん嬉《うれ》しいんだよ。ふだん、あまり人と話さないからね」

有馬は大きくうなずいて返した。角田さんは和菓子を指で割って口に入れ、お茶で流しこんでから、話を続けた。

「世間話はしたけど、変なことをやって中学をクビになったってことは、あの人の口からは聞かなかった。うん、中学教師は忙しいばかりだから、辞めて、塾の先生をやってるということは、いつだったか聞いた」

スキャンダルを自らの口で語る者はいない。

「ごんぎつねの話なんかは、しませんでしたか」

「ごん、ぎつね？」おかしなアクセントになった。「なんなの、それ」

ほんとうに知らないみたいだ。「ごんぎつね」が小学校のほとんどの教科書に取り入れられ、〝国民的童話〟になったのは1980年代からだというから、角田さんは学校で習っていなかったのだろう。

次の質問に移る。

「長門先生、のどの末期ガンで余命わずかだったと聞いていますが」

「ガンの手術をしたのは聞いてたけど、病状がどのくらい進んでいたかなんて、怖くてきけないじゃないの」

「入院には、どなたが付き添ったんですか」

「お姉さんみたいだよ」

またお姉さんが出てきた。ここはしつこく食らいついたほうがいい。

「お姉さんの連絡先を教えてくれとは申しません。ただ、取りついでいただけたら、と思っているんです」

「取りつぐって」

「教え子が長門先生のことを知りたいと言っている。住所や氏名を教えてもかまわないか、聞いていただきたいんです。住所・氏名がわかれば、私のほうから手紙を書きます」

「ふーん、住所・氏名を教える許可をもらうわけか」

角田さんは顎のところに梅干しみたいなしわを作った。

「ま、いいか。あんた、悪い人じゃないみたいだからね」

有馬は最敬礼した。名刺をまだ渡していないことに気づいて、それを角田さんの前に置いた。

「なんだ、ノンフィクション・ライターって、やはりあの週刊誌の記者と同じ人種なの」

角田さんの表情が少し硬くなった。

「たしかにぼくは書く仕事をしていますが、長門先生の教え子でもあります。先生がマスコミでさんざんに言われているような人でないことを明らかにしたいんです」

老女の視線が名刺と有馬の顔とを往復した。視線は取調室の刑事よりも鋭いような気がして、緊張した。

「ま、いいか。あんた、悪い人じゃないみたいだからね」

角田さんの表情が弛《ゆる》み、さっきとまったく同じ言葉が口から出てきた。

一つだけ疑問が残っていた。

「角田さんのアパートは、部屋を借りている人間が家賃を払いに来るようになってたんですか。ふつうは銀行振込だと思うんですが」

「長門さんは特別だったのよ。振込じゃなく、直接、届けてくれれば、千円引くって言ったの。世間話して、重い物を棚から下ろしてもらったり、来た時、そんなことを頼んだからね」

思わず笑ってしまった。

「そうした世間話をした時、何か印象に残るようなことを、長門先生は言いませんでしたか」

「ふーん、印象に残ったこと」角田さんは額のあたりを指でトントンと叩《たた》いた。「そうだ、そうだ。天袋の中にあるものを出してくれるよう頼んだ時だ。ダンボール箱の中から、古いノートや万年筆が出てきてさ。ずいぶん前に亡《な》くなった亭主が使ってたものなんだけど、そういうの見て、長門さん、目を輝かせてね。昭和も戦前や戦中の頃の文房具を集めてると言ったんで、使わないから持っていっていいよと、あげたら、大喜びしてたよ」

レトロな文房具をコレクションしていたなどとは、いかにも長門らしい話で、有馬も顔をほころばせてしまった。

「お返しなんていらないと言ったんだけど、たしかお饅頭《まんじゅう》を持ってきたんじゃなかったかな。律儀《りちぎ》で、年寄りがつきあいやすい人だった。今の若い人みたいに、用件だけ話して、じゃあ、さようならといった感じじゃなく、雰囲気がゆっくりしてるんだね」

そこまで言って、角田さんはあらためて有馬の顔を見た。

「そういえば、あんたも長門さんと似たような感じだね。だから、初対面なのに家に上げてしまったのかねえ」

3

ガンを発症するまで講師として働いていた学習塾の経営者にも話を聞くことにした。一部の週刊誌は、塾の名前を実名で出していた。塾の経営者は「もう、そっとしておいてほしい」と、取材を受けることを渋ったが、粘って会う約束をとりつけた。

阿佐ヶ谷にある学習塾だが、進学向けというより、学校の勉強についていけない生徒を対象にした小さな塾だった。ここでの長門は、生徒に合わせた丁寧な教え方をすることで、生徒や親たちの信頼を得ていたという。

「手術の影響で長時間、声を出すことができなくなったので、辞めるのはやむなしだったんですが、うちにとっては痛手でした。さらにあんなとんでもない事件を起こしたでしょ。もう辞めていたから、塾のイメージがそう悪くなることもなかったんだけど、ショックでした。あんなことをする人とは思えなかったもの」

初老の経営者は困惑の言葉を並べた。長門が中学校の教師を辞めた理由については、「教え子を妊娠させて辞めたということは、取材に来た人から聞いて、初めて知りました。辞めた理由が男女間の不祥事だったら、絶対に講師として採用していませんよ。塾に通ってる生徒さんには女子もいますからね」

たしか「学校内の人間関係に疲れて辞めた」ということを採用時に聞いたと、経営者はつけ加えた。小規模学習塾だけに給与は高いものではなかったが、贅沢《ぜいたく》さえしなければ、充分に暮らしていける金額だった。

当然のこととして、新美南吉についても訊いてみた。だが、経営者は長門とそうした話をした記憶はないと答える。ただし、こんなことは言った。

「国語の先生だけに、いつも本を何冊もバッグに入れてましたね」

「どんな本を？」

「さあ、どうだったんだろう。ああ、こんなこと聞いた記憶がありますね。『本が好きなんだけど、資金が乏しいから、もっぱら古本屋で買っている。置いておく場所もないんで、本が増えたら古本屋に売りに行く。今、住んでいるところは古本屋がたくさんある高田馬場まですぐ行けるんで、都合がいいんですね』って」

いかにも長門先生らしい話だな。その時は、そう思っただけだった。

4

中二の時、劇の脚本を書くため、「ごんぎつね」は暗記するほどに読み込んだ。もともと作りのしっかりしている作品だったから、そのまま劇仕立てにしても面白いものはできただろうが、長門先生からの要求に応《こた》えようと、全文を暗記するほどに幾度もこの童話を読んだ。

十六年たった今でも、あらすじはかなり細かな部分まで憶えている。

これは小さい時に茂平《もへい》というおじいさんから聞いた話である。

昔、山の中に「ごんぎつね」というキツネがいた。ひとりぼっちの小ギツネで、シダの繁《しげ》る森の中で穴を掘って住んでいた。

その小ギツネは昼夜を問わずあたりの村に出てきて、いたずらばかりしていた。芋の植わった畑を荒らしたり、干してある菜種がらに火を点《つ》けたり、農家の裏庭に吊《つ》るしてあるとうがらしをむしりとったりして、いたずらの限りを尽くした。

ある秋のことだった。長雨がようやく止んで晴れ上がった日、ごんは穴から出てきて、村にある小川の堤まで行った。長雨で川は増水していた。

ぬかるんだ道を川下に向かって歩いていくと、川の中で何かやっている人がいた。兵十《ひょうじゅう》だった。網を手にした兵十は増水した川の中で魚をとっていた。網にはうなぎなどの魚がかかっていた。兵十は獲物をびくの中に入れ、何かをさがしに上流のほうへ行ってしまった。

いたずら心が生れたごんは、びくの中の魚を川に投げ捨てた。大物のうなぎだけは上手《うま》くつかむことができず、首に巻きつかれてしまった。その騒ぎに兵十が気づき、「ぬすっとギツネめ」と怒鳴りたてたので、ごんはうなぎを首に巻いたまま一目散に逃げ出した。

十日ほどたって、村の様子がいつもとは違っていることに、ごんは気づいた。女たちがおはぐろをつけたり、髪をすいたりしている。秋祭にしてはたいこや笛の音がしない。兵十の家の前まで来ると、おおぜいの人が集まって、煮炊《にた》きをしているのが見えた。

葬式だ。ごんは思った。

昼過ぎ、村の墓地に行き、六地蔵の陰に隠れていると、白い着物を着た者たちの葬列がやってきた。兵十は白いかみしもをつけ、位牌《いはい》を手にしている。いつもは元気のいい顔が今日はしおれていた。

死んだのは兵十のおっかあだ。ごんはそう悟った。

その晩、ごんは穴の中で考えた。兵十のおっかあは床に臥《ふ》し、うなぎを食べたいと言ったに違いない。だが、自分のいたずらのせいで、兵十はうなぎを母親に食べさせることができなかった。あんないたずらをしなければよかった。

母親を失い、兵十はひとりぼっちとなってしまった。自分と同じだと、ごんは思った。

いわし売りがやってきた。いわし売りが客の家に行った隙に、ごんはいわしをつかんで、逃げ出した。盗んだいわしを兵十の家の中に投げ込んだ。いいことをしたと思った。

次の日には、山で栗《くり》をたくさん拾って、兵十の家にこっそり届けようとした。その時、兵十の顔にかすり傷ができているのを見てしまった。

「だれが、いわしなんかを放りこんでいったんだろう。おかげで、ぬすっとと思われ、いわし屋からひどいめにあわされた」

兵十がぶつぶつ言っているのを聞いて、これはしまったと、ごんは思った。

その日は、物置の入口に栗を置いて、帰った。次の日も次の日も、ごんは栗を兵十の家に届けた。松茸《まつたけ》も持っていった日もあった。

ある晩だった。ごんが散歩していると、兵十と加助《かすけ》というお百姓がやってくるのに気づいた。兵十は加助に言っていた。この頃、とても不思議なことがある。おっかあが死んでからというもの、誰かが毎日、栗や松茸を届けてくれる、と。

加助は「変なことがあるものだなあ」と応じ、二人は吉兵衛《きちべえ》という百姓家に入っていった。木魚の音がし、お経をよむ声が聞こえてきた。「おねんぶつ」があるようだ。

ごんは「おねんぶつ」が終わるまで、井戸のそばに隠れて待っていた。やがて、兵十と加助が出てきた。二人は連れ立って歩き、ごんはあとをつけた。

加助が言った。さきほどの話は神様のしわざだ。おまえが独りになったのを哀れに思って、いろいろなものを恵んでくれるのだ。毎日、神様に礼を言ったほうがいい、と。

それを聞いていたごんは、こいつはつまらないなと思った。おれが栗や松茸を持っていっているのに、おれには礼を言わず、神様に礼を言うのでは、引き合わない。

それでも、ごんは栗を持って兵十の家に出かけた。兵十は物置で縄をなっていた。ごんは裏口からこっそり家の中に入った。

その時、兵十はきつねが家に入っていったのを見てしまった。うなぎを盗んだごんぎつねが、またいたずらをしにきたに違いない。

兵十は火縄銃をとって、火薬をつめた。戸口から出ようとするごんをドンと撃った。ごんはばたりと倒れた。

直後、土間に栗がかためて置いてあるのが目に入った。兵十はびっくりしてごんに目を落とした。

「ごん、おまえだったのか、いつも栗をくれたのは」

ごんは、ぐったりと目をつぶったまま、うなずいた。兵十は火縄銃を取り落とした。


あらすじを憶えているだけではない。心を強く動かされた個所はいまだに文章そのものを間違えずに言うことができる。

描写の美しさや巧みさについては、ごんが兵十の母の葬列を見ているところがそうだった。

(ごんは、村の墓地へいって、六地蔵さんのかげにかくれていました。いいお天気で、遠く向うにはお城の屋根瓦《やねがわら》が光っています。墓地には、ひがん花が、赤い布《きれ》のようにさきつづいていました。と、村の方から、カーン、カーンと鐘が鳴って来ました。）

兵十の様子の描き方も真似《まね》ができないほど巧みだと思った。

（いつもは赤いさつま芋みたいな元気のいい顔が、きょうは何だかしおれていました。）

自分のいたずらが母と子の思いを踏みにじったことに、ごんが気づいた時の心理描写もストレートだが心にしみた。

（だから兵十は、お母《つかあ》にうなぎを食べさせることが出来なかった。そのままおっ母は、死んじゃったにちがいない。ああ、うなぎが食べたい、うなぎが食べたいとおもいながら、死んだんだろう。ちょッ、あんないたずらをしなけりゃよかった。）

そしてクライマックスの衝撃度は大きかった。すべてをそのまま憶えていた。

（そして足音をしのばせてちかよって、今戸口を出ようとするごんを、ドンと、うちました。ごんは、ばたりとたおれました。兵十はかけよってきました。家の中をみると土間に栗が、かためておいてあるのが目につきました。

「おや。」と兵十は、びっくりしてごんに目を落しました。

「ごん、お前《まい》だったのか。いつも栗をくれたのは。」

ごんは、ぐったりと目をつぶったまま、うなずきました。

兵十は、火縄銃をばたりと、とり落しました。青い煙《けむり》が、まだ筒口《つつぐち》から細く出ていました。）

5

シニア世代を除けば、ほとんどの人が小学校四年の国語で「ごんぎつね」に出会っているはずだ。有馬もそうだった。十何時間かに及ぶ、長い長い授業だった。ごんと兵十の心理の変化や情景描写、時代背景などが教えられたり、感想文を書かされたり、そしてクラス全員がグループに分けられて話し合いをさせられたりした。

途中でどんなに印象的な場面があろうとも、子供たちの思いは最後のシーンに収斂《しゅうれん》された。ごんがかわいそうすぎる。せっかく反省したのに、あまりにも残酷だ。ほとんどの感想がそうしたものだった。

兵十についての思いも述べられた。自分に栗を届け続けたごんを撃ち殺してしまったのだ。この先、兵十はどうやって生きていけばいいのか、心配だ。

それから、ごんが死んだのか、生きているのかの論争があった。ふつうに読めば、ごんは死んでいる。しかし、それでは納得いかないという思いが、傷を負ったが助かったのではないかという結論へと導こうとする。

「やっぱり死んだんだよ。ぐったりとなって目が開けられないほどの傷だったら、助かるわけがない。昔は獣医さんなんていなかったしね」

誰かがそう言って、その話は終わりになったことを憶えている。

毎年、全国で同じような授業が行われているに違いない。

とても心を揺さぶられる話だった。だが、残酷だ。救いがない。逃げ道もない。どうして学校でこんな童話を読まされなければならないんだ。読後感は最悪だった。長い長い授業が終わった時は、ほっとした。

その後も、夜、夢に見た。たいがいは誰かに銃で撃たれる夢だった。撃たれたところで、夢から覚める。「ドンと、うちました」という言葉が、頭から離れなかった。

中学の時、演劇部に入った。高校受験がある三年生は一学期で活動から〝引退〟するのが通例となっていて、二年の時、有馬は新しい部長となった。

演劇部にとって最大のイベントは秋の文化祭だった。なにを演《や》るのか、夏休み前に部員たちで決めなければならなかった。有馬はあまり気が進まなかったが、「ストーリーにキレとインパクトがある」という理由で「ごんぎつね」に決まった。

「『ごんぎつね』を小学校でやるというのは、早すぎるんだ。あの童話は深い感動と残酷さという二つの顔を持っている。中学の授業で取り上げ、大人になるまで考え続けるべき作品なんだよ」

長門がそう言ったのは、その時のことだった。

四年ぶりの「ごんぎつね」は新鮮だった。登場するきつねや人間たちの心理が場面によって移り変わっていくのが、どんどん頭に入ってきた。里の季節を描いた描写の美しさには感動した。最終場面も、単に「最悪」と思っていたものが、生きていけば、出会ってしまう避けがたい悲しみもあるのだと気づかされた。

同じ作品なのにこうまで違ったのは、やはり小学生から中学生になった成長の証《あかし》だったからだろう。加えて、長門先生のアドバイスも、小四の授業とはまったく違っていた。

「細部にとらわれず、全体を感じとりなさい。自分がごんになりきった気持で、兵十になりきった気持で、物語の中に入っていきなさい」

「ごんぎつね」が選ばれたすぐあとの集まりで、長門先生はそう言った。

思えば、小四の授業では、細部ばかりがつつきまわされていた。担任教師は「兵十が川で魚をとっていた時、『顔の横っちょうに、まるい萩《はぎ》の葉が一まい、大きな黒子《ほくろ》みたいにへばりついていました』とあるが、これは何を言おうとしたんでしょうか」

「米ではなく、なぜ麦をといでいたんでしょう」など、手慣れた調子で問いかけてきた。十数時間におよぶ長丁場を埋めていくためには、指導要領をフルに活用して、授業を成立させなければならなかったのだろう。

　教師が細部にこだわったから、生徒の目も細部に行った。

「菜種がらのほしてあるのへ火をつけたとありますが、きつねがマッチやライターを持ってたんでしょうか」

「兵十がとったのはうなぎやきすだとあります。でも、きすは海にいる魚で、川にはいないはずです。図鑑を調べてみましたが、そう書いてありました」

　などの質問が飛んだりした。有馬自身、ごんが栗や松茸をどうやって運んだのか、とても気になった。口にくわえたんなら、いくつも運べないし――。

　そんなふうだったから、生徒たちの感想は「ごんがかわいそう」「兵十はこの先どう生きていけばいいのか」などというごく当たり前のもので終わったし、ごんは死んだか否《いな》かという本筋とは異なる論争に熱が入ってしまった。

「作者の新美南吉は教科書に載せようとして『ごんぎつね』を書いたわけじゃない。ノリで書いた部分もあるはずだ。だから、読む方だって、気持を楽にして読んだっていい。文化祭の劇は、授業と違って通知表につけられるわけじゃないから、のびのびやろう」

皆をリラックスさせるようなことも、長門先生は言った。

ただし、劇を創《つく》るキーマンである脚本と演出担当――つまり、有馬と瞳子には要求が高かった。他の部員を帰したあと、長門は二人に言った。

「『ごんぎつね』は劇にするにしても、とてもよくできた作品だ。たとえてみれば、ベートーベンの『運命』みたいなもので、アマチュアの下手なオーケストラが演奏しても、そこそこ聞かせる。でも、一流のプロがやれば、途方もなく凄《すご》い演奏になる。だから、そこそこのウケ狙《ねら》いじゃなく、最高のものを目指そう」

とんでもないことになったと、有馬はたじろいだ。さらに長門は言った。

「さっき細部にはとらわれないようにしようと言ったけど、あれは細部を切り離し、その部分にこだわってはいけないという意味だ。有能な指揮者は楽譜を見ながら、作曲家が何を考えてこの個所を書いたのか、どう演奏すれば、全体の中で際立《きわだ》ち、しかし調和も保って聞こえるのかを考えているんだ」

クラシック音楽にはほぼ無縁だった有馬は黙って聞いているだけだったが、小さい頃からピアノを習っていた瞳子はしきりにうなずいていた。

「小説には、作家の歩んだ人生が映し出されていることも多い。とくに『ごんぎつね』には、新美南吉の前半生が強く投影されているんだ。今度、南吉の一生を簡単にまとめたものを持ってきます」

長門先生はそう言った。

6

配役についての難題は、ごん役を誰にするかだった。ごんはオスの小ギツネだったが、男子部員に出番もセリフもだんとつに多いごん役ができそうな者はいなかった。なにしろ、中一や中二の男子はまだ幼い。

「千波がいいんじゃないの」

誰かが言って、本人も辞退しなかったので、菊谷千波が主役に決まった。

千波は学年の中では、とくに目立ったりはしないごく普通の女子だった。やや小柄な体型で、目鼻だちこそ悪くはなかったが、とくに目が大きくてきれいだとか、人目を引くようなところはなかった。

そんな彼女が、部活の練習となると、がぜん輝きだした。まず声がよく通った。声が通るだけでなく、ほんの少しハスキーで、それが聞く者に心地良さを与えていた。ほとんどの部員がわざとらしく抑揚をつけてセリフを言うのだが、千波だけは自然に言葉を発していて、映画に出てくる本物の女優みたいに聞こえた。

前年「サザエさん」を演《や》った時は一年生ながらワカメ役に抜擢《ばってき》された。本番ではいちばん精彩を放っていたのが彼女で、サザエさん役を完全に食っていた。

一方で、有馬自身、部活以外では千波とほとんど口をきいたことがなかった。同じ団地に住み、小学校も中学校もいっしょだったのだが、親しく話をしたという記憶がない。というより、ふだんの彼女は無愛想な子で、友だちもあまりいなかった気がする――。

長門先生が新美南吉の生涯をまとめた資料を作ってきてくれた。プリントアウトした資料を、部員全員に配った。

資料を前にして、長門は言った。

「新美南吉は宮沢賢治と並び称される童話作家だが、二人の作風はまったく違う。宮沢賢治は天空を自由に舞うように作品を書いたが、南吉は地面から足が離れない作品ばかりだ。つまり、地面にいる人間や動物がどんなふうに悩み、どんなふうに光を求めようとしたのかが描かれている。それは、彼の人生が映し出されたからだろうね」

新美南吉は1913年、愛知県知多郡半田町（現・半田市）の畳職人の家に次男として生れた。長男は生後18日で死んでいる。母親も南吉が4歳の時に病死。父親はすぐに二人目の妻を迎え入れている。

8歳の時に母方の実家、新美家の養子となる。が、養母と二人だけの生活の淋《さび》しさに耐えられなくなり、新美姓のまま生家に戻った。

地元の小学校に通い、旧制の中学校（現在の高校）に進む頃から詩、童謡、童話などを書くようになる。

将来は教師になろうと、岡崎師範学校を受験した。中学の成績は学年で二番と優秀で、学科試験は問題なかったが、虚弱な体質のために体格審査で不合格となった。進学の夢を絶たれ、小学校の代用教員（無資格教員）として働くこととなる。

代用教員をしながら、鈴木三重吉が主宰する児童向け雑誌「赤い鳥」に童謡や童話の投稿を続け、いくつかが掲載される。そして18歳の時に書いた「ごんぎつね」が「赤い鳥」に載ることになる。

「18歳にしてこれだけの作品を書いたんだから、南吉は早熟の天才と言ってもいいだろう。しかし、その一方で、彼の人生は恵まれたものではなく、そのことが『ごんぎつね』にも反映されている。それは何なのか」

長門先生からの問いかけに、有馬は答えた。

「孤独感だと思います」

「そのとおり。兄は南吉が生れる前に死に、母親も4歳の時に死んでいる。しかも、養子に出され、養子先での淋しい生活に耐えきれず、出戻っている。幼児の頃から、ずっと孤独な生活を送っているんだ。だが、孤独感以外にもあるはずだ」

「成績優秀なのに、体力の面で入試に落ちたという屈辱感みたいなものもあったと思います」

こう答えたのは、瞳子だったような気がする。

「そうだね、今の制度に直せば、公立の進学校で二番だった人間が、地方大学の教育学部を落ちたみたいなものだ。体格検査で不合格だといっても、そのすぐ後、小学校の代用教員として働けるくらいだったから、そう大きな問題はなかったはずだ。南吉は若い頃、日記をたくさん書いているんだが、その日記の中でも、かつての同級生が第八高等学校——今の名古屋大学に進んで、ドイツ語の勉強をしているのに、自分は小学校の代用教員だと嫉妬《しっと》するような個所が複数ある。南吉は成績がよかったし、文芸の才もあったから、プライドも高かったのだろう」

有馬は言った。

「栗や松茸を運んでくるのは神様のしたことに違いないと、兵十が村人と話しているのを、ごんが盗み聞きしたシーンです。実際に運んでいっている自分に気づかず、神様に礼を言うんでは引き合わないなあ、と不満を抱くのは、南吉のプライドの高さが反映されているからでしょうか。罪滅ぼしのつもりで栗を運んで行っただけなら、それほど不満を抱かなくてもいいはずです」

「いいところに気づいたね」長門先生がほめてくれた。「なんとかして自分が運んでいった栗だと気づいてもらいたい。だから、わざと気づいてもらえるようなことをしたかもしれないね――そういった点を脚本の中に取り入れる手もあるんじゃないかな」

「でも、それだったら、話の筋が少し違ってくると思いますが」

「作品には書かれていない作者の意図を汲《く》み取って取り入れるのは、やっていけないことではない。あらすじをそのままなぞるだけなら、脚本家はいらないよ」

そうなんだ、と思った。中学生の有馬は、脚本は原作をそのまま芝居仕立てにすることだと単純に思っていた。だが、それだけではいけないと、言われた。長門先生は直接指示することは少なく、気づかせ、自分の頭で考えるよう導くのが上手かった。

7

兵十役を演じた桑田亮《くわたりょう》がこんな質問をした。

「小四の授業の時、どうして兵十がここまで残酷なことをしなければいけないのか、疑問に思いました。たしかにお母さんに食べさせるうなぎを逃がしたごんに腹をたてていたのはわかりますが、いきなり銃を発砲することまでしなくてもよかったんじゃないでしょうか。万引きの犯人を、店員が刺し殺したみたいなものです」

「たしかにそう感じた人も多いようだね。じつを言うと、残酷にすぎるのではないか、もっと別の終わらせ方があったのではないかと、ぼくも思ったりする。しかし、昔の感覚で考えると、当時は人の命も動物の命も今とは比べものにならないほど軽かったんだ。それを実感するためにも、青年期以降の新美南吉の人生を追っていこう」

「ごんぎつね」(当時の題名は「ごん狐」)が「赤い鳥」に載ったその年、東京外国語学校を受験して、合格。愛知県から東京に生活の拠点を移す。童話、童謡、詩を発表しながら、勉学に励む。同時に、学友たちと議論をしたり、外国映画を立て続けに観《み》たりして、文字どおり青春を謳歌《おうか》した。また、発表自体はだいぶ後になるが、「ごんぎつね」と並ぶ新美南吉の傑作とされる「手袋を買いに」の第一稿も書き上げる。20歳を挟むこの二年間は、南吉にとって短い春だった。

しかし、この春は突然、黒い雲に覆《おお》われる。血を吐いた。医師の診断は結核だった。当時、肺病と呼ばれた結核は有効な治療法もなく、死の病と言われた。

絶望と向き合いながら外国語学校を卒業したが、病気が悪化し、ふたたび愛知県半田町に戻る。不幸中の幸いで、中学時代の恩師の奔走により、女学校の正教諭として採用される。一時、病気は小康状態となり、教師をしながら、小説や詩を立て続けに発表する。

しかし、二十代も末になって、病状が悪化。そうした状況の中でもおびただしい数の作品を書き上げたが、結核菌がのどに回り、1943年3月、29歳7カ月で死去。

「たくさんの著名人が結核で若くして死んでいるが、とりわけ文芸の世界で亡《な》くなった人が多かった。たとえば、樋口一葉、正岡子規、石川啄木、立原道造、中原中也などなど、教科書にも載る著名人がたくさん結核で死んでいる」

「どうして、作家や詩人が多かったんでしょう」誰だったかが訊いた。

「文学をやるような人間はたいがい虚弱体質だった。南吉が師範学校への入試を体格審査で落ちているようにね。皆も知っているように結核は感染症で、昔は結核患者がそこら中にいたんだ。だから、誰しも菌を吸い込んだんだが、体力のある人間は抵抗力で病原菌を押さえこみ、発症までには至らなかった。虚弱な者は結核菌に負けて発症し、若くして死んでいった。今いちばん恐れられている病気はガンだけど、ガンはたいがい歳《とし》をとってから罹《かか》る。でも、結核は簡単に感染《うつ》るし、若くして死ぬことが多かったから、ガンよりもずっと怖かったはずだ」

「ガンよりも怖い……」

「しかし、怖かったのは結核だけじゃなかった。他の病気や事故なんかでも、人は簡単に死んだ。南吉の兄は生後18日で死んでいるし、母親も南吉が4歳の時に亡くなっている。生れたばかりの赤ん坊が死んだり、出産で体調を崩した女性が死ぬのは、よくあることだった。昔は、人の命がとても軽かったんだ」

「だったら、動物の命なんて、もっと軽かったんですね」

「畑で芋を掘り散らしただけで、銃で撃たれたって、不思議ではない」

一同が静まりかえっていたのを憶えている。言葉を失《な》くした部員たちを見回して、長門先生は言った。

「戦争もあったし、死は常に身近に存在したんだ。しかし、悪いことばかりじゃない。死が身近にあるから、逆に輝いたものがある。それは何だ？」

長門先生は皆を見回した。発言する者はいない。先生は自分から答を言った。

「それは生だ。闇《やみ》があるから光が輝くように、死がすぐそばにあったから、生はよけいに輝いた。どこで終わるかわからない人生をせいいっぱい生きようと、人はできることを全力でやり、日々を過ごした。新美南吉もそうだった。結核を発症したのが20歳、小康状態をへて、しかし悪化。29歳で死去しているんだが、その9年間でおびただしい数の作品を発表している。命が尽きるまでの時間を惜しむかのように、死の二カ月前まで執筆を続け、これも傑作だと言われている『狐』の原稿には『のどがいたい』と書き込みがされている。病気が進行すると、手直しをした原稿を清書する体力も時間もなく、女学校の生徒にその作業を頼んだ。のどだけではなく、もう全身がおかしかったはずだ。それでも書いた」

自分には当分関係のないことだと考えていた「死」が、突然リアリティを持って感じられ、言葉を発することができなかった。

「彼には死を賭してでも日本に新しい童話を誕生させるんだという強い決意があった。死を前にして、見舞いに来た知人にこう無念さを語っていた。私は池に向かって小石を投げた。水の波紋が広がったのを見てから死にたかった。それがとても残念だ、と」

長門先生の言葉が熱を帯びてきた。顔が紅潮し、部員たちを見回す目の光がいつもとは違っているように感じ、ちょっと恐《こわ》くなったのを憶えている。

「新美南吉が亡くなり、十三年の後、『ごんぎつね』が教科書に採用された。以後、どこの教科書にも載るようになった。それとともに多くの彼の作品が読まれるようになった。彼が死を覚悟して投げた小石が、とてもとても大きな波紋となって広がった。そうした意味では、新美南吉は人生という作品を生ききったのかもしれない。みんな、そんな南吉の思いを受け止めながら、『ごんぎつね』を劇にしようじゃないか」

8

先生の言葉に力づけられて、有馬はできる限りの工夫をした。

ごんは山の穴に住むひとりぼっちの小ギツネだ。新美南吉と同様に、母親とは死別した設定にした。人間の母子が仲むつまじく歩いていき、それをごんが見送る短いシーンを冒頭に設定した。

ごんはプライドの高いキツネだった。栗を届けたのがこのまま神様のしわざだとされるのは、がまんがならない。しかし、兵十には気づいてもらえない。

「頭の悪いやつだな。栗は神様にお供えするもので、神様がくれるものじゃないだろ」

言いながら、地団駄を踏むシーンも入れた。兵十に気づいてもらうため、わざとキツネの毛を栗の上に載せたりした。

演出担当の中林瞳子も頑張った。

「田舎の秋の空気感を表現したい。もずの声とか彼岸花が咲き乱れる様子とか、そんな中で、ごんと兵十の物語が進んで行くんだから」

望むレベルが高かったから、場面が変わるごとに悩んだ。

「長雨が終わって、晴れた秋空にもずの声がきんきん響いていた――そう、もずの声がきんきん響くという表現が、わたし、とても気に入っているのね」

もずの鳴き声を早回しにして流してみた。ガラスを引っ掻《か》いたような音になってしまった。長門先生が笑いながら言った。

「直接的な表現ばかりがいいとは限らない。状況を考えるんだ。もずの声がきんきん響くというのは、鬱々《うつうつ》とした長雨が終わって、空気の澄んだ秋の晴れた日がようやくやってきてホッとしたみたいなものがあると思うんだ」

瞳子は考えた末、こんなふうにした——薄暗い穴の中。二秒ほど真っ暗になる。もずの鳴き声が聞こえて、舞台がスーッと明るくなる。なかなか効果的だった。

また彼女は三カ所、コーラスを入れることにした。小さい時からピアノを習っていた瞳子は簡単な作曲ならできたから、ちょっとミュージカルふうにもなった。

役者たちも頑張った。とくにごん役の菊谷千波は、稽古《けいこ》を重ねるうち素人《しろうと》離れした存在感を放つようになり、他の者たちもそれにつられるように上手くなった。

そして、当日がやってきた。

幕が上がるや、出演者がガチガチに硬くなっているのが、舞台の袖《そで》にいてもわかった。リハーサルは入念にやったはずだった。しかし、観客の前でセリフを言ったり演技をしたりするのはまったく慣れていなかったし、とりわけ一年生にとっては初体験だ。まるで学芸会のような出だしで、有馬は不安に押しつぶされそうだった。

しかし、菊谷千波だけは違った。畑で芋を掘り返して「やったー」と嬉しそうに叫んだり、兵十が漁をしている川では飛び跳ねるように魚を逃がし、うなぎを首に巻きつけて、山に帰っていった。イタズラギツネのごんを全身で表すような演技だった。演出の瞳子とうなずきあいながら、この調子で上手く行ってくれればと願ったが、なかなかそうはいかない。

「ごんはイタズラ者」というコーラスが入ったが、音が外れていた。兵十の母親の葬儀では、葬列を作って歩く一人が足をもつれさせて転びそうになり、客席から笑いが起こった。喜劇っぽくなった。

前半の見せ場である、ごんがうなぎを盗んだことを反省する独白の部分で、千波が頑張って雰囲気を大きく変えた。「ああ、うなぎが食べたい、うなぎが食べたいと思いながら死んだんだろう」と声を振り絞るように言うと、場内はしんとした。

少しは演劇らしくなってきた。だが、最大の危機はそのすぐあとやってきた。

後半に入って、兵十のセリフはだんだん多くなってくる。だが、兵十役の桑田亮の調子が上がっていかない。亮は頭もカンも良いやつだったが、プレッシャーに弱かった。

なんとかストーリーを進行させていたが、あるところで急停止した。兵十がいわし売りに殴られた傷を撫でながら、昼飯を食べている場面だった。台本では「だれがおれの家にいわしを投げこんだんだ。おかげで泥棒と思われて、いわし屋からひどい目にあわされた」となっていたのだが、セリフが頭から飛んでしまった。観ていた有馬は心臓が止まりそうだった。瞳子も表情を引きつらせている。

その時だった。兵十の家のそばまで来ていたごん役の千波が言ったのだった。

「兵十のやつ、誰がいわしを投げこんだのか悩んでいるな」

台本にないセリフだった。そのとたんに兵十のセリフが戻った。

ここで桑田亮も腹をくくったようだ。演技やセリフがリハーサルどおりに、いや、それ以上にスムーズになった。桑田だけではない。出演者全員の意思が一つになったように物語はエネルギーを帯びて前に進んでいく。陸上部から借りてきたスタート・ピストルがジャストタイミングでバーンと鳴り、ごんは倒れた。兵十は栗に視線をやり、

「ごん、おまえだったのか。いつも栗をくれたのは」

悲鳴みたいな声で言う。目を閉じたごんが、ゆっくりとうなずいたあと、観客は一瞬静まりかえり、そのあと大きな歓声と拍手が湧《わ》き起こった。カーテンコールで有馬も瞳子も舞台に呼び出された。拍手を浴び、達成感と幸福感で夢でも見ているような気分だった。

舞台から退場すると、すぐに長門先生が言った。

「よく頑張った。ありがとう、みんな」

先生の目が潤《うる》んでいた。そこにいた皆が言葉にならない声を出した。緊張感がゆるんで、女子の誰かが泣きだした。それに誘われたように、残りの者も鼻をすすったり、声を上げて泣きじゃくったりした。有馬も瞳子も泣いた——。

あれから十六年がたつ。「ありがとう、みんな」と言った長門先生の声は、今も心の中に残っている。その長門先生がごんみたいに銃で撃たれて死に、有馬はその目撃者となった。先生、これはいったい何なんです？

第三章　新美南吉の生まれ変わり

1

〝副業〟としてやっている仕事に向かう途中、スマホに電話が入った。長門の住んでいたアパートの家主である角田さんだった。

「悪いんだけどね」と始まった角田さんの話は、先日、頼んだことへの返事だった。

「長門さんのお姉さんに電話したんだけど、今はそっとしておいてほしい、連絡先は教えないでくれって」

やっぱり、だった。あれだけ世間を騒がせた事件の犯人の肉親としては、当然の反応だろう。想定内の答だった。「わかりました」と応じたが、それで終わっていては、ノンフィクション・ライターは務まらない。有馬は言った。

「お手数をおかけしました。しかし、私としては、中学時代の恩師でもある長門先生に何が起こったのか、どうしても調べてみたいんです。それでまことに申し訳ないんですが、あと一つ、最後のお願いがあるんです」

まず有馬が手紙を書く。そこには有馬自身の住所や電話番号も書いておく。その手紙を、角田さんに頼んで、長門先生のお姉さん宛《あて》に投函《とうかん》してもらう――そんなことを、有馬は頼みこんだ。

「面倒だねえ。それだったら、最初にそう言ってくれればよかったのに、二度手間だよ」

角田さんは不満そうな声を出した。

「すみません、あの時に気づいていればよかったのですが、申しわけありません」

謝ることに徹した。そのうち、むこうも機嫌を直したようで、承諾してくれた。

電話を切って、有馬はまた思った。自分はやはり昭和の時代に生れてくるべきだったのか、と――。

令和、いや、平成の時代だって、プロのライターやインタビュアーは取材の時の反応が速い。相手の小さな変化を見逃さず、ポンと質問をぶつけていく。面白そうな言葉を、どんどん引き出していく。頭の反射神経だけで、仕事をしているような者も少なくなかった。

だが、有馬はそうしたことができない。相手の言葉や心理をいったん自分の中に引きこんで、それに合わせた問いかけをする。長門の姉の件でも、まず相手の意向を確かめることが必要と考え、あんな頼み方をしてしまった。

取材でお世話になった人には礼のハガキかメールをできるだけ送るようにもしていた。ライターの仕事を教えてくれた大先輩の湯原恭介《ゆはらきょうすけ》から教えてもらったことだ。評判になったノンフィクション書を何冊も書いていた湯原はこんなことを言っていた。

「取材が終わったら、それで終わりじゃないんだ。取材が終わってから新たな展開が始まることだって、珍しくないんだよ」

そうした話を同世代のライターに言うと、否定的な反応が返ってくることが多かった。

「相手の意表を突くから、面白い言葉が返ってくる」「今の読者は刺激的でパターン化された言葉しか理解してくれないんだよ」「ライターの稿料なんてたかが知れてるんだから、スピード重視で数をこなさないとね」

そんな言葉を耳にすると、反発を覚えると同時に、どこか納得もしていた。たしかに今はそんな時代だし、事実、頼まれる仕事は彼らほど多くはない。

いつものように中途半端《はんぱ》な気持を揺らしながら、仕事先に向かう。

松戸駅で乗り換えた私鉄電車を五つ目の駅で下りた。10分ほど歩いたところが今日の最初の仕事先だった。

団地の一階に独りで住む川畑《かわばた》よし子さん。左足が不自由で、要介護一。年齢は、おそらく80代の前半。知っている個人データはそのくらいだったが、もう何度も訪れているから、人柄はよくわかっている。

玄関のブザーを押して名前を告げると、「錠は開いてるよ」大きな声が聞こえてきた。ドアを開けると、杖《つえ》をついたよし子さんが迎えてくれた。

今日の仕事は部屋のもよう替えと家具の組み立てだった。指示に従って、ダイニングルームの椅子《いす》やテーブル、テレビ、さらには観葉植物などの位置を変えていく。続いては、木製の棚をダンボール箱から取り出して、組み立てていった。

「通販で届けてもらったんだけど、最近のは自分で組み立てなくちゃならないものばかりだから、便利になったんだか、不便になったんだか」

よし子さんはぶつくさ言っていたが、室内が変わっていくのは嬉《うれ》しそうだった。仕上げに掃除機をかけて、作業が終わったところで、

「これで用事はお終《しま》いだから、お茶にしましょ」

と声がかかった。約束したのは二時間で、まだ三十分近くも残していたが、よし子さんはいつも早めにお茶にしてしまう。紅茶とクッキーをいただきながら世間話をし

た。

　食べ残しのクッキーをお土産にいただいて、次の仕事先に向かった。同じ団地に住む高齢者男性のお宅だった。こちらでも老人では手に余る雑用の処理を仰《おお》せつかった。

　有馬が副業としてやっているのは、高齢者を顧客にした便利屋だった。

　さほどの実績もない若手のノンフィクション・ライターでは、食べていくのがなかなか難しい。取材や執筆の合間を使ってウーバーの配達でもしようかとも考えた時、思いがけない仕事を紹介された。

　在宅介護の取材がきっかけだった。団地の近くで小さな介護事業所を営んでいる矢《や》崎《ざき》さんという男性の話を聞き終え、雑談をしている時、言われたのだ。

「あなた、フリーで時間も自由になるんなら、高齢者相手の便利屋をやってみない？」

　高齢化が進む団地では、自分一人ではできない用事が数多くある。介護保険法の下で働いているヘルパーでは手が出せない仕事も少なくないという。

「そういうの、誰かにやってもらいたいんだけど、ぴったりした人がいなくてねえ」

　信用がおけて、高齢者ときちんと話ができる人がいい。あなたならぴったりだと続けた。悪くない話だと思った。ウーバーは足が鍛えられるだけだろうが、高齢者向けの便利屋なら、彼らの話や生活ぶりに接することができる。勉強になるはずだ。

二件の仕事を終えて、団地内にある小さな公園のベンチに腰をかけた。ペットボトルの水を飲み、先ほどもらったクッキーを食べた。

ドミノを何列も並べたみたいに、同じ形状の建物が整然と並んでいるのを目の中に入れていると、大学二年の時まで過ごした巨大団地のことが頭に浮かんでくる。

静岡で日本料理の板前をしていた父が、本場で修業したいと、東京の店に転職した。一家揃《そろ》って、日本でも有数の巨大団地である高野原団地に移り住むことになった。有馬が小学校二年の時だった。

引っ越して、あまりにも便利なことに驚いた。小さな市ほどの人口のある高野原団地には、五つの小学校があった。そのうちの第三小学校に通ったのだが、通学時間は三分ですんだ。帰ってくると、同級の友だちと、団地内にあるブランコや鉄棒で遊んだ。家計を助けるため、母親は団地商店街のスーパーで働いていたが、職住超近接だったため、夕方には食材を手に帰ってくることができた。いろいろな催しも盛んで、夏祭で子供みこしを担《かつ》いだことは忘れられない思い出だった。

小学校低学年の時は、この小宇宙に満足していた。しかし、五年生になる頃には、不満も感ずるようになった。団地内の狭い道を自転車で突っ走ったり、音の出る花火を投げたりして、大人たちにこっぴどく叱《しか》られた。猫を飼いたかったのだが、団地内には「ペットを買うことは禁じられています」という貼《は》り紙がしてあった。

「いろんな人が一所《ひとところ》に集まって暮らすんだから、がまんしなきゃならないこともあるよ」

母は言ったが、成長のエネルギーを持て余している子供には「がまん」ですませられるものではなかった。夜、部屋を抜け出して自転車やスケートボード遊びをした。大人の中にもこっそり猫や小型犬を飼ったりする者がいた。

団地の生活にも息が詰まる思いがしたが、自宅の狭さにもまいった。2DKの間取りだったから、一部屋を二歳下の弟とシェアする生活は年を追うごとに窮屈さを感じるようになった。

かつて団地は近代的な造りで、家族にとって憧《あこが》れの住まいだったらしい。しかし、高度成長やバブルの時期をへて、有馬一家が越してきた頃には、団地は時代から遅れた住居となっていた。

子供が小学校を卒業し、中学に入学するのを機に、マンションを買って団地を出て行く者も目立った。有馬自身はやはり団地のそばにある中学校に進んだのだが、知った顔が何人か消えていた。

中学校も団地に併設されている学校だった。ただし、顔ぶれは多少変わった。賃貸の団地のそばには分譲の高層住宅もあり、こちらは間取りも広く造られていた。中学からはそちらに住む子供たちも来ることになった。中林瞳子も分譲組の一人だった。団地組の中には、団地から出て行こうと準備を始めている家庭の子供、有馬のところのように出る見こみがない家庭の子供がいた。陰では分譲住宅から来る「金持組」、「(脱出)準備組」や「ビンボー組」と言ったりする者もいた。

そんなまとまりのない中学校だっただけに、演劇部での「ごんぎつね」は貴重な体験だった。皆が一つになって大きなことをやってのけたという達成感があった――。

大学二年の時にようやく巨大団地を出ることができた。父が東京で店を持つことを諦《あきら》め、故郷である静岡に戻った。自分だけは東京にとどまり、一人暮らしを始めた。以来、高齢者相手の便利屋をするまでは、団地のことは忘れていた。

買い物帰りなのか、カートを押して、老女がゆっくりと歩いてきた。さっきから見るのは高齢者ばかりだ。かつて自分が住んだ高野原団地は都心までダイレクトに行けるため、若い独身者が増えていると聞いたが、この団地のように通勤に難があるところは、若い世代の入居が少ないらしい。

陽が西に大きく傾いて、ずらりと並んだ五階建ての建物を赤く染めていた。寒さも感ずるようになって、ベンチから腰を上げた。

2

愛知県半田市は思っていたよりも近かった。知多半島に位置しているが、名古屋からは名鉄特急に乗れば三十分ほどだ。乗換えを含めても、東京から三時間とかからない。

車窓を流れる平坦《へいたん》な景色を視野の端に入れながら、新美南吉の生れた町でもある半田で、長門の姉さんにどんな質問をすればいいのか、もう一度、頭の中で考えることにした――。

あれからすぐに手紙を角田さんに送った。角田さんが長門先生のお姉さんに送ってくれる手はずになっていた。かなりまどろっこしいやり方だったが、選択権が相手にある以上、こうするよりなかった。中学時代は担任教師と生徒、演劇部の顧問と部員であったことを中心に書き、今度の事件の真実を知りたいと、手紙に記した。こちらの住所や電話番号も書いた。

むこうからの連絡は角田さん経由ではなかった。有馬のスマホに直接、電話があった。

ぜひ、お目にかかって話を聞きたいと、頼みこむと、「私のほうも、教師時代の弟のことを知りたいので」と言って、会うことを承諾してくれた。長門の姉は生まれ故郷の半田に今も住んでいるという。

特急電車の三十分は短い。質問内容を頭の中で確認しているうちに、「次は名鉄知多半田」という車内アナウンスが流れた。長門の姉——川北珠美《かわきたたまみ》とは、午後一時に駅前にあるショッピングモールのコーヒー店で待ち合わせることになっていた。

駅前のロータリーのむこうが、ショッピングモールになっていた。一階にあるコーヒー店に入ると、ベージュ色のシャツを着た五十年配の女性が顔をこちらに向け、腰を浮かせた。一重の細い目が長門と似ているようにも見える。川北珠美だった。

名刺を渡し、コーヒーを注文すると、挨拶《あいさつ》もそこそこに本題に入った。あらかたのことは手紙に書いておいた。

「事件のことは、驚かれたでしょう」

「今だに現実のこととは思えません」

「ああしたことを起こす兆候は、あったんですか」

姉は首を横に振った。

「離れて暮らしていましたし、ほとんど連絡をすることもなかったんです。ガンで手術したあとは、時々電話をして健康状態を聞いたりしていましたが」

「最後に話をされたのは」

「事件を起こすひと月くらい前でしたでしょうか。あまり変わりはないよと言うだけで、なにしろ喉《のど》の病気でしたから、長話もせず、電話を終わりにしました」

事件後、姉は弟の遺体を引き取り、半田市内にある長門家の墓に埋葬した。死に方が死に方だっただけに、ごく近い親族だけを呼んだ葬儀だったという。

「長門先生がガンで手術をした時には、お姉さんが看病しに行っていたそうですが」

「弟は独身でしたから、わたしが行くよりなかった。ただし、ずっと行っているわけにもいきませんでしたから、東京や横浜の親類に看病を頼むこともありました」

「その時に何か気になるようなことは聞きませんでしたか」

「さあ、手術や入院の話しかしませんでしたので」

コーヒーが届いた。ひとくち飲んでから、質問の方向を変える。

「手紙にも書きましたように、中学の時、演劇部に入っていた私は文化祭で『ごんぎつね』の脚本を書き、長門先生からいろいろご指導を受けました。先生は新美南吉に対する思い入れが強かった。生まれ故郷が同じ町だったこともあるんでしょうね」

「ええ、半田はお酢で知られていましたが、今は作者の新美南吉の故郷ということで、ごんぎつねの町になってますね。ごんぎつねにちなんだお菓子もいろんなものが出てます」

川北珠美は会ってから初めて笑った顔を作った。

「そうすると、先生は子供の頃から『ごんぎつね』を始めとする新美南吉の作品に親しんでいたんですか」

「南吉と同じ町に生れたといっても、小学校の授業で『ごんぎつね』と出会ったのが最初だったのかな。でも、最初の頃はあの童話を嫌ってましてね。最後をあそこまで残酷にすることはないじゃないかって」

自分と同じだ――。

「同じ町の先輩だけど、新美南吉なんて大嫌いだとか言ってました。でも、学校の図書室にある南吉の童話をいろいろ読むうちに考えが変わっていったみたいで」

とくに中学の頃は学校の図書室だけでなく、公立の図書館にある南吉の童話や少年向け小説、詩など片端から読んでいったという。

「そのうち、自分は中学か高校の国語教師になると言い出しましてね」

「『ごんぎつね』を教えるんだったら、小学校の先生じゃないんですか」

「小学校だったら、ほとんどすべての教科を教えなければならないでしょ。でも、弟は理系がまったくだめだったから」

しばらくは長門の少年時代のことを聞いた。体が頑健ではなく、スポーツ方面もまったくだめ。それだからか、文芸方面のさまざまなことにのめりこんでいたという。

「わたしとは五つ違うし、弟は大学で東京に行ってしまったんで、あまり立ち入った話はしてないんですが、日本文学、とくに新美南吉や宮沢賢治についての勉強はよくしていたみたいです。それで、中学校の国語教師になった」

「なにからなにまで新美南吉と似てますね」

「そうなんです。そんなせいなのか、とうとう『ぼくは新美南吉の生まれ変わりなんだ』なんて言い出して」

「南吉の生まれ変わり――」

中学の時にも一度、聞いたなと思った。その場の冗談かと思っていた。が、姉は真《ま》面目《じめ》な顔のまま、少し声を低くして言った。

「あれは弟が大学生の頃でした。正月に帰省して、インフルエンザに罹《かか》ってしまい、高熱が続いたんです。そして熱が治まった時、言ったんです、『ぼくは新美南吉の生まれ変わりだったみたいだ』って。たしか『短い時間だったけど、南吉の一生を見てしまったんだよ』と言ってました」

「それで、お姉さんは？」

「弟は南吉の本ばかり読んでましたからね。熱に浮かされて夢を見て、それを信じこんだのだろうと、思っただけです」

「新美南吉の一生を見たということについて、細かな点はお聞きになりませんでしたか」

「たしか未発表の作品がどうのこうのとかいう話は聞いたと思いますが、わたし、あまり興味はありませんでしたから、右から左に素通りしただけで」姉は笑った顔になった。「小難しい話は憶《おぼ》えていませんが、ただ『新美南吉って、女運がなかったんだ』ということだけは記憶に残っていて」

「女運がなかった――」

「ええ、いちばんは母親と死別したこと。それから、青春時代に何年もつきあった女性が他の男と結婚してしまったことですね」

「ああ、私も知っています。母親は南吉が四つの時に病死して、孤独な子供時代を送った。それから、たしか代用教員時代に知り合い、東京の大学に行っても遠距離恋愛を続けていた彼女が金持の男のもとに嫁いでしまったとか」

新美南吉の生涯を紹介した本を読めば、たいてい出てくる話だ。姉は「それはそうなんですが」と言って、さらに言葉をつなげる。

「幼い頃に母親と死に別れたとか、恋人にふられたとかは、地元でもけっこう知られた話なんですけど、弟は当事者であったかのように言ったんです。南吉が三つか四つの頃、病院で入院していた母親が『子供を産まなけりゃ、もうちょっと元気だったのに』と見舞いにきた人に言うのを、南吉は聞いていた。自分は生れてきてはいけない子だったのかと、ひどく傷ついたんだとか」

思いがけなくリアリティのある話になった。

「それから自分をふった女性に対してですけど、『ぼくたちの恋愛は恋愛ごっこをしてただけだった。だから、今までのことは気にせずに結婚生活を楽しめばいい』みたいなことを書いた手紙を相手に送りつけてやったそうです。でも、南吉には彼女に対する未練が残ってたみたいで、いつまでもウジウジしていて、29歳で亡くなるまで彼女のことを想《おも》っていたと」

「それで、お姉さんはどう言葉を返したんですか」

「細かいことは忘れちゃいました。どうせ夢の中の話なんだから、他人にそんなこと言ってはだめだよ、頭が変だと思われるからと、注意をしたのは憶えてますが、それだけです。まあ、母親の話については、ああ――」

長門の姉はそこで言葉を止めた。何か言いかけて、言葉を止めたような感じだったので、有馬は訊《き》いた。

「母親について、何か」

「いえ、その、この町でも愛されている新美南吉の母について悪いイメージを持たれるようなことは口にしちゃだめと、注意しただけです」

不自然さを覚えたが、これ以上、訊くこともできない。有馬は話をいちばん知りたいところへ持っていった。

「その時、あるいは、そのあとでもいいんですが、南吉は『ごんぎつねの夢』、いえ、教科書に載っているのとは異なる『ごんぎつね』を書いていた、などという話はしていませんでしたか」

姉はすぐに首を横に振った。

「こちらまでおいでになった警察の方からもそういったことを訊かれましたが、心当たりはないんです」

あれだけの大事件だ。当然、刑事も東京から来たのだろう。

「事件を起こす前に、長門先生はこちらに荷物など送ってきたりしませんでしたか」

「はあ、事件を起こすひと月ほど前でしょうか、部屋が手狭になったからしばらく預かってほしいと、ダンボール二つ分の荷物を送ってきて」

「何が入っていたんですか」

「新美南吉の本とか、それから昔の文房具とか」

やはり大切にしていた本は処分できなかった。昔の文房具は長門先生がコレクションしていたと、家主の角田さんが言っていた。

「それらを、私に見せていただけませんか」

「ちょっと、それは」姉は難色を示した。「家の中が今ちらかっていますし、それに東京から来た警察の方も荷物を調べていきましたが、手がかりになりそうなものはなかったと、そのままお帰りになって」

ここで引いてはならない。しつこく頼みこんだ。姉は根負けしたように「狭くてきたない家ですが」と言って、有馬の来訪を受け入れてくれた。

カップの底に残っていたコーヒーを飲み干した時、むこうから言った。

「ひとつお訊きしたいのですが」

「はい」

「あの、弟が学校を辞める原因になったというあれ、ほんとうだったんでしょうか」

隣の席には人がいないのに、声を潜め、曖昧《あいまい》な言い方で訊いてきた。

「本当のところは、私たち生徒にもよく分かっていないんです。噂《うわさ》はいろいろ飛びましたが」逆に訊いた。「お姉さんは、長門先生からどんなふうに聞いてるんです」

左右に視線を向けてから、姉は答えた。

「最初は、弟から、学校では雑用が多くて研究ができないので塾のほうにかわるという話を聞いて――でも、一、二カ月後ですか、東京で教師をしている知人から、ああしたことがあったという話が伝わってきて」

長門が教え子と不適切な関係になったことは、内密に処理されたらしい。教員の間には箝口令《かんこうれい》が敷かれ、マスコミ沙汰《ざた》にもなっていない。しかし、この種の話は教育関係者の間では、遅かれ早かれ広まる。

「わたし、大慌《おおあわ》てで電話をかけ、弟に問い質《ただ》したんです。そしたら『いろいろ複雑な事情があってね』と言うばかりで、電話を切られてしまった。でも、信じられないんです、弟があんなことをしたなんて。文彦は国語教師であることを誇りにしてたんです。新美南吉も学校の教師をやったから、ぼくも同じだなんて言って――そんな弟が教職の仕事を棒に振るようなことをするでしょうか」

周囲を気にしていたお姉さんの声がしだいに高くなった。答えようがなかった。

コーヒー店を出て、長門先生のお姉さんの家に向かった。家は歩いて十分ほどの場所にあった。

リビングルームでダンボール二箱分の中味を見せてもらった。一つには新美南吉や宮沢賢治、小川未明などの童話、「赤い鳥」や「金の星」といった戦前の子ども向け雑誌が入っていた。やはり、大切にしていたものは、業者に処分をまかせることができなかったのだろう。

もう一つの箱には、古い文房具が入っていた。角田さんの言っていたことはほんとうだった。万年筆、ガラスペン、鉛筆などの筆記用具、ノートや原稿用紙などなどが箱いっぱいに詰まっている。原稿用紙には「海軍」と印字されているものもある。古道具屋やネットのアンティーク・オークションで手に入れたものだろう。ノートや原稿用紙に何か書かれていないか、一つひとつ見ていった。どれも、古いが未使用品ばかりだった。事件の手がかりになるようなものはない。

「あ、忘れてました」

お姉さんは言って、隣の部屋に行った。一冊の冊子を手に、戻ってきた。

「お預かりしたいと言って、警察の人が持っていったのですが、少し前に送り返してきたんです」

渡された冊子には、「ごんぎつね」と題名が入っている。文化祭の時にやった劇の台本だと、すぐにわかった。有馬が書いた脚本をコピーし、ホッチキス止めをして、みんなに配ったものだ。手にとって、開いてみた。

どのページにも、赤のボールペンで長門先生の注意書きが入っている。「この部分、たんたんと語る」「山下くん、声を張り上げすぎ」――目で追っていると、長門の声が甦《よみがえ》ってくるようだった。先生は、どんな時でも全力投球していた。

「これ、お借りしてよろしいですか。文化祭の時にやった劇の台本で、先生の思い出が詰まっておりますので」

有馬は言った。姉は穏やかな声で応じた。

「差し上げますので、どうぞお持ちになってください。私のところにあるより、有馬さんが持っていたほうが、弟も浮かばれるような気がします」

長門先生のお姉さんの家を出ると、外は夕方に近づいていた。その日は半田に泊まることにした。南吉の生家を訪ねたり、「ごんぎつね」の舞台となった場所を見てみたかった。

3

名鉄の普通電車で二駅戻った。半田口という小さな駅で降りて、細い道を少し歩くと、生家に行き当たった。板壁の古びた小さな家だった。案内板が家の前に出ていた。新美南吉はこの家で生れ、「狐《きつね》」「小さい太郎の悲しみ」などの作品もここで書かれたことが記されている。家の間取り図もあったので、それらをスマホで写真に撮った。

常駐の係員はおらず、見学のため、間取り図もあったので、自由に家に入れるようになっている。引き戸を開けて中に入るや、別世界——大げさに言うと、ガリバーが小人の国に迷い込んだような気分になった。入ったところは土間で、右側が畳屋をやっていた父の仕事場、左側が南吉の継母が営んでいた下駄屋、そして奥の二間が居間となっていたが、見通せるどの部屋も恐ろしく小さい。

突き当たりに下におりる階段があった。地下室があるのかと思った。はしごと呼んだほうがふさわしい極小で急な階段を、身をすぼめて恐る恐る下りていった。下りた先は釜《かま》や井戸のポンプなどがある勝手場になっていて、その左右に物置や小さな部屋がある。地下のように思えたが、外が見える窓があり、こちらが一階のようだった。

斜面に建てられた二階家である。

階段をまた上にあがった。あらためて居間を見た。やはり狭いという言葉でしか表現できない。案内板には延床面積75平方メートルとあったが、大半が店や仕事場、勝手場などで占められていたから、人が寝起きする場所はその三分の一ほどだろう。ここで親子が暮らし、小さな座り机に向かって南吉の執筆活動も行われていたのだ。

生家の建物を出て、正直、ホッとした。戦前の日本人は、こんなところで生活をしていた。団地の2DKが狭いだなんて、贅沢《ぜいたく》もはなはだしいと苦笑した。

こんな狭い空間で暮らしているのなら、家族の誰かが結核になったら、他の人間にも簡単にうつるだろう。新美南吉を始めとして、戦前の作家が数多く結核で死んだことを思い出した。長門先生からその話を聞いた時には恐ろしいとは思ったものの、平成生れの有馬には、あまり実感として感じられなかった。しかし、今日、当時の暮らしを目《ま》の当たりにして、恐《こわ》さが湧《わ》いてきた。

生家の近くに石で造られた常夜灯があった。夕暮れ時、子供たちが常夜灯のそばで遊んだことは「花を埋める」の中に書かれている。ガラス片を被《かぶ》せて地面に埋められた花弁を〝おに〟となった子供が探すという遊びだった。花弁を組み合わせて美しい小宇宙を作る少女と、しかし、彼女一人がずるさを持った大人になっていた事実が描かれたこの小説を好きだという人も多い。

そこだけが〝戦前〟になっている一角をあとにして、有馬は「ごんぎつね」の舞台へと足を進める。

矢勝川《やかちがわ》沿いの道に出た。兵十がウナギを捕っていた川だ。幅三、四メートルの細い川で、今は両岸がコンクリート護岸で覆《おお》われている。もう少し季節が早ければ、土手に真っ赤な彼岸花の帯ができていたらしいが、秋も深まり、残った赤いかたまりがちらほら見えるだけだ。右手に丘のような山のような高まりが見えた。あれがごんが住んでいた権現山《ごんげんやま》のようだ。開発が進み、人家も見える。

「ごんぎつね」の世界を求めて歩いてきたが、それらしき面影は残っていない。無理もない。南吉が18歳であの童話を書いてから九十年ほどの時がたっているのだ。

しばらく歩いて、新美南吉記念館に着いた。広い芝生の庭があり、その庭と一体化した曲線的な屋根を持つ建物がある。駐車場にはたくさんの車が駐《と》まっていた。

建物の中に入ると、新美南吉の作品をモチーフにした展示物があった。図書室では、南吉の著作物や彼について書かれた本、さらには小学生の感想文などまでが書架にずらりと並んでいる。新美南吉については日本でいちばん多くの資料が所蔵されているはずだ。

可能性のありそうな表題の本や資料を書架から抜き出して、閲覧用の机に向かって読んだ。昼食は館内にあるカフェでコーヒーとベーグルだけですませ、夕方近くまで机に向かった。しかし、「ごんぎつねの夢」に関係ありそうなものには行き当たらなかった。

帰りの車内では、混迷を持て余していた。

半田まで来ても、「ごんぎつねの夢」の輪郭すらつかめなかった。それだけではない。長門の姉と会い、わからなさがさらに大きくなった。

川北珠美によれば、弟の文彦が大学生の頃、インフルエンザで高熱に浮かされ、病気から回復したあと、「ぼくは新美南吉の生まれ変わりだったみたいだ」「短い時間だったけど、南吉の一生を見てしまったんだよ」と言っていたらしい。

〈その場の冗談だったんじゃないんだ……〉

灯が後方に流れていく車窓を目の端に入れながら、有馬は思った。

文化祭のあと、放課後の教室で長門先生と話をしていた時だった。新美南吉について、いろいろ質問したのだが、どんな問いにも、長門は間髪をいれず詳細に答えた。

「日記とかに、そんなことまで書いてあるんですか。見てきたみたいですね」

まるで自分のことのように答える長門に、有馬はそう言っていた。長門は笑った顔を作った。

「なんていったって、ぼくは新美南吉の生まれ変わりだからね。なにからなにまで南吉のことは自分のことみたいに知ってる」

思わず、先生の顔を見てしまった。

「ははははは」先生は今度は声を出して笑い、「はい、今日はお終い」と言って、教室から出ていってしまった。

残された有馬は呆気《あっけ》にとられた。冗談だろう、とは思った。だが、一方で、〈あれだけ細かな点まで知ってるんだ。まさか、ほんとうに生まれ変わり……〉ちらりと思った。なにしろ、あの頃は「男女二人の人格が入れ替わった」「戦士の生まれ変わりだった」「この世とあの世を行き来できる」などなどSFファンタジーっぽいアニメや漫画が溢《あふ》れていて、とくに中学生世代には人気があった――。

30歳に近い年になり、生まれ変わりなんて簡単には信じない人間になっている。ただし、南吉のプライベートな部分を語っていたことは多少、気になった。創作についてだったら多くの研究書が出版されているから、それらを読み込んでいた長門の夢の中に出てきたとして不思議ではない。だが、母親とか恋人とか微妙な問題は、既存の資料の中にそう詳しくは載っていないはずだ。

そして、もう一つ。長門が教師を辞めた本当の理由だ。

あれは、中学校最終学年も終わりに近い2月に入ってからだった。学年主任の久保《くぼ》木《き》先生が朝やってきて、唐突に言った。

「長門先生は事情がありまして、しばらく学校をお休みします。従いまして、卒業式まで短い間ですが、クラス担任は私が務めます」

事情については、何も述べなかった。B組の生徒たちは戸惑うばかりだった。最初のうちは「病気なんじゃないの」というような憶測が流れた。

しかし、すぐに別な噂が流れた。今度はかなり具体的な話だった。長門先生が菊谷千波を妊娠させた。千波の妊娠を親が知り、娘を問い詰めたところ、長門文彦の子供だということがわかった。両親は学校に抗議し、それがために長門は休職することになった、と。

菊谷千波は三学期になってから、ずっと学校に来ていない。彼女は文化祭で主役を演じ、それをきっかけにして、二人は親しくなった――。

それからさまざまな噂が流れた。真偽のわからない話が、卒業間近な生徒たちの間で囁《ささや》かれた。久保木先生に直接、訊いてみたこともある。

「まあ、微妙な問題だから、はっきりしたことは言えないんだ」

学年主任を務めるベテラン教師は口を濁すばかりだった。

長門先生が菊谷千波を妊娠させた。千波は中絶をし、長門は教師を辞めることになった――それらが確定した事実のように生徒たちの間では受け止められ、有馬たちは卒業式を迎えた。

あれから十五年。ずっと、そう思ってきた。が、昨日、川北珠美の話を聞いて、それが少し揺らいだ。

長門先生は中学の国語教師であることに誇りを持っていた。新美南吉と同じ道を歩んだことを誇りに思っていた。そんな教師という職を失うリスクを、あえて冒すだろうか。

間もなく新横浜に到着するという車内アナウンスがあった。窓際《まどぎわ》の席にいた女性が降りる様子だったので、有馬は立ち上がり、通路に移動した。思考はそこで断ち切られた。

第四章　新美南吉と宮沢賢治

1

「これ、お土産」

有馬は机の上に菓子の袋を置いた。

「なになに、ごん最中《もなか》もあったけど、ごんサブレ――」

「ここ、コーヒーしか出てこないから、こっちのほうがいいと思ってさ」

瞳子は菓子の袋を破りにかかっている。折よく、ドアがノックされ、女性がコーヒーを運んできた。

「お、意外にいける」

狐《きつね》の形をしたお菓子を、瞳子はカリッと音をさせて食べる。有馬も手を伸ばして、サブレをつまんだ。同じくカリッと食べた。あまり期待していなかったが、ほのかな甘みのあるサブレは上品な味がして、なかなか旨《うま》かった。

「もう一つお土産があるんだ」

有馬はバッグから「ごんぎつね」の台本を取り出して、瞳子の前に置いた。

「ああ、これ文化祭の時にやった——」

「お姉さんの家にあったんだ。長門先生、まだ取ってあったんだ」

瞳子は台本を開いて、めくっている。

「書き込みがすごいね。気づいたことを、みんな書き込んでいる」

「そう、赤い文字が熱意の温度を表しているように見える。先生は、中学生だからこのくらいでいいだろうと、手を抜いたりしなかったんだ」

「たしかに。要求が高すぎて、中学生の私たちには充分に応《こた》えられなかった」

「でも、それでいいと、先生は考えてたんじゃないかな。自分が言ったことの、半分でも三分の一でも考えてくれれば、それだけ力がついてくると」

うなずきながら、瞳子はページをめくっていっている。

「なにか、先生がまだそばにいるような気がするね」

静かに言って、彼女は台本をそっと机に置いた。

「さあ、メイン・ディッシュの検証にかかろう。こっちは難題だねえ」

瞳子はプリントアウトされた資料を手にとり、一転、張りのある声で言った。

半田市で取材した内容その他の説明資料は、事前にメールで送ってあった。それを元にして、これから突っ込んだ話をすることになっていた。場所はいつもの喫茶店ではなく、中林瞳子が編集者をしている英光出版社の小会議室だったから、両者とも気合が入っていた。

「メインの謎《なぞ》は『ごんぎつねの夢』なんだけど、とりあえず考えてみたいのは、長門先生が新美南吉の生まれ変わりか否《いな》かと、それから長門先生がほんとうに菊谷千波を妊娠させたのか、となる」

有馬が言うと、瞳子がプッと吹き出すように笑った。

「なにか三流週刊誌のネタみたい」

「たしかにまともに議論したくはないような材料だけど、元々がまともな出来事じゃないからな。キツネの面をかぶった男が教え子を人質に取って立てこもり、警官に射殺されたなんて、実際に起こった事件でなかったら、誰だって作り話だと思う」

「作り話が実際に起こったから、なぜそうなったかを本にすれば売れる」

昔からの友人だけに、瞳子は隠さず本音を言う。

「そもそも生まれ変わりなんて、あるのかしら。よくそういったことを書いた本も出ているけど、ほとんどがトンデモ本扱いされてるでしょ」

「中には、生まれ変わったと主張する多くの人を実際に調査したり、前世にさかのぼる精神療法の効果を報告したりする、けっこう真面目《まじめ》な本もあるけどね」

「整理してみるか」

立ち上がった瞳子は、小会議室にあるホワイトボードの前に立った。マーカーを手にして言った。

「可能性は三つあるよね。まず第一に、前世というものはあって、長門先生はほんとうに新美南吉の生まれ変わりだったと」

瞳子は小さく笑いながら「①長門先生は南吉の生まれ変わりだった」とホワイトボードに書いた。

「次に、生まれ変わり現象があるかどうかは別にして、長門先生は自分が南吉の生まれ変わりだと信じていた。そして最後に、先生は口から出まかせの嘘《うそ》を言ったという可能性」
②「南吉の生まれ変わりだと信じていた」③「まったくの嘘だった」と、ホワイトボードに記されていく。
「さて、この三つのどれなのか」

「③は除外していいと思うよ。長門先生は他人を騙《だま》してやろうと、出まかせの嘘を言うような人じゃなかった。お姉さんには、かなり真面目に南吉の一生を見てしまったと言ったらしいし」

「私もそう思う。南吉の生まれ変わりだと嘘をついて、得るものはほとんどない」

この点では一致し、瞳子はまず③の個所をイレイザーで消した。

「次は①でいこうか」

「長門先生が新美南吉の生まれ変わりだったと証明するためには、その前に生まれ変わり現象が実際にあるかどうかを論じなければならない」

「まいったね」

「まいったのは、こっちも同じだけど、プロのライターとして、いちおうは調べてきた。生まれ変わりだと称する二千件以上の事例を調べた研究書があってね、大半は真偽のほどが判定できないものばかりなんだけど、中には本当だとしか思えないものもあったんだそうだ。一例をはしょって言うと、インドで起こった生まれ変わり現象だ」

有馬はノートを見ながら話していく。

インドのデリーに住む家族に男の子が誕生した。男の子が言葉を話せるようになって間もなく、自分は少し離れた町に住んでいて殺人の犠牲者になった人間の生まれ変わりだということを喋《しゃべ》りだした。会社を経営する金持だったが、弟に銃で撃たれて死んだのだ。

父親がたまたまその町に行く用事があり、ついでに息子の言っていた家を探してみた。すると、その家は実在し、しかもそうした殺人事件が現実に起こっていた。次に男の子を連れて問題の家を訪ねてみた。男の子は殺された金持の知人を言い当てたり、殺人に至った細かな事情を話したりしたという。

「ま、こうした事例が少なからずある。共通する一つの特徴としては、殺人や事故など非業《ひごう》の死を遂げた場合、誰かに生まれ変わることが多いんだそうだ」

「新美南吉の場合は非業の死になるのかな」

「30歳を前にして、筆も乗っている時に死ななきゃならないんだから、かなり無念の思いがあったみたいだ。病が重くなった新美先生を女学校の教え子が見舞いに訪れ、薬効のあるスッポンの粉末を差し出したところ、スープにしなければならないのを、そのまま飲み込んで、むせ返ったという証言がある。よほど生きたいと思っていたのでは、と」

生きたいという執念が生まれ変わりとなって現れたのか。オカルト的な話になってくる。

「こういうの、いつまでも話をしていても、時間の無駄かも」

瞳子がイレイザーで①を消しかけたので、有馬は慌てて言った。

「ただ引っかかる点がある。まず先生が南吉の一生を見て、南吉が入院中の母親の愚痴を聞いてしまった、と言ったことだ。そんなことから、南吉の母親観が出てきているかもしれない。『春風』っていう詩を知ってるかい」

「知らない」

「南吉が25歳の時に作った詩だ」

有馬はコピーに目を落としながら、詩を読んだ。

お母さん　あなたの俤《おもかげ》は　春　乳母車にのってやって来る
わたしが戸口に凭《もた》れて　埃《ほこり》を追ってゆく春風を見てると　あなたは乳母車に乗って　私の兄さんに押させて来る
お母さん　あなたは　やさしい仏様達の国から　来たのに　大きな明るい蓮《はす》の花の傍から　来たのに　何という貧しさでしょう　あなたは窶《やつ》れている　あなたの着物は手織の木綿です　そしてこの乳母車は強い匂《にお》いのする　藤車《ふじぐるま》で　きゅろきゅろ

と小鳥のように　鳴くのです
お母さん　あなたは何処《どこ》へいくのですか　と私が訊くとあなたはこう答える
——私はまたお医者へいくんだよと　お母さん　あなたはそういってまた　まだ
羽織の肩揚げのとれない兄さんに　押されて行く
幼い兄さん　桃の木の下を通るときには　一枝をお母さんが折りとれるように
その乳母車をとめて下さい　桃の蕾《つぼみ》はまだ小さくっても
お母さん　あなたの俤は　こうして春の真昼ころ　私が戸口に凭れて通りを見てると　乳母車でやって来てやがて行ってしまう
——春風と来て春風といってしまう

朗読が終わると、瞳子が言った。

「『春風』なんて温かな題名がついて、じつは怖い詩なのね」

「南吉の母親観が出ているような気がする。彼にとって、きっと母は慈愛に満ちた存在ではなかったんだよ」

「私、南吉の中では『手袋を買いに』がいちばん好きなんだけど、あそこに出てくる母ギツネが変なんだね。かつて友だちのキツネが人間からアヒルを盗もうとして恐ろしい目に遭わされたトラウマで、自分では人の住む町に下りてゆけず、幼い子供に手袋を買いにいかせた。けっこう身勝手な話だよね」

「南吉が母親というものをどう見ているのか、表れているのかもしれない。そうした『春風』にせよ『手袋を買いに』にせよ、病室で心がひどく傷つくことを体験したからじゃないかな」

「言えなくもないか」

「新美南吉には、いわゆる〝狐三部作〟というのがある。よく知られている『ごんぎつね』『手袋を買いに』に加えて、死ぬ直前に書かれた『狐』があって、これも秀作なんだが、それぞれに母親の描き方が違う。『ごんぎつね』では、ごんは母親と別れて孤独に暮らす小ギツネ。『手袋を買いに』の母ギツネは身勝手なところのある母親だ。そして、『狐』に出てくるのは、死んでも子供を守ろうとする献身的な母親となっている」

「母親といったって、いろいろか」

「今の時代は毒親とか、子供を置いて男のもとに走る母親とか、おかしなのがいっぱいいるけど、当時だって、必ずしも子を思う母親ばかりじゃなかったんだろう。ステレオタイプの人間像を書くのを嫌った南吉らしい、母親の描き方だと思うよ」

「なるほど、母親の描き方から見た新美南吉の作品か——あの頃、長門先生はそうしたことについて何か言ってなかったかしら」

「いや、ごんは孤独な小ギツネだってことくらいで、あとはとくに触れていなかったと思うけど」

　話している有馬の頭の中に、長門の姉が母親について何か言いかけた時のことが浮かんだ。何だったのか。が、思ったのは一瞬だけで、有馬は話を先に進めた。

「それから恋人のことだ。恋人である木本咸子《みなこ》については、彼の日記にも記されているし、いろんな文献にも出てくる。別れに際して彼女に宛てた手紙の下書きも残っている。ただし、前半部分は早くに見つかっていて、1981年発行の『校定　新美南吉全集』第九巻にも載っている。しかし、新資料が発見され、後半部分が明らかになったのは2004年以降だ。その後半部分に、長門先生のお姉さんが証言していた『今までのことは気にせずに結婚生活を楽しめばいい』というのに近いことが書かれている。正確に言うとだ」有馬はノートに目を落とした。「手紙の下書きだという資料には、『嘘の恋愛は恋愛でも何でもありません。ですから新しい結婚生活なり恋愛生活なりにはいっても、全然ひけめを感ずる必要はありません』となっている」

　瞳子の視線が強くなった。有馬は続ける。

「長門先生が高熱を出し、南吉の一生を体験したと言っているのは、大学生の時だから——たぶん20世紀の末。手紙の下書きの後半部分はまだ明らかになっていない。普通だったら知り得ないことを、長門先生は知っていたんだ」

瞳子が言った。

「母親の言葉にせよ、手紙の下書きにせよ、普通の人なら知り得ないことを長門先生は知ってたんだから、つまり、南吉の生まれ変わりだってこと？」

「そうとも言えない。母親が病気で早死にし、南吉が母と子の情愛をあまり知らずに育ったことは他の文献でも明らかになっているから、長門先生が無意識のうちに頭の中で作り上げていたものかもしれない。母親が現在の常滑《とこなめ》市内にある病院に入院していたと記されている文献も存在している。別れの手紙の下書きについても、想像が偶然、事実に近いものになったのかもしれない」

「かもしれないの連投ね」

「状況証拠の積み重ねだから、そうなる」

「結論は出ないんなら、考えても時間の無駄か」

瞳子は①の上に「？」と、大きくクエッション・マークを書いた。

「結局、残るは②か。生まれ変わり現象が現実にあるのかどうかは別にして、長門先生は自分が南吉の生まれ変わりだと信じていた、と。いろいろやって、なにかいちばん平凡な結論になったけど」

「でも、長門先生が南吉の生まれ変わりだと信ずるほど新美南吉に入れあげていたことは確かだった。自分と南吉は同じ生命体だと信じているから、キツネの面をかぶり、警官に撃たれるようなことをした」

「何のために、撃たれたの？　まさか、単にごんぎつねと同じような死に方をしたかったから、あんな他人を巻き込む大げさな芝居を打ったわけじゃないよね」

「違う、何かの狙《ねら》いがあったんだ」

「狙いって」

「おそらく――『ごんぎつねの夢』を、みんなに知ってもらいたいってこと」

「では、『ごんぎつねの夢』とは」

「いまだわからない。見当もつかない。その点は以前と変わらず、一歩も前に進んでいない。ただ、半田に行って、お姉さんから話を聞き、新美南吉記念館で資料を読んで、長門先生は本気だったと思えるようになった。自分の命を捨てても、『ごんぎつねの夢』を知ってもらいたいと思ってたんだ」

「だったら、どうして、『ごんぎつねの夢』なるものを、わかりやすく示してくれなかったのかしら」

また「わからない」という言葉が出てきそうになるのを飲み込んで、有馬はコーヒーカップに手を伸ばした。カップの中のコーヒーはなくなっていた。

「コーヒー、新しいのを頼もう。サーバーから入れるだけだから、すぐ届く」

瞳子は電話に手を伸ばした。

2

ほんとうにコーヒーはすぐにやってきた。ごんサブレを食べ、コーヒーを飲みながら、少しテーマとは違う話をした。有馬は新美南吉記念館で見た南吉に関する資料や著作の多さを語った。

「南吉については、著作はむろん、書簡、生原稿にいたるまで見つかったものはほぼすべて分析され、それについての研究書や論文が出されている。まとまったものとしては、1980年代に出版された『校定　新美南吉全集』十二巻プラス別巻二巻がボリューム的にも内容的にも決定版と言われていたみたいだけど、その後も続々と新資料が見つかっている」

「生原稿の分析もされているのか。最初の原稿に手を入れた個所なんてのを調べてるのかな。書き手の気持の流れがわかるからね」

瞳子は編集者らしいことを言ってくる。

「南吉は自分の書いた原稿に手を入れることが多かったんだ。それも読後感が正反対になるような直しも入れている。たとえば、名作『手袋を買いに』の最終部分は、子狐が帽子屋から危害を加えられなかったことを知った母狐が『ほんとうに人間はいいものかしら。ほんとうに人間はいいものかしら』と心を揺らしながら二度呟《つぶや》くところが、深い思いとなって響いてくる。しかし、直す前は」有馬はノートに目を落とした。「『ほんとうに人間はいいものかしら。ほんとうに人間はいいものなら、その人間を騙そうとした私は、とんだ悪いことをしたことになるのね』とつぶやいて、神様のいる星空をすんだ目で見上げたとある。直す前の原稿はとても安っぽい仕上がりになっているだろ。狐が恥ずかしいほどに人間を持ち上げている」

「とくに澄んだ目で星空を見上げたというところなんて、昔の少女小説か宝塚を安っぽくした感じになるよね」

二人、声を合わせて笑ってしまった。

「直した原稿がすばらしいものだっただけに、なぜ初めの原稿があそこまで安っぽかったのか、理解できない。その他、新美南吉の作品にはどこまで作者の本心なのかわからないものが少なくない。それだけに、多くの人から研究の対象にされてるんだろう。すごいのは、生原稿が残っているものについては、使われた原稿用紙の販売元からインクの種類まで特定されてる。元恋人については、本名から写真、プロフィール、嫁いだ先のことまでが調べられて、公開されている。むろん、先方の遺族の承諾を得てのことだろうが、記録や証言が残っているものについては、新美南吉は丸裸にされている」

「あの世の南吉さんも苦笑してるかもしれない。でも、それは新美南吉がすごく多くの人から愛されている証拠でもある。私、宮沢賢治の大ファンなんだけど、二大童話作家として並び称せられるこの二人を比較すると、どこもかしこも正反対なんだね。宮沢賢治が自由自在に生と死の世界を飛び回っているのに、新美南吉のほうはあくまでも人の世にからめとられ、その中でなんとか希望を見出そうとしている。だから、多くの人は南吉に親近感を抱くんじゃないのかな」

「ぼくもそう感じる。宮沢賢治が書いた有名な作品『銀河鉄道の夜』『よだかの星』『風の又三郎』なんてのはリアルな話じゃないもんな。その点で、キツネを主人公にしてはいるけど『ごんぎつね』も『手袋を買いに』も人間世界に通ずる話だ」

「表現についても正反対なんだね。たとえば——これは宮沢賢治の最高傑作だと言われている『銀河鉄道の夜』で、宇宙を行く汽車が白鳥停車場に着いて、ジョバンニとカムパネルラが途中下車するシーンなんだけど」

今度は、瞳子がノートを開いた。

河原の礫《こいし》は、みんなすきとおって、たしかに水晶や黄玉《トパース》や、またくしゃくしゃの皺《しゅう》曲《きょく》をあらわしたのや、また稜《かど》から霧のような青白い光を出す鋼玉やらでした。ジョバンニは、走ってその渚《なぎさ》に行って、水に手をひたしました。けれどもあやしいその銀河の水は、水素よりももっとすきとおっていたのです。それでもたしかに流れていたことは、二人の手首の、水にひたったとこが、少し水銀いろに浮いたように見え、その手首にぶっつかってできた波は、うつくしい燐光《りんこう》をあげて、ちらちらと燃えるように見えたのでもわかりました。

「想像力に満ちたすごい描写だけど、読む側にも描かれた光景をあらためて作り出す努力を強いてくる」

「けっこう大変な努力が必要だ。『水素よりももっとすきとおって』と書いてあるけど、だいたい水素って無色だからそれ以上、透き通れないだろ」

「天才・宮沢賢治の頭の中では、それ以上に透き通るという表現が必要になっていたんでしょ。だから、凡人である読者は必死になってその世界についていかなければならない。対して、新美南吉の『手袋を買いに』の中にある美しい描写。子狐が初めて体験する新雪の中で遊ぶシーンね」

　子どもの狐は遊びにいきました。真綿のように柔《やわら》かい雪の上をかけまわると、雪の粉《こ》が、しぶきのようにとびちって小さい虹《にじ》がすっとうつるのでした。

「それから、子狐が無事に帰ってきて、親子で巣穴に戻るシーン」

　二ひきの狐は森の方へ帰っていきました。月が出たので、狐の毛なみが銀色に光り、その足あとには、コバルトのかげがたまりました。

「新美南吉のほうは、どの文章もすーっと頭の中、心の中に入ってくる。シンプルな表現で、でも、美しい」

「そう、『その足あとには、コバルトのかげがたまりました』という部分なんて、簡単なようで、凡庸な書き手には絶対に浮かばない」

「憶《おぼ》えてる？　『ごんぎつね』の劇をやった時、もずの声がきんきん響いていた、の表現に感激して、どんなふうに演出をしてやろうかと、苦心惨憺《さんたん》した。長雨がようやく上がった解放感と、湿った空気が乾いたという二つの面を表現しなくちゃいけないでしょ」

「憶えてるよ、でも、暗がりで響くもずの声のすぐあと、舞台が明るくなるという工夫で、上手《うま》く表現した」

「というか、なんとか格好をつけた。でもね、宮沢賢治の世界はただ指をくわえて見ているしかないけど、新美南吉のほうは自分もあの世界に近づきたいと思えるのよ」

「ぼくはそんなにたくさん宮沢賢治を読んでるわけじゃないけど、彼の作品では、理想を達成するためには、死をも受け入れるものが少くない」

「そう、いちばんわかりやすいのが『グスコーブドリの伝記』。ブドリは冷害で苦しむ人々を救うため、自分の命と引き換えに、火山を爆発させる。『よだかの星』では、多くの昆虫の命を奪って生きる自分に我慢ができず、死んで星になる。『銀河鉄道の夜』にしたって、主人公の親友であるカムパネルラは川で溺《おぼ》れた友人を救って、自分は溺死《できし》した」

「その点で、新美南吉は声高に理想など叫んでいない。現実と向き合い、苦しみながらも、一歩でも前に進もうとする。少しでも世の中のことを理解しようともがく」

「他者を救うために自分は死んでもいいなんて、そんな気持に簡単にはなれないもんね」

そこまで言って、瞳子は首を傾《かし》げた。

「となると、『ごんぎつね』は、新美南吉の作品の中ではかなり異質なものになるよね。主人公は栗《くり》を運んできたことを知ってもらった代わりに、あっさりと死んでしまう。でも、その分、ドラマチックになる」

「それは」やはり、あの人物の存在があったからだろうなと思う。「鈴木三重吉の力だろう。南吉が『赤い鳥』に投稿した原稿に、雑誌の主宰者である鈴木三重吉が大幅に手を入れたというのが通説になっている」

「大幅に赤を入れられて、新美南吉は抵抗しなかったのかしら」

「彼はプライドの高い人間だったみたいだから、抵抗したんじゃないかな。ただし、まだ十代の作家の卵じゃ勝負にならない。当時の児童向け雑誌としては一流誌だった『赤い鳥』に載るんなら、相手の要求を受け入れるさ。駆け出しのノンフィクション・ライターであるぼくには、その気持がよくわかる」

ハハハと、瞳子は乾いた声で笑ったあと、言った。

「宮沢賢治は花巻の資産家の息子だから、処女作である詩集も自費出版で出したくらいお金があった。だから、好きなことを好きなふうに書いていた」

「南吉のほうは畳職人の息子だったから、当時の一般庶民。どうやったら活字になるか、頭を悩ませ、妥協もしてただろうな」

「金持と貧乏人とでは、書き方まで違ってくるのか」

ずいぶんと下世話な話になってしまった。いつの間にか、二杯目のコーヒーも空になっていたし、ごんサブレも半分以上が胃袋の中に納まっていた。

3

三杯目のコーヒーが届いたところで、瞳子が言った。

「本題に戻ろう。次は、あのスキャンダルか。長門先生はほんとうに教え子である菊谷千波を妊娠させたのか」

「お姉さんは、弟は南吉と同じ教師という仕事に誇りを持っていた、そんな職を棒にふるようなことをするわけがないと力説していた。たしかに、それは言えるかもしれない。長門先生は熱意溢《あふ》れる教師だった。なんとなく教師になって、教え子に手を出したり、あるいはSNSで知り合った未成年者と気軽に関係を持つような人じゃなかった」

「それは、私も同感。でも、長門文彦は男だった」

瞳子が大きな目で有馬を見た。笑っている目だった。言われる前に言った。

「たしかに男で、同性愛者を除けば、たいがいの男は女性に対して過剰なほどの性欲を持っている。たとえ、教師と生徒の間であってもね。ただし、ほとんどは性的な妄想をしたりするだけで、実行に移す男はまれだ」

「そうだよね、みんながみんな行動に移せば、性犯罪者だらけになるからね。たしかに、わたしも長門先生が積極的に手を出したとは考えていない。でも、状況がそんなふうになっちゃったら、思わぬ方向に暴走するかもしれない」

「ところで、女性の目から見て、長門文彦は魅力的な男だったんだろうか」

「そりゃ、男性的な魅力なんてなかったね」瞳子はあっさり切って捨てた。ただし、こうつけ加えた。「でも、生理的嫌悪《けんお》は感じさせなかったな。簡単に言えば、身体的魅力はプラスでもマイナスでもなかった」

男から見ても女から見ても同じだった。長門文彦は平均的身長で痩《や》せ型。和風の顔だちで、目鼻だちに特徴といったものはなかった。

有馬は言った。

「身体的な魅力はともかく、生徒に対する姿勢は熱かったじゃないか」

「それは言えてる。私だって演劇部に入ってよかったと思ったし、少なくとも学年ではいちばん熱意のあるクラス担任じゃなかったかな。だから――」

二人とも思っていることは同じだっただろう。ごん役をつとめた千波は演技のことで、よく長門先生に相談をしていた。通常の教師と生徒よりも近しい関係になっていたことは想像に難くない。文化祭が終わってからも、悩みごとがあると、長門に相談していて、いつしか二人は深い関係になった――よく聞くパターンだ。

「ただ、疑問がある。もし二人の間に関係があったという前提で言うけど」以前から思っていたことを、有馬は口にした。「長門先生は、どうして避妊をしなかったんだろう。十代同士のセックスなら、避妊抜きでそのままにしてしまうことだってあるだろうけど、先生は三十に近い大人だったはずだ」

「たしかに。妊娠さえしなければ、セックスしても、バレずにすむかもしれない」

「そういう教師と生徒、いくらでもいるんじゃないのかな。卒業とともに関係が終わる」

「かもねえ――ね、菊谷千波、男子から見ると、どうだった」

今度は、瞳子が訊《き》いてきた。

頭の中に、中学時代の千波の姿を思い浮かべた。身長は平均よりも少し小さめで、顔もふっくらとしたベビーフェイスだったが、その彼女がひどく女っぽく見える時があった。ちょっと首を傾げながら話をしたり、上目づかいになったり――自分の女の部分を仕草によって強調しているようなところがあった。

「地味な容姿だったけど、女子中学生にしては色っぽい部分もあった。だから、舞台映えした」

「だよねえ。だけど、女からすれば、女に嫌われる女。かっこいい男子の前では声のトーンが高くなったりするみたいな。それから、背丈の割に胸は大きかったわね、腹のたつことに」

抑えようとしたが、笑ってしまった。瞳子は鼻の形が良くて、テレビのニュースショーに出てくる女性弁護士みたいに理知的な美人だったが、胸のラインはなだらかだし、男に対しては隙《すき》を見せないタイプの女だ。有馬は言った。

「長門先生が妊娠騒ぎで学校を辞めたのと、今度の立てこもり事件とは、関連性を持っているんだろうか。ずっと考えてたんだけど、直接のつながりが見出せていない。ただ気になるのは、妊娠騒ぎの一方の当事者である菊谷千波がごん役をやっていて、今はどこにいるか、わかっていない」

「警察のほうでは調べていないのかしら」

「取調べの時、刑事に訊いたんだけど、むこうでも行方はつかめていないみたいだ。住民票は母親のところに置いたまま、どこかに行ったきりだ。母親のほうも、娘がどこに行ったのか知らない」

これが事件の犯人だと決まっている人物だったら、警察のほうでも全力を尽くして行方を追っているはずだ。だが、菊谷千波は過去に長門と性的スキャンダルを起こしたというだけの存在だ。立てこもり事件のほうも、被疑者死亡で不起訴という形で決着がついている。

瞳子が言った。

「私たち、まだやることがあるんじゃないかしらって——そう、私たちは噂《うわさ》だけをもとにして話をしている。千波さんが妊娠して、長門先生は責任を問われて学校を辞めた。大筋でそれは正しいのかもしれない。だけど、細かないきさつなど、正確なところはまったくわかってない。調べもせず、噂だけを頼りに、わたしたちは推理を進めようとしている」

「だけど、調べるったって、あれから十五年もたっている」

「十五年たってるから話せるっていう人もいるんじゃないかな」

本来、取材のプロが言うべき言葉を編集者から言われてしまった。

「私のいたD組の担任だった岩下《いわした》先生。五年も前に退職して、今は教育現場からは離れている。名前を出さないと言えば、当時、何があったのか、話してくれるはず」

「げっ、あの岩下」

有馬は顔をしかめた。社会科の教師で爬虫類《はちゅうるい》的な感じのする男だった。いや、容姿のほうはともかく、授業がつまらなかった。教科書に書いてあるとおりのことを読み上げるだけで、生徒からの質問にもはぐらかすような答えしか言わなかった。おまけに、露骨なえこひいきもした。

「そんな顔をすると思ったから、私ひとりで話を聞いてきた。クラス会が去年あって少し話をしたんだけど、先生、退職してからは暇を持て余しているみたいだったしね。ほい、これがレポート」

瞳子は印字されたA４の紙をテーブルの上に置いた。

「あの岩下のことだから、自分じゃ何も動いていない。だから、職員会議で聞いたことしか言ってくれなかったけど、それでも噂話よりは事実に近いと思うわ」

有馬はすぐに読み始めた。

年明け1月に千波の母親から相談があった。娘が妊娠している。相手は誰なのかなかなか言わなかった。が、問い詰めると、担任の長門であると言った。

そこで、校長や学年主任が長門を呼んで、話を聞いた。最初、長門は教え子を妊娠させたことを否定した。ただし、アパートの自室に呼んでいたことは認めた。千波からかなり微妙な相談を受け、学校では聞くことができないので、自宅に来てもらったという。しかし、その相談というのは、彼女のプライバシーに関するものだからと、具体的なことは言わない。

理由はともあれ、異性の生徒を自室に入れるのは、教師としてはあってはならないことだ。そうした非常識な行為を責められ、とうとう長門は妊娠させたのは自分だと認めた。相談を受けて同情し、つい情が移って行為に及んでしまったということらしい。

長門には辞表を出してもらい、菊谷千波は中絶手術を受けることになった。それからがまた大変だったらしい。外部、とりわけマスコミに漏れないように校長や副校長は関係先を奔走した。

「まるで自分も奔走したみたいに、あの時はえらい目にあったと言ってたわ」

「どうせ、高みの見物だったんだろうけどね」

「もともと反《そ》りが合わなかったんだろうね。長門先生のことをとんでもなく非常識な教師だったと罵《ののし》ってたよ。職員会議でも基本線からはみ出したようなことばかり言ってたから、教師の間でも浮いてたって」

「熱心な先生だったけどなあ」

「その熱心さが過剰だったんだってさ。クラブ活動だって、あれだけ熱を入れられると、他の部活の顧問が困ることもあるんだそうよ。『長門先生に比べると、他の先生は手を抜いている』って声が保護者から上がったりする。長門先生は若くて独身で自分の時間をフルに生徒のために使えるけど、他の先生は家庭もあるし、奥さんと共稼ぎで家事をやらなきゃならない人もいる。あの熱心さがスタンダードになると、他の先生の立場がなくなるんですと」

「わからないでもないけど、あの岩下からそんなことを言われるとなあ」

「そう、岩下先生、熱心どころか、部活の顧問は『私は健康に問題がありまして』とか言って、巧みにスルーしてたはず」

二人、顔を見合わせて笑ってしまった。苦笑だったはずだ。

「あんな非常識な男だったから、立てこもり事件を起こしたのもある意味で納得できるとも、岩下先生、言ってた。ね、職員室で長門先生、何と呼ばれてたか知ってる？『遅れてきた金八先生』とか『リアル金八先生』とか、陰では言われてたんだそうよ」

「遅れてきた金八先生か――」

中学校を舞台にして、ずいぶん長くシリーズ化されていたテレビドラマだ。ただし社会現象とも呼べる人気を博していたのは昭和の頃で、有馬自身、このドラマを熱心に観《み》たという記憶はない。

「三年の時、B組でイジメがあったんだって？」

「あ、ああ」

輪島《わじま》のことだとは、すぐにわかった。

「その時、長門先生は恫喝《どうかつ》まがいの言い方で注意をしたらしいね。でも、それじゃ、生徒を萎縮《いしゅく》させるだけだし、下手すると親から抗議がきたりするから、そういうやり方は避けなくちゃいけないと、岩下先生は強調してた。そんなふうだから、リアル金八先生。だけど、あれはテレビドラマの中だからできた作り物の感動物語で、それと同じようなことをやらかそうとしたから、周囲は困っていた」

「辛辣《しんらつ》な評価だね」

「現役時代に、なにか恨みでもあったのかもしれない。妊娠事件の話よりも、長門先生をこき下ろしている時間のほうが長かったから、まいった」

「ご苦労さま」

「編集者もたまには動かなくちゃね。でも、職員室内での情報は取れた。少し気になるのは、千波さんが先生に何を相談したのか。それから、先生は教え子との関係を最初は否定してたけど、結局は認めたということ」

「長門先生の性格から考えれば、もし妊娠させたのが自分だとしたら、最初からあっさり認めていたはずだよなあ」

また新しい謎が増えたような気がした。

4

中学校を卒業して十五年、その間に人は大きく変わる。大人になる。が、地の部分ではほとんど変わっていない者も少なくない。野瀬《のせ》若菜《わかな》もそうだった——。

同じクラスで、同じ演劇部にいたというのに、菊谷千波については表面的なことしか知らない。同じ団地に住んでいたが、棟が離れていたし、小学校の時は別のクラスだった。

女子のことは、やはり女子に聞いたほうがいい。クラス会で女子側の幹事をやった武藤美香《むとうみか》に電話をかけた。

「わたしもよく知らないんだけど」電話のむこうで少しの間、黙ったあと、美香は言った。「若菜ちゃんだったら、よくつるんでたんじゃないかな」

野瀬若菜だった。クラス会の時に作った名簿があったので、すぐに連絡を取った。

「有馬くんには悪いけど、ほんとラッキーだった。鉄砲を突きつけられて、殺すと脅されれば、わたし、もうそれだけでショック死してたよ。想像するだけでも、気絶しそう」

千駄木のファミレスで会った時、まずその話がしばらく続いた。というか、彼女がほとんどを喋った。旅行代理店に勤めている若菜はあの日は仕事があってクラス会に参加できなかったのだ。切れ目なく続く若菜の言葉を耳に入れているうち、中学の頃、彼女が女子の輪の中で際限もなく喋っていた姿が脳裏に浮かんだ。人は変われない部分もある。

いつまでも彼女の話につきあっていると、本題に入れない。ほんのわずか言葉が切れたところを狙って、千波のことを言った。

「長門先生はキツネの面をつけて、あの事件を起こし、『ごんぎつねの夢』を広めてくれという遺書を残している。また先生は、文化祭の『ごんぎつね』で主役のごんを演《や》った千波と妊娠騒動を起こして、学校を辞めてるだろ。しかも、今、彼女は行方知れずになっている——何が何だかわからないんだけど、千波のことが気になってさ」

「たしかに、何が何だか見当もつかないんだけど、気にはなるよね」

「千波の今の連絡先とか知らない？」

「知ってるわけないじゃない。中学卒業してから、会ってないんだから」

質問は言下に断ち切られた。

コーヒーをひとくち飲んで、話を中学時代のことに向ける。

「若菜さん、中学の頃、千波と仲がよかったんだよな」

唇についていたパフェのクリームを舌で舐《な》めてから、若菜はそっけなく答える。

「まあ、成り行きでね」

「成り行きってのは」

「うーん、彼女、小学校の五、六年もいっしょのクラスだったたし、団地の棟も近かったから、なんとなく話すことが多くなった」

「どういう子だった？」

「なに考えてるのかわからないというか、計算高いというか。うん、どうやったら、相手から良い印象を持たれるか、それを考えて行動してるみたいな。とくに男性に対してね」

瞳子も同じようなことを言っていた。同性の目から見ると、こうなるのか。

「千波、いつだったか言ってたな。自分のところはお金がないから、なにがなんでも効率的に這《は》い上がるって。『効率的に這い上がる』って言葉が笑えて、今でも憶えてる。どんな表情を作ると、影響力のある人から好印象を持たれるか、鏡を見ながら研究してるって。笑っちゃうよね。ああ、それからペン習字を練習してるというのも、彼女らしかったね。女って、どんな字を書くかで判断されることが多いって言うの。あの子、小学校時代は字が下手で、このままいくとまずいと、練習し始めたんだって」

「よくある通信教育の？」

「違う。お金がかかるのダメだって、書店で売ってる練習帳を買って、文字のなぞり書きなんかしてたみたい。でも、今になって思うんだけど、あの子の言ってたこと、正解かもしれない。私なんてひどい字で、就活の時、履歴書だけでずいぶん落とされたと思うよ」

若菜はケラケラと笑った。効率よく這い上がるに、ペン習字か。同じクラスにいて、同じ部活をしていたのに、まったく知らなかった。女子には女子の世界がある。

「だけどなあ、あんなふうな上昇志向になるのも無理なかったかもしれない」真面目な顔になって、若菜は言った。「学校の帰りに女子同士でマックなんかに行くじゃない。でも、そんな時は、いろんな理由をつけて来なかった。お金なかったんだろうね」

「千波のとこ、母子家庭だったんだって」

「うん、小さい頃に両親が離婚してさ、お母さんはまた再婚して、でも、新しいお父さんも心臓かなにかの病気で急死したんだった。けっこう運悪《うんわる》の子供時代。同情しちゃうよね。早く高校生になりたいと言ってた。高校生になればバイトができるからね。そういうの、気持的にはわからないことはないんだけど、あの頃は、重い女だなって思ってた」

有馬は言った。

「千波、高校へは行ったんだろうか」

「あんな騒ぎを起こしたんだから、あの年は無理でしょ。だけど、翌年には行ったんじゃないの、知らないけど。劇団に入るんだって、高校くらいは出ていたほうがいいでしょ」

「劇団？」

「劇団に入って、女優を目指すんだって」

はっきりとは思い出せないが、小学校の卒業文集にそんなことが書いてあったような気がする。

「劇団で女優か――でも、ある意味、考え方がしっかりしてたんだな。中学の頃なら、女優じゃなくて、アイドルだろ」

「アイドルは無理っしょ。性格俳優だったら、いけるかもしれないけど」

若菜は鼻に皺《しわ》を作り、歯を少しだけ見せた。彼女は小顔で目が大きく、クラスの男子からの人気も高かったが、時々、こうした顔を作り、皮肉な言葉を口にするのを思い出した。

「中学を卒業してからのことは知らないよ。わたしの家、高校に入るのと同時に団地を出ちゃったし」

すぐ前にいる元クラスメートはきれいに手入れされたセミロングの髪で、両手の爪《つめ》にはキラキラ輝くネイルアートが施されている。中学卒業の前につまずいた女とは歩んだ世界が違っていたはずだ。

有馬はいちばん訊きたかったことに質問を進めた。

「千波の口から長門先生がどうのとか、聞いたりしたことはない？」

「先生との男女関係について？」

「それも含めてだけど、何だっていい」

「長門先生とつきあっているなんてことは、まるで聞いていない。あんまり憶えていないんだけど、『ごんぎつね』やって、先生からは演技についていろいろ指導されているってことは聞いていたけど」

「長門先生が千波を妊娠させたって聞いて、どう思った」

「あり得ないって。妊娠はともかく、相手が長門先生だったなんてさ。そういうイメージじゃなかったっしょ。テレビのドラマかなんかにでも、先生が生徒とやっちゃうなんて話よくあるけど、たいがいはすごくかっこいい男の先生じゃない。だけど、長門先生って、男の魅力なんか、どこにもなかったよ。だから、もっとかっこいい別の人と」

「別の人って、誰なの」

「知らないわよ。ただ、そう思っただけ。まあ、女のカンね。私、おうし座のＡＢだからカンはいいのよ」

一瞬、期待しただけに、がっかりした。が、すぐに若菜は正反対のことを言う。

「いや、やはり長門先生だったのかもしれない。思い出した。あの妊娠騒ぎのあと、思い当ることがあったのよ。高校進学のこと話してた時、千波が『わたし、内申書には絶対の自信があるの』って言ったの。志望校に出す内申書。それって、担任の先生が書くんだよね」

若菜の言葉が意味するところは、すぐに理解できた。長門は生徒と関係を持ったという弱みがあった。それが故《ゆえ》に、千波に対する内申書は甘く書くという約束をしていた？

「やはり、あの二人、やってたかねえ。だけど、油断して妊娠したのが失敗。内申書を書いてもらうどころじゃなくなったわけでしょ」

若菜はハハハと笑った。

話がくるくると変わる若菜にはまいったが、内申書の話は重要かもしれないと思った。

有馬が考えていると、前にいる若菜が別なことを喋りだした。

「有馬くん、本を書いてるんだってね。かっこいいね」

「かっこよくはないさ」

「ね、長門先生のことネタにして本書くんでしょ。本が出たら、教えて。私、絶対に図書館で借りて読むよ」

「借りて読むのか」

「だって、うちの会社、お給料安いもん。そのかわりさ、インスタで大宣伝する。私、これでもフォロワー多いから、絶対に売れるよ」

恩師が悲惨な死に方をした事実などなかったかのように、若菜は明るく喋った。

第五章　死者から届いたＤＶＤ

1

長門先生がどんな人物であるかは、かなり明らかになってきた。菊谷千波についても、ある程度わかってきた。野瀬若菜と会って、千波が内申書について自信を持っていたことが、わかった。これは長門と千波が特別な関係にあったことを示しているのか。しかし、それらを考えあわせても、「ごんぎつねの夢」には一歩たりとも近づいていない。

道に迷った時は出発点に戻るのが鉄則だ。もう一度、長門が残したメッセージを読んで、考えてみることにした。

有馬よ、私からの遺言だ。埋もれている「ごんぎつねの夢」を広めてくれ。もはや、きみにしかできない。私もあらゆる手を尽くしたつもりだ。

この中で「『ごんぎつねの夢』を広めてくれ」だけが、クローズアップされている。しかし、その他の個所にも意味がこめられているかもしれない。「有馬よ、私からの遺言だ」は、そのまま受け取るしかない。自分は、長門から指名されたのだ。「ごんぎつね」について、長門とは密といってもいいほど接触を持っていた。だが、「もはや、きみにしかできない」は、買いかぶりではないのか。

愚痴を言ってもはじまらない。長門から聞いたこと、話したことをまとめ直して、パソコンに打ち込んだ。文化祭で「ごんぎつね」の脚本を書くにあたって、長門から教えられたことは細大漏らさずノートに記していた。それらを打ち込んだ。ノートに記していないことも、思い出したものは打ち込んだ。

次に「私もあらゆる手を尽くしたつもりだ」である。散弾銃を手に、キツネの面をかぶって立てこもり事件を起こしたことが「あらゆる手」になるのか。銃には空包しか装塡《そうてん》されておらず、自ら殺されにいったのも、そこに入るのか――。

長門文彦が覚悟の決まった男だということは、よくわかっていた。それがはっきりと印象づけられたのは中三の二学期、クラスで起こったイジメ事件の時だった。

当時、子供が中学から高校に進学するタイミングで新居を買い、団地を出て行く者も少なくなかった。中三も秋ごろになると、そんな話がクラス内で話題になったりした。

輪島俊樹《としき》は今新居探しに忙しいと、皆に話していた。日曜はよく一家で新築の分譲マンションの見学に行っているとも言っていた。

「輪島のところ、金があるんだなあ」

「いやあ、遺産が入ってきちゃったみたいでさ」

輪島の話はだんだん大きくなっていって、「一戸建ても候補になってる」「団地を出れば、犬だって飼えるしさ」と楽しそうに話す。

聞いていた者の多くは、あまり良い気持にはなっていなかったはずだ。誰だって、新しくて広いところに住みたい。

だが、嘘《うそ》は思わぬところでバレた。彼には同じ中学の一年生だった弟がいた。部活で輪島の弟と同じ部に入っていた生徒が新居のことを訊《き》いてみた。すると、引越しの計画などまったくなかった。輪島としては、卒業して高校に行ってしまえば、そんな話は忘れられるとタカをくくって、出まかせを言ったのだろう。

嘘がバレて、クラスの多くが彼とは話をしなくなった。口から出まかせを言うことの多い輪島は、もともと浮いた存在ではあった。

最初は徹底無視から始まったイジメがしだいにエスカレートし、「嘘つきは詐欺師《さぎし》の始まり」「田園調布に家を買うんだってな」などと書かれた紙が輪島の机に貼《は》られたりした。さらに体育の時間中に制服が盗まれたり、かばんにゴミが入れられたりと、イジメはひどくなるばかりだった。

主としてイジメをしていたのは三、四人のグループだったが、他の者もそれを止めようとはしなかった。有馬も同じで、新居購入を自慢気に言う輪島に不愉快な思いを抱いていたから、助けに入ろうという行動にはブレーキがかかっていた。かばんにゴミを入れたのはやりすぎだとは思ったが、イジメ・グループに注意することも、担任の長門に相談することもしなかった。

とうとう輪島は登校しなくなった。親が学校に訴えたのだろう。クラス全員の前で、長門先生が言った。

「仲良くしろなんてことは言わない。どこの世界にも気の合わない人間はいるものだ。そういう人間同士が仲良くつきあえるなんて、タテマエもいいところだ。だから、仲直りして握手しろなどとは言わない。しかし、かばんにゴミを入れるなんて論外だ。必要なつきあいを普通にするだけでいいんだ。いいか、きみらは、もうすぐ卒業だ。少し前だったら、中学校を卒業して就職する者なんていくらでもいた。就職したら、もう大人扱いで、イジメなんてガキっぽいことをしたら、まわりから相手にされなくなる。中三は大人に限りなく近い年齢なんだ。イジメは絶対にするな。もし、今後もやるようなら、誰がどんなことをしたのか徹底的に調べ、俺が相手になってやる」クラス全員を厳しい顔で眺め渡したあと、長門先生は「以上」と言って、教室を出ていった。

残された生徒たちは静まりかえった。イジメの首謀者だった池永《いけなが》などは「ヤバ、スナイパーみたいな眼をしてた」と、硬い声で言っていた。かなりの迫力だった。他の教師のように「仲良くしろ」とは言わないところが、長門らしかった。気の合わない人間はいる。そうした者と、どうつきあうか考えろと、先生は言ったのだ。大人への階段を一歩一歩上り、時として踊り場で迷ったり、とんでもない方向に走り出したりする生徒たちに、どうアドバイスを送るか、先生は真剣に考えた上、ああ言った。「俺が相手になってやる」というのは、覚悟の表れだったはずだ。だが、そうした言葉は、過激すぎると親たちから非難される危険性もある。それゆえ、同僚からは「リアル金八先生」「遅れてきた金八先生」と陰口をたたかれ、批判や揶揄《やゆ》の対象になってしまった。

イジメ事件は、有馬の心に引っかかっている苦い思い出だ。少しは何かできたはずなのに、何もしなかった。長門の訓示を聞いたあと、自己嫌悪《けんお》に近い思いを抱いた。長門には憧《あこが》れのような思いも抱くようになった。

その長門が「もはや、きみにしかできない」と自分を指名し、「埋もれている『ごんぎつねの夢』を広めてくれ」と命をかけて頼んできたのだ。だから、やるしかないとも思っていた。

だが、もっと具体的な手がかりを与えてくれなければ、『ごんぎつねの夢』を広める」どころか、ごんぎつねの夢とは何なのかすらわからない。プリントアウトした資料を幾度読み返してもわからない。

〈無責任すぎるんじゃないか……〉

そのうち「勝手に指名しても困るんだよ」と、敬愛しているはずの長門に対し、不満の声が漏れる。

2

山崎祐也からの電話がスマホに入った。

「おい、空いてる日に軽く飲まないか」

少し戸惑った。クラス会の席では話をしたが、卒業以来それまでいっしょに飲んだこともなかった。

「どうしたんだ、急に」

「いや、若菜から、おまえが千波のことをいろいろ調べてると聞いてさ」

「なんだ、おまえら、つきあってるのか」

「まさかあ」祐也は大きな声で言った。「何百人もいる女の友だちの一人、ただの友だちだよ」

三日後の夜に品川駅中央改札で待ち合わせることにした。

山崎祐也からいい情報がとれるとは思わなかった。だが、考えてみると、小中時代、彼は団地で千波とは近くの棟に住んでいたはずだ。千波について思いがけない話が聞けるかもしれない。とんでもない終わり方をしてしまったクラス会について、あらためて話をするのも悪くはないかと思った。

約束の日、落ち合ったあと、祐也は言った。

「良いダイニング・バーがあるんだよ」

品川プリンスホテルのそばを通り、ビルの地階にある店に入った。シンプルな内装を間接照明が照らしている大人っぽい店だった。

「カキが旨《うま》い店なんだ」

祐也は生ガキと冷えた白ワインを頼む。有馬もそれに倣《なら》った。

よく行く居酒屋とは正反対の店だった。しかし、考えてみると、山崎祐也は自分とは正反対のコースを歩んでいっている。スポーツマンで中学の時はバスケットボール部のエースとして活躍し、容姿も悪くなかったから、女子にはもてていた。そこそこ知られた大学を卒業して、大手企業に勤めている。今日だって、セーターにジーンズという格好の有馬とは違って、ダークスーツに高そうなストライプのネクタイを締めている。

しばらくの間、怖《おそろ》しい経過をたどったクラス会のことを話していた。

白ワインと生ガキが届いた。よく冷えたワインに口をつけ、生ガキの最初の一つを食べたところで、祐也が言ってきた。

「おまえ、長門先生のことを書くんだろ。あの事件、マスコミであれだけ取り上げられたし、なんといっても、ノンフィクション作家の有馬直人も人質の一人になってたんだもんな。おい、真相は少しはわかったのかよ。『ごんぎつねの夢』って何なんだよ」

「まったくわかってないから、困ってる。長門先生は担任だったんだから、『ごんぎつねの夢』について、何か聞いたことはないか」

無駄とわかっている質問を、有馬はした。

「聞いたことねえよ。だいたい、小学校の時に授業でやった『ごんぎつね』にしても、最後に鉄砲で撃たれて死ぬところしか憶《おぼ》えていないんだから」

スポーツ万能の男だったが、教科書以外の本を読んでいる姿を見たことがない。

「まあ、『ごんぎつねの夢』はともかく、なぜ長門先生があんな死に方をわざわざしたのか、それは知りたい。おれもいちおう当事者だったんだからな。本が出たら必ず買うから、その前に、今わかっていることを教えてくれよ」

「教えたいけど、先生が新美南吉にそうとう入れこんでいたくらいしかわかっていない」

長門が南吉の生まれ変わりだと主張していたことに触れたりすれば、話がおかしな方に持っていかれる可能性大だったので、言わなかった。祐也はグラスに口をつけ、

「やはりシャブリがいちばんだな」とつぶやいたあと、

「菊谷千波のことを調べてるのは、どうしてなんだ」

グラスをテーブルに戻して、祐也は訊いてきた。

「長門先生と千波との妊娠騒動。あれが今回の事件と関係を持っていないか、調べて

るんだ。どこか引っかかるんだよ。長門先生は教師としての仕事に誇りを持っていて、それを失うような軽率なことはしない人だった」

「じゃあ、もし長門先生の子供じゃなかったとすれば、誰が千波を妊娠させたんだ。男とやらなきゃ、子供はできないぞ」

「まったく見当もつかないので、困ってる」

「なんだ、もう一人の男の目星くらいはついてるのかと思ったよ」

スーツ姿の男は大げさに肩を落とし、がっかりしたという仕草を示した。

「祐也、おまえ、団地では近くの棟に住んでたんだから、何か情報はないのか」

「じつは、今日、会おうと言ったのは」

祐也はいったん言葉を止め、ナプキンで口のあたりを拭《ぬぐ》った。有馬の顔を上目づかいで一瞥《いちべつ》してから、言葉をつないだ。

「千波を妊娠させたのは、やはり長門先生だったんだろうな」

「言いきれるのか」

「千波が新井薬師前の駅で電車を下りたのを見たんだよ」

「えっ」

「長門先生、たしか新井薬師のあたりから通ってたんだよな」

たしかに長門は上高田に住んでいたから、最寄り駅の新井薬師前から西武新宿線の電車を使って中学校まで来ていたはずだ。

「詳しく話してくれないか」

「中学三年の夏休み最後の日だったよ。明日から学校が始まると思うと気分が重いし、買い物もあったから、新宿まで行くことにしたんだ。で、西武柳沢《せいぶやぎさわ》の駅まで行き、ホームに出た時、二両ほど前に千波を見たんだ。寄って行って声をかけようかと思ったんだが、その時、新宿行が来てさ、そのまま電車に乗った。千波に用事もなかったし、電車の中を歩いて二両先まで移動するのもダルかったんで、そのまま空いていた席に座った」

決定的な証言になりそうな予感がする。有馬は生ガキにかけようとしていたレモンを皿に戻した。

「電車が新井薬師前で停まった時、開いたドアをなんとなく見たら、千波がホームを歩いていく。なんでこんなところで下りるんだと思ったんだよ。その時はそれだけで、ほとんど忘れかけてたんだけど、妊娠騒ぎが起こっただろ。だったらあれはと、思いだしたんだ。あの時は、千波が長門先生の部屋に行ったんじゃないかって」

時期といい、場所といい、たしかにその可能性が高いように思える。それにD組の担任だった岩下も、千波を自分の部屋に入れて悩みの相談を受けたことを長門自身が認めていたと証言している。やはり、千波は先生の部屋に行っていたのか――。

「若菜からおまえが千波と長門先生のことを調べてると聞いたからさ、教えておいたほうがいいんじゃないかって、電話したんだよ」

「ありがとう、助かる」

「まあ、千波を妊娠させたのは長門先生なんだろうけど、案外、女のほうから誘ったのかもしれないぞ」

「そう言える証拠はあるのか」

祐也が苦笑いの顔になった。

「証拠とかはないよ。ただ、バスケの仲間と、やれそうな女は誰なのかという話をよくしたんだ。あの頃は、よくするだろ、そういう話」

曖昧《あいまい》に笑って返した。

「そうか、有馬は真面目《まじめ》グループだったもんな。その点、おれら体力が有り余っていた運動部だったから、そんな話はよくしてた。で、一番手に千波の名前が出た」

「どうして千波が一番手なんだ」

「中学生なのに、おっぱい目立ってたし、上目づかいで男を見るところも、男を誘っているみたいで」

「で、実際にやったやつはいたのか」

「いや、誰もいない。あの頃って、そんな話で欲求不満を紛らわせてたんだよ」

祐也はヘラヘラ笑った。


山崎祐也と別れて、京浜東北線の電車に乗った。振動に体を揺らしながら、あれこれ考えた。千波が長門の部屋に行っていたことは、間違いない事実のようだった。が、それとはまったく別に、心の中にはなにか消化しきれないものが生れていた。それは野瀬若菜と会った後も感じたものだった。

祐也も若菜も、長門先生が酷《むご》い死に方をしたことについて、特別なことは感じていないふうだった。毎日、新聞やテレビで報じられる「他人の死」と同列のように考えているように見えた。「他人の死」だけど、自分の知っている他人だから、その分、驚きは大きかったという程度——。

〈クラス担任と演劇部の顧問とでは、受けたものが違ったのか……〉

四十人に近い人数のいるクラスと、十名を少し超える部員しかいない演劇部では、長門が一人ひとりに関わる時間が違った。さらに「ごんぎつね」の稽古《けいこ》から上演までという濃密な時間があった。

〈いや、それだけじゃないかも……〉

別な面にも、思いは向いた。

〈祐也や若菜は、そのまんま毎日を送って大人にもなれたんだ……〉

今しがた別れた祐也は素地のところでは中学時代とほとんど変わらなかった。スポーツ万能で体力もあり、そこそこ頭も良く、平らな道を歩くように現在のポジションに到達した。若菜もあの頃の彼女をそのまま大人にした感じだった。なんでもかんでもお喋《しゃべ》りのネタにして、さして悩むことなく時を過ごしていると言ったら、怒られるだろうか。

そうした人間はたしかにいる。多数派といってもいいかもしれない。

が、それとは正反対な人間も存在している。自分に自信が持てなかったり、進むべき道がわからなかったり、一歩進んでは一歩後退したり、どうしていいのかわからずその場で動けなくなったり――そうした人間もいる。

そして、演劇部には、そうした「迷っている人間」が集まってきたような気がする。スポーツ、音楽、ダンスと、エネルギーを発散できる部活がいっぱいあるのに、演劇部ではセリフを暗記して、どんなふうに演じればいいのか必死に考える。「暗くて重い。オタク部だね」と、陰で、いや、面と向かって言う者もいた。

迷っている人間。有馬も、その中の一人だった。中学に入学してすぐにいちばん楽そうなソフトテニス部に入った。が、運動神経の点で他の新入部員にまるで及ばないことを悟って、二週間で辞めた。音楽系やダンス系はセンスの点で無理だということがわかっていた。なんとなく演劇部に入った。演技がダメだということがわかって、脚本に活路を見いだそうとした。本は昔から好きだった。

そして文化祭での「ごんぎつね」が大成功となり、大きな感激と小さな自信とをもらった。高校でも演劇部に入った。大学に進むと、学生劇団に入ったが、座長の書いた脚本のパワーに圧倒され、二年生の時に辞めた。が、書くことは続けていて、とうとうフリーのノンフィクション・ライターになってしまった。「選んだ題材が地味だ」「スピード感にいまいち欠ける」などという評価もいただいているが、いまだに書くことを続けているのは、やはり「ごんぎつね」が事実上の出発点になっていたはずだ。

自分以外の部員——菊谷千波は何を考えているのかわからない女子だったが、演技力は抜群だった。そして、その演技も「ごんぎつね」の稽古を重ねるうち、どんどんうまくなっていったような気がする。

兵十役をやった桑田亮。クラスは別だったが、成績優秀なことは校内でも知られていた。劇のセリフはすぐに憶えたから、兵十役に抜擢《ばってき》された。ただし、プレッシャーに弱かった。それが唯一《ゆいいつ》の不安材料で、やはり本番ではセリフが止まってしまった。だが、千波の力を借りて、セリフが戻り、そのあとはふっきれたように素晴らしい演技でエンディングまで突っ走った。劇が終わった直後、泣いているのか笑っているのかわからない顔で有馬に言った。

「初めて知ったよ。なるようになれと思うと、けっこう凄《すご》い力が出るもんだね」

同じ高校に進んだ。「弁護士になるのが夢」と言ってたから、今ごろは法廷で弁舌をふるっているかもしれない。

一学年下だった鹿沼《かぬま》美咲《みさき》は村人役で、瞳子の作詞作曲した歌をうたったり、舞台で踊ったりした。文化祭の後、彼女は「私、将来の道が決まった。ミュージカルやる。絶対、『劇団四季』に入るんだ」と、騒いでいた。学年が違ったから、その後、美咲がどうなったかは知らない。「ライオンキング」を観《み》に行ったら、動物のかぶりものを頭に載せた彼女が出ているなんてことがあったら楽しいだろうなと、たまに思ったりする。

中林瞳子は他の部員たちとは違った形でうまくいかないものを抱えているようだった。彼女は公立ではなく、中高一貫の私立中学に進む予定だった。入試当日、大雪が降った。試験会場へ急いでいた彼女は雪道で転んで怪我《けが》をした。幸い打撲傷ですんだが、試験開始時刻には間に合わなかった。

結果、公立中学校に進んだが、同級生とは合わないものがあり、どこかモヤモヤしている様子だった。その彼女が文化祭のあと、明るい声で言った。

「クラスの中で浮いてたっていいんだよね。自分が思ったことを全力でやれば、気分はすっきりする」

ただし、有馬のように「ごんぎつね」での感激を、そのまま引っ張るようなところはなかった。高校、大学では演劇とはまったく関係ない道を進み、中学卒業から十数年の時を置き、編集者とノンフィクション・ライターとして、再び人生の線が交わった。

その他の部員も、今日も晴天だという顔で部室にやってくる者はいなかった気がする。中学時代は成長期の踊り場だ。長門文彦のような教師を必要とする生徒は少なくなかったはずだ。

一方で、彼のことを「うざい教師」として軽んずる者も多かったのかもしれない。

やはり千波の母親には一度会って、話を聞いておいたほうがいい。どこまで話してくれるかはわからないが、やれることはやっておかなければ気持が落ち着かない。

3

山崎祐也と会った翌日、有馬は高野原団地に向かった。住んでいる北千住から電車に乗った。常磐線、山手線と乗り継ぎ、高田馬場で西武新宿線の各停電車に乗り換えた。高野原団地の最寄り駅である西武柳沢はこの時間、各停しか停まらない。

途中駅で急行に抜かれながら、停まっては走る電車に揺られ、先日も訪れた新井薬師前で停車した時には、つい開いたドアから外を見てしまった。ホームを歩く若い女性の姿が目に入ったが、むろん千波ではない。

西武柳沢駅で電車を下りて、あとはバス通りを歩いた。都心からも遠くない高野原団地は半数以上の棟がリフォームされたり建て直されたりして、中には分譲マンションとして売りに出されたものもあると、ネットには記されていた。

通りを歩いていくと、外観の大きく変わった集合住宅が現れた。建物が整然とたち並んでいる様は昔と同じだが、明るい外壁が陽に輝き、かつてのくすんだコンクリート住宅はどこにもない。建物と建物の間には芝生のベルトがあり、外国の風景を見る思いもした。有馬が住んでいた棟は再開発ゾーンにあって、かつての面影はどこにもない。

歩いていくうち、古い建物の一群が現れた。耐震補強のためX字形の梁《はり》がベランダに渡されているところだけが違うが、あとは見慣れた団地の建物だった。小学校二年から大学二年までの十二年間住んだ場所である。たいがいのところはまだ記憶に残っていた。千波の住んでいた棟は盆踊りなどが開かれた広場の向こうだったはず。それと思われる棟の入口を入り、郵便受けを見ていった。505号室に「菊谷」という名札が出ている。

古い団地にエレベーターはない。最上階である五階まで階段を上がるのは、けっこう大変だった。エレベーターに慣れきった脚でようやく目的の部屋の前にたどりつき、少しの間、息を整えた。

名札の横にあるブザーのボタンを押した。だが、応答はない。鉄のドアを通して、部屋の中でチャイムの鳴る音は聞こえてくるが、それだけだ。もう一度、ボタンを押した。今度は足を引きずるようなかすかな音が近づいてきて、

「どちらさまでしょうか」

細い女の声が聞こえた。

「私、有馬といいまして、中学時代に千波さんと同級で、演劇部でもいっしょだった者なんです」

一瞬の間があって、言葉が返ってきた。

「何かご用なんでしょうか」

「先日、クラス会をいたしまして、こちらにもハガキを出したのですが、ご返事がありませんでした。ですから、近況などをお伺いできればと、いえ、この近所まで来る用事がありましたので、ちょっとお立ち寄りしたわけです」

返事はなく、今度は言葉のない時間が流れた。不安を覚えた時、錠のあく音がして、ドアが小さく開いた。薄暗い玄関に立っていたのは、小柄な老女だった。

「すみません、突然に」頭を下げた。

「お入りください」

玄関に入った。だが、上がれとは言ってくれない。

「千波は、ここにはいないんです」

あの刑事も母親のもとにはおらず、行方知れずになっていると言っていた。

「では、どちらかに引越しを」

「でしょうけど、どこにいるかは知りません。高校を卒業してからすぐに家を出ています。それからはまったく寄りつきもせず、たまに郵便物を取りに戻るくらいです」

「ケータイの連絡先とかは」

「教えてもらっておりません」

「でも、ご心配でしょう」

「あの子はそういう子なんです。こちらが心配しても仕方ありません。もう、どうでもいいんです」

玄関の薄暗さに目が慣れて、目の前にいるのが老女ではないことを知った。ほつれた髪に皺《しわ》の目立つ顔、おまけに背中が丸くなっていたから、老女のように見えていたが、おそらく五十代の年齢だろう。

「すみません、そろそろパートに出かける時間なので、お引き取りください」

辞去するよりなかった。

帰り道は、ただ暗い気分になっていた。千波は母親に連絡先すら教えていない。母親は有馬の母と同じくらいの年齢なのだろうが、十歳も二十歳も歳《とし》をとっているように見えた。

「もう、どうでもいいんです」母親の言葉がまだ耳に残っている。

4

北千住で電車を下り、自宅のマンションに向かった。駅からは十五分以上歩かなければならない。五つの鉄道路線が利用でき、交通の便が良い北千住は最近、若者の人気スポットになっていて、駅近は家賃が高い。若いフリーランサーは足を使って家賃を引き下げる必要があった。

少し歩いて、小さな商店街の中にある青果店で足を止めた。さすがに好物のぶどうは姿を消していた。代わりに早生《わせ》のみかんやりんごが数多く並んでいる。いつの間にか11月に入っていて、季節は少しずつ冬へと近づいている。隅のほうに栗《くり》がしぶとく残っているのを見て、ふと思った。

〈栗やマツタケが採れなくなったら、ごんはどうするつもりだったんだろう〉

兵十の母親の葬列が踏んでいったヒガンバナはお彼岸の頃に咲く花だから、９月中に満開になる。ごんが栗やマツタケを運んでいったのは、10月、11月だろう。11月も半ばを過ぎれば、どちらも山から消えるはずだ。寒い季節に持っていけるものはない。

「金星、とっても甘いよ」

おばさんの声で我に返った。つい買っていた。

りんごをリュックに入れて、マンションに戻る途中、また思った。

〈ごんは焦《あせ》っていたに違いない。このままじゃ、冬が来て、自分が栗やマツタケを持っていったことは、兵十にわかってもらえないまま終わってしまう……〉

それまでごんは姿を見られないよう注意して、兵十の家を訪ねていた。だが、そのままでは栗やマツタケは神様からの贈り物になってしまう。だから、わざとチラリと姿を見せたのではないだろうか。

ただ、ひとつ計算違いがあった。ごんが栗を届けていたことを知り、きっと兵十は喜んでくれるものと独り決めしていた。和解ができると思っていた。まさか火縄銃で撃たれるとは思っていなかった。兵十は母親思いの優しい男だと誤解していた。

兵十もごんのことをたちの悪いいたずらギツネだと決めつけていた。だから、簡単に銃で撃った。現実には、ごんは淋《さび》しがり屋のお調子者だったが、反省する心も持っていた。

「ごんぎつね」は、二つの誤解から成り立っている。

〈人も動物も一面だけの存在ではない。「あいつはいたずら者だ」「あいつは優しい」と決めつけてはいけない。そのことを新美南吉は訴えていた……〉

気がつくと、マンションの前まで来ていた。ガラス扉を開けて、玄関に入る。郵便受けを見ると、郵便物が入っていた。封書ではなく、ゆうメールだった。封筒には新書本ほどの大きさのものが入っているのが、指で触ってわかった。裏返し、差出人名を見て、一瞬、奇異な感を受けた。

埼玉県さいたま市大宮区天沼町２－９－×
若梅恒則《わかうめつねのり》様方　風間敏雄

風間敏雄。友人知人にそんな氏名の者はいない。宛《あ》て先を見てみた。住所も氏名も自分宛で間違いなかった。しかし、風間敏雄。どこかで見た憶えがある。

少し考えて、長門からの同窓会の返信にカッコ書きされていた氏名ではないかと思った。だが、その風間、つまり長門からどうして郵便物が送られてきたのか。長門はすでに死んでいる。しかもさいたま市に住む若梅なる人物の住所から送られてきている。

「すみません、ちょっと」

すぐうしろから声がした。若い男が立っていた。慌《あわ》てて脇《わき》に退《の》いた。

男は自分の郵便受けを確認してから、エレベーターに向かう。部屋で考えよう。有馬もエレベーターに向かった。

三階で下りた。マンション全部がワンルームの造りで、青いドアが短い間隔で並んでいる。廊下をいちばん端まで行って、ドアを開けた。

必要最低限の生活用具とベッド、パソコン、本しか置いていない部屋だ。キッチンのすぐ先にあるパソコン用の椅子《いす》に腰を下ろした。

警察から返してもらったクラス会の返信ハガキをパソコンデスクに置いた。たしかに長門文彦の下に風間敏雄の名前がかっこ書きされている。

死人は郵便を出せない。配達期日を先にした郵便でもない。いや、長門が死んでから一カ月近くたつから、それほど先まで期日は指定できないはずだ——そんなことを何秒か考えたあと、はさみで封を切った。中から平べったい何かを入れた封筒が出てきた。「有馬直人様」とペン書きされている。さらにその封筒を開けた。

DVDのパッケージが出てきた。映画のようだ。「にんじん」というタイトルが見える。外国人の少年が写っているモノクロの写真が印刷されている。かなり古い映画をDVDにしたもののようだ。名作として知られているフランス映画で、名前だけは有馬も知っていた。

裏返すと、短い説明文があった。主人公の「にんじん」はいじけた性格で両親から嫌われている。夏休みに家に帰ってきても鬱々《うつうつ》とした生活が続く。そして、あることをきっかけに「にんじん」は重大な決意をし――短い説明文では、理解できない。ただ、海外での公開が１９３２年で、日本公開が１９３４年とあった。頭の中で計算した。１９３４年ならば、新美南吉は21歳で、東京外国語学校の学生であることはすぐにわかった。南吉が東京で観た映画なのか。彼が映画好きだったことは、資料などで読んで、知っていた。

ともあれ、映画を観てみるしかない。有馬はＤＶＤをパソコンにセットした。

冒頭は、寄宿舎住まいをしている少年が夏休みで田舎の家に帰ってくるところから始まる。赤毛のため「にんじん」と呼ばれている主人公は、兄や姉とは違い、いじけた性格から家族内で浮いた存在になっている。母は「にんじん」に辛《つら》く当たり、家の用事を数多く言いつけたり、時には平手打ちをくらわせたりする。村の有力者である父も彼をまともに扱わない。さまざまなことが重なって、孤独に耐えきれなくなった「にんじん」は、とうとう自殺を決意する。

父が村長となった祝賀会の日、「にんじん」は納屋《なや》で首吊《くびつ》り自殺をはかろうとする。自変事が起こっていることを知らされた父親は自宅に走り、なんとか我が子を救う。自殺騒ぎのあと、父と母が長い間うまくいっていないことを知らされる。母との間の問題を抱えながら、父は生きていこうとしている。人間はさまざまな悩みを抱えている。そのことに気づいた主人公は、いじけた子供であることを止《や》め、現実の中で生きることを決意する。

一時間半ほどのモノクロ映画だった。名作と言われているだけあって、緊張感に満ちた映画だった。家族がじつはバラバラだったという現実の描き方が、現代映画に比べると、単調な気もしたが、１９３０年代という時代では、観る者の心を揺さぶったことだろう。

しかし、この映画がどうして「ごんぎつねの夢」と関わりを持っているのか、まるでわからない。ネット検索してみた。原作はフランス人作家のジュール・ルナールの小説「にんじん」。ルナール自身の子供時代の体験が小説のもととなっているという。次に「新美南吉」「映画にんじん」と入れて検索してみたが、めぼしいものは何もヒットしない。

論理的に考えてみなければ、と思った。このゆうメールを送ってきたのは、すでに死んでいる長門文彦ではない。つまり、投函《とうかん》したのは、さいたま市に住む若梅恒則なる人物。

ネット検索で電話番号を調べてみた。が、さいたま市に住む若梅恒則の電話番号は登録されていない。最近では、番号案内に登録されていない者も多い。直接、行ってみたほうが、いろいろわかる。偽《にせ》の住所・氏名を記入していない限り、若梅恒則に到達できるはずだ。

5

これが「書斎」というものか。壁の一面全体に書棚が作りつけられ、本が隙間《すきま》なく並んでいた。窓際《まどぎわ》には畳二畳分ほどもある机と革張りの椅子が置かれている。文豪の部屋かと思わせる室内だったが、彼はプロの作家でも評論家でもない。もらった名刺は二枚で、それぞれに「若梅酒造　会長」「児童文学研究『どんぐりの会』副会長」という肩書が記されている。

「そうですか、有馬さんはノンフィクション作家なんですか」

「まだ駆け出しですが」

「風間さんは、あなたのことを自分の弟子みたいなものだと言っていたから、やはり教育関係の人だと思ってたんですが、そうでしたか」

書棚を背にした椅子に腰をかけた若梅は、有馬の名刺を手にとって眺めまわしたあと、テーブルにある茶菓を勧める。

若梅は、風間敏雄が立てこもり事件を起こしたあの長門文彦だとはまったく気づいていないようだった。以前から「どんぐりの会」で懇意にしていた風間から頼まれて、メール便を投函しただけだという。

「先月だったかな、風間さんから電話がありましてね、去年から病気で入退院を繰り返し、これからまた入院だから、代わりに郵便物を送ってほしい、と。どうしても有馬さんに渡さなければならない物があるが、今月11月5日まではあなたが海外にいて、確実に受け取れないから、それ以降にポスト投函してほしいと言うんです。面倒なことでもなさそうでしたから、承知したんですよ」

若梅は有馬宛にゆうメールを送った経緯を話していく。

「OKしたら、数日後、郵便物が送られてきた。中には、切手が貼ってあり、ポスト投函すればいいようになっているメール便が入っていた。ああ、それから私が以前から欲しがっていた昭和初期の児童文学の雑誌が同封されてまして、手間をかけるお礼に差し上げると。ですから、私は忘れずにと心にとめて、数日前にメール便を近くのポストに入れたんです」

「差出人の住所がこちらで、若梅恒則様方となっていますが」

ゆうメールの現物を見せながら、有馬は訊いた。

「万が一、宛て先不明だったら困るから、こっちの住所を書いておくと言われてましてね。けっこう細かいところまで神経の行き届く人だったから――あ、それで、風間さんの具合はいかがですか？　見舞いに行くと申し上げたんだけど、弱っているところを見られたくないから、退院してから会いましょうと言われて、病院の名前すら教えてもらえなかったんです。声の調子がおかしかったから、少し気になるんだけど」

「いや、喉《のど》の病気で去年手術を受けたことは聞いておりますが、詳しいことはぼくもわかっていないんです」

話の行きがかり上、小さな嘘をついた。どこかで風間敏雄が長門文彦であることを言わなければならないのだが、そのきっかけがつかめない。有馬は訊いた。

「若梅さんは、長門、いや、風間さんと、長くおつきあいされているんですか」

「うーん、十年くらいかな。彼が『どんぐりの会』に入ってきたんです。対象が児童文学ということからでしょうか、男性会員の割合が少なくて、自然、男同士で酒を飲んだりしているうち親しくなったんです。児童文学といってもフィールドが広くて、風間さんが新美南吉、私が宮沢賢治と好きな分野は違うんだけど、いろいろ論議を交わしましたね」

「宮沢賢治がお好きなんですか」

「中学の頃から熱狂的なファンでした」

若梅は椅子から立ち上がり、本棚の前まで行った。冊子を二冊抜き出して、戻ってくると、有馬の前に置いた。表紙に「どんぐり」と書かれている。56号、59号と号数も記されている。

「年に二回、同人誌みたいなものも出しておりましてね。これが去年と今年、私の書いたものが載っている号です。よろしかったら、どうぞ、お持ちになってください」

受け取らないわけにはいかない。一冊のほうの目次を開いてみた。『風の又三郎』と昔の子供たち　若梅恒則」とある。

「ほんとうは児童文学をやりに大学の文学部に進みたかったんだけど、家が代々続く造り酒屋で、私は一人息子だったから、どうにもならない。だから、働くだけ働いて、会社を息子に渡し、あとは児童文学三昧《ざんまい》です。とはいっても、ろくなものは書けませんがね」

若梅は首を反らせて、アハハと笑った。七十前後の歳だろうか。少し長めの白髪混じりの髪に細面の整った顔、メタルフレームの眼鏡をかけていて、造り酒屋の主人というより文学関係の仕事についている人間といったほうが似合いそうな風貌《ふうぼう》だった。

「最近ではおのれの文才のなさにあきれ果て、書くことよりも、児童文学関係の初版本を集めたり、作家自筆の生原稿や資料を買い求めて、いろいろと想像を巡らせていることのほうが多いんですよ。自筆原稿を肴《さかな》にうちの酒で一杯というのが、至福の時ですな」

若梅は書棚の一角に目をやって、顔をほころばせた。そこには宮沢賢治の本が数多くあり、新美南吉も何冊かあった。佐野洋子や松谷みよ子など著名な児童文学作家や有馬が知らない作家の本も背表紙を見せている。大きなロッカーもあったから、中には生原稿や資料が詰まっているに違いない。酒造会社の会長だ。入手する金には不自由していないだろう。

「これは、のちほどゆっくり拝読させていただきます」

有馬はこうした場合の決まり文句を口に出して、冊子をリュックにしまった。

「ところで、風間さんがあなたに送ったものというのは――いえいえ、お答えにならなくてもけっこうなんですよ。ただ、ちょっとだけ気にかかりましてね」

若梅はまわりくどい言い方をしてきた。いくら簡単な頼まれごとだといっても、気になって当然だろう。有馬はリュックからＤＶＤを取り出し、若梅の前に置いた。

「これが入っていました」

「ああ、『にんじん』ですか」

顔を近づけてＤＶＤを見た若梅は短く言って、一、二度うなずいた。有馬は言った。

「じつは、なぜ、このＤＶＤが送られてきたのか、さっぱりわからないんです。手紙が同封されていたわけでもないし」

「たしか、新美南吉が学生時代に観た映画ですよ」

知らなかった。

「風間さんから聞いた話です。新美南吉は東京外国語学校の学生時代、とにかく映画、とくに洋画を観てまわったというのが、日記や友人の手記に出てくるんだそうです。えーと、たしか『にんじん』だけじゃなく――『巴里《パリ》の屋根の下』『巴里祭』『マタ・ハリ』といった映画を気に入ってたらしくって、私も風間さんから復刻版のＤＶＤを借りて、観たことがあるんですよ」

有馬も名前だけは知っている昔の外国映画を若梅は挙げていった。

「田舎から出てきたばかりの青年がいきなり外国の文化に触れたんだから、知的な刺激が強かったんでしょう。『にんじん』も含めて、その後の南吉の執筆に大きな影響を与えたに違いないと、風間さんは言ってましたね。ただ、『にんじん』は意地悪な母親が出てくるだけの暗い映画だったという印象しか持っておらず、私としてはですな、若い女性との恋を描いた『巴里祭』とか『巴里の屋根の下』のほうが好みでしたけどね」

若梅は小さく笑った。「にんじん」についてそれ以上知らないようだったが、学生時代の新美南吉は大の映画好きで、その彼が観た映画のうちの一本だったことがわかったのは、一歩前進だった。

「お歳から察して、有馬さんは風間さんの教え子かなにかですか」

若梅が訊いてきた。

「ええ、あの人は中学時代の担任で、ぼくが入っていた演劇部の顧問でもあったんです」

二年生の時の文化祭で「ごんぎつね」を演《や》り、その時、新美南吉についての教えを受けたことを、有馬はざっと話した。

「そのおかげで、卒業してからも新美南吉作品に親しむようになり、小説や詩はほとんど読みました。ただ、日記は一部しか読んでいないので、東京時代の南吉が『にんじん』を観ていたことは知りませんでした」

「そうですか。ああいう熱心な先生に教えを受けるとは、幸せなことですね」

そろそろ本当のことを言わなければならない。日本茶で口の中を湿らせてから、姿勢を正して、有馬は言った。

「じつは今日まいりましたのは、『にんじん』のことだけではないんです。風間敏雄が池袋のレストランで立てこもり銃撃事件を起こした長門文彦であったことは、ご存じでしたでしょうか」

「えっ、立てこもり事件、長門文彦」

饅頭《まんじゅう》を口に運びかけていた若梅の手が止まった。開けていた口を閉じ、饅頭を小皿に戻した。もつれる舌で言った。

「立てこもり事件って、あ、あの、先月だったか、キツネ面をかぶった男が起こした――」

有馬はゆっくりとうなずいて返した。若梅の目が吊り上がっていた。早口で言ってきた。

「し、しかしですよ、新聞やニュースショーで見たけれど、犯人はもっと若くて、そう、眼鏡もかけていなかったけど、風間さんは中年の顔で、髪形も違ったし、黒縁の眼鏡もかけてた」

「新聞やテレビで使われていた写真はずいぶん若い頃、そうですね、もしかすると、中学の教師をやっていた頃の写真を手に入れてきて、載せたんでしょう。黒縁の眼鏡も『どんぐりの会』に来る時だけかけていたのかもしれない」

有馬の中では、ある推測ができあがっていた。教え子を妊娠させるというスキャンダルを起こした長門は以降、ほとんど写真を撮らなかった。それゆえ、マスコミは昔の写真を使用するしかなかった。また過去を探られないようにするため、「どんぐりの会」では偽名を使い、髪形を変え、黒縁の眼鏡で変装まがいのことをした。

「あの人が、あんな大それたことするなんて」

少し遅れて恐怖がやってきたのか、若梅は身悶《みもだ》えするみたいに体を大きく動かし、歯をカチカチと鳴らした。

「つけ加えるなら、ぼくも人質になった一人で、なぜ長門先生があんなことをしたのか調べているところなんです」

「あ、ああ、はあ」

言葉にならない言葉を漏らして、若梅は茶碗《ちゃわん》に手を伸ばした。一気に中の茶を飲んでしまい、茶碗をテーブルに戻し、それから右手で肘掛《ひじか》けをぽんぽん叩《たた》き、長い溜《た》め息をついた。そこまでして、少しは落着きを取り戻したようだ。

「それはそれは恐ろしい体験をされて」

「犯人の長門が『「ごんぎつねの夢」を広めてくれ』とメモ書きで言い残したことは、ご存じですか」

有馬は言った。若梅はうなずいた。

「テレビのニュースショーで観ました。私も児童文学に関わる者として、『ごんぎつねの夢』について考えてみたりしたんです。結局はわからずじまいだったんですが、あの立てこもり犯は風間さんだったんですか。それを考え合わせると――そういえば、風間さんとも『ごんぎつね』の結末について話をしたことがある。ああ、そうだった、あの人、変な人なんです。自分は新美南吉の生まれ変わりで、南吉は『ごんぎつね』の結末について納得していなかったって」

ここでも自分は南吉の生まれ変わりだと言っていた。

「私が、火縄銃の弾が外れて、ごんは助かったというのはどうだろうと言ったところ、一笑に付されましてね。それは『ごんぎつね』の授業を受けた小学生の多くが考えることだって。ごんは助かって、兵十は栗を運んできた者が誰なのかを知り、その後は仲のいい友だちになりましたとさ。まるで安っぽいテレビアニメじゃないかと言われ、私もそのとおりだと思い直したことがありました」

「あまりにも結末としてはイージーですからね。それだと作品を損ねてしまう。ぼくも考えたんですけど、ぴったりくるものが見つからない――若梅さん、ＤＶＤだけじゃなく、長門さんからなにか資料とか預かってはいませんか」

「資料って」

「事件のあと、警察が長門さんの部屋を捜索したんですけど、荷物の一部をお姉さんのところに送った以外は、いっさいがっさい業者に頼んで処分したあとだった。だけど、大事にしていた研究資料などをそう簡単に処分できるわけないじゃないですか。きっと信頼できる誰かに預けたりしたはずです。その中に『ごんぎつねの夢』を考えるヒントになるものがあるかもしれない」

「資料、資料ですか。たしかに、そういったものがあれば、大きなヒントになるでしょうな。ですが、残念ながらわたしの手元に来たのは、ＤＶＤの入った封筒と昭和初期の雑誌だけでした」

二人とも黙りこむことになった。

若梅が顔を上げて言った。

「今は頭が混乱して、いい考えが浮かびません。何か手がかりになることを聞いていないか、冷静になってからあらためて考えてみます」

話はそこで終わりになった。

帰りがけに「そうだ、『どんぐり』に風間さんが書いた文がありますよ」と若梅は言った。「一部しかないので、差し上げられませんが」と、その部分を部屋にあった複写機でコピーしてくれた。

帰りの電車の中で「玉石混交の戸惑い」というタイトルの文を読んだ。新美南吉には「ごんぎつね」「手袋を買いに」といった文学の神が降りてきたかと思わせる作品がある一方で、「花を埋める」のように素材は素晴らしいが生煮えのまま書いたもの、「花のき村と盗人たち」「おじいさんのランプ」などなど定型化したものも数多く残されている。そこに南吉の迷いがあったというのが論旨だった。

長門は新美南吉について発表の場を求めて「どんぐりの会」に入ったに違いない。

6

「ルナールの『にんじん』だ。『どんぐりの会』の若梅さんによれば、新美南吉が東京時代に観た映画らしい。東京外国語学校に入った南吉はこの『にんじん』ばかりじゃなく、『巴里祭』とか『マタ・ハリ』といった当時日本に入ってきた外国映画を片っ端から観て歩いたらしい」

ＤＶＤを机に置いて、有馬は言った。

「新美南吉が東京生活を始めたのは、いつだったたっけ」

「１９３２年に外国語学校に入学してる」

「だったら、そのあたりは無声映画からトーキーに変わったばかりで、１９３０年代の前半は外国映画の黄金時代だと言われてるわ。外国映画が次々に日本にもやってきて、有馬くんが言ったものの他にも、あのマレーネ・ディートリッヒが主演した『嘆きの天使』、同じく『モロッコ』、劇中の歌までが大ヒットしてしまった『巴里の屋根の下』と、挙げていけばきりがない」

瞳子がすらすらと映画名を口にしていったので、ちょっと驚いた。彼女には古い映画を観る趣味があった？

「そんな古い映画、みんな観たの？」

「当然、全部観たよ」と言ったあと、口が横に引かれた。「というのは嘘で、何も観ていない。ただし、題名から内容まで、しっかり憶えてる。というのも、去年、『あの名作映画はどこに行った』って本を作ったのよ。最近、日本に入ってくる洋画って、派手なハリウッド大作ばかりで、昔みたいに情緒たっぷりなものはほとんどないじゃない。だから、昔の名作を写真入りで紹介した」

「しかし、そんな地味な本、売れたの？」

相手はいつも売れるかどうかを口にしている編集者だ。少し意地悪な気持になって、有馬は訊いた。瞳子が微笑《ほほえ》んだ。

「期待に添えず残念だけど——それなりに売れたわ。3刷まで行った。シニア層にターゲットを絞った本でね、彼らは戦前の外国映画も名画座で観ている人が少なくないし、ソフィア・ローレンの『ひまわり』やアラン・ドロンの出世作だった『太陽がいっぱい』を青春時代に観て、感動した人はいっぱいいる」

そういうことか。最初の作が初版どまりだったノンフィクション・ライターは口をとざすしかない。瞳子は言う。

「話を『にんじん』に戻すけど、たしか日本での興行収入は封切の年の一位だったんじゃないかな。家庭内の軋轢《あつれき》とか若者の成長とかを描いた内容が真面目民族の日本人にはウケたんじゃないかと、解説の映画評論家先生は言ってたけどね。『にんじん』に限らず、人間の心理とかロマンチシズムとかを描いた映画が多かったから、南吉としても夢中になったんだろうね」

「まあ、生まれ故郷ではそういった映画や芝居はやっていなかっただろうから、大いなる刺激になったんだろうな」

若梅と話した時と同様、話はそこでストップしてしまう。

「内容はだいたい知ってるけど、一度は観ておかないと、謎《なぞ》は解けない」

瞳子が手を伸ばして、ＤＶＤを手元に引き寄せた。小さく首をかしげて言う。

「だけど、あとで送るだけだったら、信用のおける便利屋にでも頼んで投函してもらうとかしたほうが、簡単だったんじゃないかなあ」

「信用のおける便利屋は、そう簡単には見つからないだろう。そこまでしなくても、配達日指定のゆうメールにすればよかったんだ。調べてみたら、差出日の三日後から起算して十日以内の日を指定できるらしい。そうすれば、事件を起こして少したってＤＶＤが届くことになる」

「だったら、意図的に若梅とかいう人が投函するように仕向けた？」

「住所氏名が書いてあれば、ぼくは真相を知るため、必然的にさいたま市に住む若梅さんを訪ねるようになる——死ぬ時に身につけていた手紙には『私もあらゆる手を尽くした』と書いてあった。いろんな仕掛けをして、その一つがゆうメールの住所だったんだ」

少しの間、口をとざしたあと、瞳子は言った。

「それで、『にんじん』の映画の他に、わざわざさいたま市まで行った成果のほどは」

「あったようなかったような——さっきも言ったけど、長門先生はもう一つ風間敏雄という名前を使っていた。本名で『どんぐりの会』に入ったら、スキャンダルで教師をクビになったことがばれてしまう危険性があったからだ。児童文学研究会なんてところは教育関係者が多いだろうしね。偽名だけでなく、髪形や眼鏡などで変装もしていた」

「どうして、そうした会に入ったんだろう」

「やはり児童文学を論じたり、自分の思いを発表する場が欲しかったんだろうね」

「なんか、もうなあ」瞳子は腕組みをして、天井を振り仰いだ。首を二、三度横に振っていらだったように言った。「長門のやつ、どうして、そんな回りくどいことするのかしら。新美南吉の書いた『ごんぎつねの夢』って原稿があるんなら、さっさと公開すればいいでしょ」

「それは、ぼくもさんざん考えて、無理だという結論に達した。南吉の未発表原稿や資料を持っていたとしても、無名の民間研究者で、しかもスキャンダラスな過去を持つ人間が発表したなら、信用してもらえない。黙殺されるのがオチだ」

有馬は一枚の紙を瞳子の前に置いた。

「『ごんぎつね』について、頭の中を整理するため、関係するものを時系列的にまとめてみた」

１９３２年。新美南吉18歳の時、「赤い鳥」に「ごん狐」が載る。当時の「赤い鳥」は小川未明、坪田譲治といった童話作家だけでなく、芥川龍之介や有島武郎といった著名文士も子供向け作品を寄稿していた一流誌だった。ただし、この南吉の作品は主宰者である鈴木三重吉によって大きく手が入れられているといわれる。

１９３２年から36年にかけての東京外国語学校時代。「にんじん」を始めとする洋画を中心に映画を観てまわる。南吉にとって青春を謳歌《おうか》している時期だった。「手袋を買いに」の第一稿もこの頃、書かれている。

１９３４年２月。最初の喀血《かっけつ》。当時は死病とされた結核と診断される。療養のため、一時、郷里の半田に帰る。

１９３５年。長年つきあっていた恋人と決別。

１９３６年。東京外国語学校卒業。就職はするものの、ふたたび喀血。帰郷する。

１９３８年。恩師などの尽力により、安城高等女学校の正教諭として採用される。この頃から病状が小康を得て、修学旅行に付き添い、富士登山も行う。文筆にも力が入り、数多くの作品を生み出す。

１９４１年ころから、ふたたび結核が悪化。死を覚悟して弟に遺言状を書く。一方で執筆活動は続ける。1942年。結核に苦しむ中、作品集を出す話が持ち上がり、南吉はその中に「ごん狐」も入れる。この作品集は彼の死後、1943年に出版されている。

1943年。死の少し前の1月、原稿用紙の隅に「のどがいたい」との書き込みをしながらも、作品を完成させる。その二カ月後の3月、喉頭《こうとう》結核により死去。29歳だった。

1956年。小学校四年生の教材として「ごんぎつね」が初めて取り上げられる。以後、ほとんどの教科書に載るようになる。

「わかってはいたけど、改めてこんなふうにまとめてみると、南吉がどんなにか厳しい作家人生を歩んだかが胸に迫ってきたよ」

「十年と少しの作家生活だったけど、濃密だったんだね」瞳子がフーッと息を吐いてから続けた。「『赤い鳥』って、すごかったんだね。芥川龍之介や有島武郎も書いてたのか」

「芥川の『蜘蛛《くも》の糸』を知ってるだろ」

「ああ、あの有名な短編小説」

「あの『蜘蛛の糸』も『赤い鳥』に載ったんだよ。しかも、大作家の原稿に鈴木三重吉は赤ペンで直しを入れたという話も伝わっている」

「だったら、無名の青年の原稿なんかずたずたに直されたんだろうね」

有馬はバッグから冊子を取り出し、ページを開いて、瞳子の前に置いた。

「これは新美南吉についての研究紀要だ。プロトタイプの『権狐《ごんぎつね》』をどんなふうに直したかが一目瞭然《りょうぜん》でわかるようになってる。プロトタイプを印字して、そこに変更部分を赤で書き入れたみたいだ」

「ふぇー、これはすごい」

瞳子はページに顔を近づけて、声を上げた。黒い活字原稿におびただしいほどの赤い直しが入り、黒よりも赤の部分のほうが多いようにも見える。

「直しを三百までは数えてみたが、面倒くさくなって、それ以上は止めた」

「三百超えか。私だって、この半分、いや、十分の一も手を入れない」

溜め息をついて、現役編集者は絶句する。有馬は言った。

「プライドのあまり高くないぼくだって、ここまで直されたら、『おれの原稿だ』と怒りだすよ。プライドの高かった南吉の頭の中は、怒りで煮えたぎってたんじゃないかな」

「でも、地方の無名青年と一流雑誌の主宰者では勝負にならないか。直さないんなら載せないと言われたら、ギブアップするよりない」

なにか自分のことを言われているような気がして、有馬は苦笑した。

「しかし、直したおかげで文章が洗練されて、とても読みやすくなった。情景も鮮明に浮かび上がってくるし、文章効果も抜群に良くなっている。だけど」有馬はひとつ大きくうなずいてから、言葉を続けた。「18歳の地方青年の持っていた個性が消え失《う》せた。言葉の味わいみたいなものが薄れた。たとえてみれば、郷土料理の店を東京で出す時、多くの人の舌に合わせようと、味が平準化されたみたいにね」

「そうか、そういうのって、あるよね。新人さんの原稿に手を入れすぎると、読みやすくはなるけど、ごつごつした個性が飛んでしまうんだよね」

「読みやすさだけじゃなく、作者の持っていた強い思いも薄らいでしまったような気がする。有名ないちばん最後の部分なんだが、『ごん、お前《まい》だったのか。いつも栗をくれたのは』という兵十の呼びかけに対し、プロトタイプの『権狐は、ぐったりなったまま、うれしくなりました』が、赤い鳥バージョンでは『ごんは、ぐったりと目をつぶったまま、うなずきました』になっている。もちろん、小説的には赤い鳥バージョンのほうが、優れている。プロトタイプだったら、それまで兵十の視点で進んでいたものが突然ごんの視点に切り替わり、読者が混乱する」

「『うれしくなりました』というのも、子供の作文みたいね」

「たしかに表現としては拙《つたな》いかもしれない。だけど、18歳の南吉はそこをいちばん訴えたかったんじゃないかな。罪滅ぼしが、ようやく報われたと」

ぬるくなっているコーヒーを口に運んだ。ひとくちのどに流し入れてから、以前から漠然と考えていたことを口に出した。

「一方で『赤い鳥』に載った『ごん狐』は完璧《かんぺき》な小説だった。まるで小説の神、いや、小説の悪魔に魂を売ったみたいな作品だ」

「悪魔――」

「ストーリーといい、結末といい、小説としては完璧だ。だが、罪滅ぼしをしようとしたごんは死に、自分に栗を運んできたキツネを撃ち殺してしまった兵十は一生を罪悪感に苛《さいな》まれながら生きなければならない。読者は悲しくて暗い気持になり、ぼくみたいに悪夢にうなされる者まで出てくる。ある意味、無責任な作品だ。出来ばえさえ良ければ、あとはどうなったってかまわないと」

最後の言葉は、有馬の正直な思いだった。完璧だと感嘆する一方、心の隅には嫌なものが生じていた。

「悪魔に魂を売るつもりはなかっただろうが、新美南吉と鈴木三重吉の力が合わさった結果、そうなってしまった」

「だったら」瞳子が頬に手を当てた。「南吉は悪魔に魂を売った自分の作品を憎み、書き直そうとした？」

「いや、違う。鈴木三重吉によって徹底的に手を加えられ、完成度を最高レベルに上げられた赤い鳥バージョンの『ごん狐』には、南吉もその出来ばえを認めざるを得ず、自分の作品として存在することを許した。その証拠に、死の少し前の１９４２年に企画された作品集に南吉自身が『ごん狐』を選んでいる。だが、それは結核によって生きる期限を切られ、おそらく迷った末の選択だったのかもしれない」

「究極の選択か」

「しかし、選択をしてからも、南吉の中には納まり切らないものが残った。そこで『ごん狐』を残しつつも、新たな『ごんぎつね』を書こうとした。それが『ごんぎつねの夢』なんだ」

「プロトタイプの『権狐』じゃだめなの？」

「あれは18歳の時の若書きだということは、南吉自身もわかっていただろう。それゆえ、筆に自信を持った時代の『ごんぎつねの夢』を書こうとした。いや、書いたんだ」

「なるほど、理屈はきっちり通るよね。『ごんぎつね』とは別に『ごんぎつねの夢』が存在したとしても、おかしくはないか、うん」

瞳子は不意に口を閉ざして、おびただしい赤字が入った研究紀要に視線を向けたまま黙った。そのままの姿勢で十秒以上たっても動かない。

「どうかしたのか、瞳子」

視線がこちらに向いた。口が動いた。

「『ごんぎつねの夢』、やはり、あると思う。絶対ある、と言ってもいい」

一語一語、力をこめて言った。

「断言できるのか」

「私、前の部署では小説を担当していた。その時、中堅の作家さんから聞かされたんだけど、少しでも直されると、すごく気になるんだって。新人の頃は、編集者が原稿をちょろっと直して、そのまま活字になったりする。そういうのはすぐにわかって、気持が落ち着かないんですって。自分の体に他人の皮膚が貼り付けられたみたいで、たとえ上手《うま》く直されたとしても、自分のものではないと、拒絶感が拭いきれない」

「自分の体に他人の皮膚が、か」

駆け出しのノンフィクション作家である有馬にしても、その言葉は実感として理解できる。ましてや、新美南吉は詩もたくさん書いた人物で、言葉に対する感度はかなり高かったはずだ。瞳子は続けた。

「三百個所以上の直しとなると、全身の皮膚が切り貼りされたみたいで気持悪くなるだろうけど、それが完璧な修正になってたから始末に悪い。認めるしかない。だけど、読後感が大きく変わってしまう最後の部分だけは許せなかった」

「あの『権狐は、ぐったりなったまま、うれしくなりました』を『ごんは、ぐったりと目をつぶったまま、うなずきました』に直された個所か」

「絶対に『ごんぎつねの夢』はあるわ。あるものを見つけ出さなきゃ、長門先生にも申し訳がたたない」

「問題は、それがどこにあるかだ」

結局は、その地点に戻ってきてしまう。どこにあるのか、見当もついていないのだ。

行き詰まってしまったので、有馬は長門先生が非業《ひごう》の死を遂げたことについて野瀬若菜や山崎祐也が悲しみの感情などまったく表さなかったことを話した。

「三年間、担任だったのに、話のネタにしてるってだけの感じだったな。あいつららしいけど」

「そういう人って、けっこういるのね。悩みやら葛藤《かっとう》やら持たず、そのまんますーっと大人になってしまう人って」

「演劇部の人間は違ったよな。迷っている奴《やつ》ばかりが集まってきて、それだけに文化祭での体験はとてつもなく大きかった。だから、長門先生は特別な存在になってる」

瞳子はうなずいてから、少しの間を置いて、言った。

「その文化祭体験なんだけど、本番が終わったあと、先生は『ありがとう、みんな』って言ったよね。目に涙が滲《にじ》んでいたようにも見えた。あれって、何だったのかしら」

「あれって」わかりきったことを訊くものだと思った。「練習も本番もよく頑張ってゴールにたどりついたぼくらに対するねぎらいだろ」

「むろんそれもあるけど、それだけかしら。それ以上のものがあったような気がする」瞳子は「それ」を三つ続けたあと、顔を少し前に出して、一気に喋った。「どんなに上手く演《や》ったとしても素人《しろうと》の中学生なんだから、たいしたことはできないと、先生は考えてた。ところが、セリフが止まったアクシデントのあと、みんなが無我夢中で突っ走った舞台が先生の想像を超えて凄いものになった。もしかすると、『ごんぎつね』の新たな魅力も見出したのかもしれない。だから、思わず『ありがとう』と感謝の言葉が出た。あの時の『ごんぎつね』は、先生にとっても特別な意味があったのよ」

そうなのかもしれない。演劇部のみんなにも、先生にも、文化祭での「ごんぎつね」は特別なものになったのだ。が、それがわかったとしても、「ごんぎつねの夢」へは一歩たりとも近づけてはいない。

第六章 「ごん」を演《や》った女

1

部屋にこもり、頭をフル回転させても、何も進展がない時は外に出たほうがいい。いや、外に出て人から話を聞くのが、ノンフィクション作家の本来の姿なのである。

電話で約束を取りつけたあと、有馬は桜田門の警視庁に向かった。西海警部補と面会するためだった。

東池袋署に置かれていた特別捜査本部はとうの昔に解散していて、警視庁から来た捜査員は引きあげていた。今ごろは別の捜査本部に詰めているのかもしれないと思いつつ、警視庁に電話をしてみると、西海は在庁していた。

「運が良かったね。一昨日《おととい》までかかりっきりだった事件が片づいて、今日は待機なんだ」

出迎えた西海はそう言って、有馬を小さな部屋に案内した。机とパイプ椅子が置かれただけの殺風景な部屋だった。

「どう、『ごんぎつねの夢』は何かわかった?」

有馬が向かいの椅子に座ると、熱の入っていない声で言ってきた。

「見えてきておりません。いろいろ調べてるんですけど、『ごんぎつねの夢』の実物自体どこにもない」

「そうか、こっちもいろいろ当たってみたけど、成果はゼロだった。長門《ながと》の出まかせだったのかなあ。まあ、それならそれで仕方ない」

書類送検され、被疑者死亡で不起訴となっている事件だから、警察がやることはもう何もない。一時は事件の謎《なぞ》をめぐって捜査本部のまわりをうろついていたマスコミの人間も、新しいことが出ないとなると、寄りつきもしないはずだ。

「それで、今日は何しに来たの」

机をはさんで向かいの椅子に座った西海は煙草《たばこ》を取り出し、ライターで火を点《つ》けた。

「吸わせてもらうよ。あんたのほうから勝手に来たんだからね」

深く吸い込んで、長く吐き出す。白い煙が有馬の顔の横を通過した。西海と会うのは、今日が四度目だったが、前回までは煙草など吸わなかった。

「女房からは禁煙しろと言われてるんだけど、これだけは警視総監に命じられても止《や》められない。誰だったかが言ってたけど、喫煙率が高い仕事は漁師と刑事なんだってね。両方とも網を張って獲物がかかるのを待つ時間が長いから、どうしても吸ってしまう」

もうひとくち旨《うま》そうに吸って、目を細めて見せる。頬骨の張ったいかつい顔に変わりはないが、相手を探るように動いていた黒目は今日は穏やかなままだ。有馬も表情を弛《ゆる》めて言った。

「あの事件について、何か新たなことがわかっていたら、こっそり教えていただきたいと思いまして。警察としては一件落着となってるんでしょ。チラリと教えてくださ い」

西海はハハハと笑った。

「そう言われてもなあ、漠然としすぎて、答えようもないね」

有馬は姿勢を正した。

「『ごんぎつねの夢』そのものを調べてみても、思うような成果は得られませんでした。そこで、周辺から攻めてみようと考えてるんです。たとえば、長門先生と関係を持ったといわれる教え子が今、行方知れずになっている。まあ、失踪《しっそう》といってもいい。彼女の失踪と今度の立てこもり事件が何か関連性を持ってるんじゃないかと思いましてね」

西海は天井に向けて煙草の煙を盛大に噴き上げた。それを二回繰り返した。

「有馬さん、今日で会ったの何回目？」

「四度目です」

刑事は金属製の灰皿で煙草を丹念に揉《も》み消した。わずかに笑った顔を作る。

「四度も会うと、ただの他人だとは思えなくなる。ま、被疑者死亡で裁判も開かれないんだから、少しは教えてもいいでしょう。何度も捜査本部に足を運んでもらったお礼だ」

「ありがとうございます」

有馬は額が机につくほどに頭を下げた。

「ちょっと待っててね」

西海はそう言い置くと、部屋を出ていった。
二、三分後、小さなノートを手にして戻ってきた。椅子に腰を下ろして、言った。
「菊谷千波の母親から話を聞いたんだが、ここ三年ほどはまったく音信不通状態になっている。連絡先もわからない。住民票は移していないから、そっちから現住所を探っていくわけにもいかない。ただ、菊谷千波はもしかすると重要参考人になる可能性もないではないから、少し気張ってあとを追った。なにしろ、こっちには警察手帳という黄門様の印籠《いんろう》みたいなものがあるんでね。フリーライターさんよりは調べる力はある」

「おっしゃるとおりです」ここは、余計なことは言わない。

「千波は一年遅れて高校に進んだから、そこの同級生を調べた。そうしたら、千波と仲が良かった女性が見つかった。彼女の話だと、高校卒業後、千波は研究生としてある劇団に入った」

やはり劇団に入っていた。勢い込んで有馬は訊《き》いた。

「何という劇団ですか」

「個人情報ではあるが、ま、名称くらいなら、いいか」

もったいぶって答えて、刑事はノートを開いた。

「えーと、劇団『魚座』といって、若い人にはけっこう人気らしい。高校時代の友人は千波からチケットを売りつけられて観《み》に行ったんで、憶《おぼ》えてた」

「では、まだその劇団に？」

「いや、いろいろあったらしくて、去年の初めにやめたようだ」

「いろいろあったって？」

「そりゃ、答えられないよ、あんたがたがよく言う個人のプライバシーだ。なにせ、菊谷千波は被疑者どころか、重要参考人にもなっていない立場だ。答えられませんわな」

西海はニヤニヤ笑った。そう言われると、それ以上は押せない。

「では、劇団をやめて、その後、彼女は何を」

「わかんない。そのあたりで捜索中止だ。なにしろ被疑者死亡で捜査の決着はついてる。千波が立てこもり事件に何か関連しているという証拠でもあれば、こっちも必死こいて行方を捜すんだが、彼女は中学時代に長門が妊娠させたってだけの存在だ。本筋とは思われないものに、労力を割くわけにはいかない」

チェーンスモーカーなのか、西海は新しい煙草に火を点けた。煙を見ながら、わざとらしい口調で言った。

「おや、新しいのに火をつけちまった。ここで話は終わりにするつもりだったが、煙草を揉み消すのももったいない。これが短くなるまで話をしてやろうか」

有馬はまた机に額がつくほどに頭を下げる。西海は目を細めて旨そうに煙草を吸って、鼻から煙を吹き出すと、おもむろに話し始める。

「きみ、中学時代に演劇部にいたんなら、劇団のこともよく知ってるだろ」

「いえ、今は芝居は時々観にいく程度ですから、よくは知りません。ただ、『魚座』というのはSFっぽい筋立てで人気を集めていて、私も名前くらいは知っています」

「そうか、で、次にやる公演らしく、タイムマシンがどうたらというポスターが事務所に貼《は》ってあったな。ま、そんなことはどうでもいい。劇団の俳優というのは、テレビに出てくる俳優と同じく美男美女ばかりだと思っていたんだが、そうでもないね」

「そりゃ、舞台の上では、顔だけじゃなく、声も含めて全身で表現をしますからね。訴える力が強い者が良い役をもらえる」

「だから、変な者もいるのか。背がびっくりするほど高くて、顔がでかい、人間離れした女もいたな。菊谷千波と仲が良かった者もいたようだね」

「誰ですか、それは」

「言えないね。プライバシーに関わることだ」

西海は手にしていた煙草に目をやった。

「おや、いつの間にかこんなに短くなっていた。ニコチンが溜《た》まっている根元まで吸うと、体に良くないと、女房からも言われてる。あとは自分で調べてくれ」

煙草を灰皿で揉み消すと、椅子から立ち上がった。

2

桜田門の警視庁を出たところで、スマホを取り出し、劇団「魚座」を検索した。過去と現在、未来を自由に行き来するというSF的な劇を売りにしている団体で、メジャーではないが、熱狂的なファンがいることで知られているらしい。事務所は中野にある。ともあれ、そちらに向かうことにした。

地下鉄とJRを乗り継いで、中野まで行った。

事務所は駅から少し離れた雑居ビルの二階にあった。

インターホンを鳴らすと、女の声で返事があった。劇団について聞きたいことがあると言うと、数秒後にドアがスーッと開いた。顔を現したのは、若い女性、というより、髪の短い小柄な女の子だった。今時、不用心だと思ったが、さらに不用心なことを、彼女は言った。

「今、私しかいないんで、よくわからないんです。みんなは稽古場《けいこば》に行ってますので、そっちで聞いてもらえませんか」

西荻窪にある貸しスタジオの名前と場所を教えてくれた。彼女は研究生かなにかで、留守番をしているだけかもしれない。礼を言って、事務所の前を離れた。

中野駅から中央線の下り電車に乗った。西荻窪で下りた。教えられたとおり北口から続く道を歩いた。商店街のアーケードが途切れた先に貸しスタジオの看板が見えた。

スタジオは地下にあるらしい。

ちょうど地下からの階段をリュックを背負った女が上がってきた。劇団関係者だと思い、階段を上がりきったところで声をかけた。

「そうですが、なにか」

足を止め、化粧気のない顔を向けてきた。

「すみません、昨年の初め頃に退団した菊谷千波さんについて、ちょっとお聞きしたいんですが」

「去年やめた菊谷さん――ああ、水田《みずた》ホタルさんね」

そういう芸名だったのか。

「あなた、マスコミの人で取材かなにか？」

「まあ、そんなところですが」

「悪いけど、時間ないから」

素っ気なく答えると、細いジーンズの脚を大きく前に伸ばし、駅の方向へと歩きだした。慌《あわ》てて、有馬は大きなリュックを背負った後ろ姿を追った。

「じつは、彼女、ぼくの中学時代の同級生だったんです」

追いついて、言った。この言葉は多少なりとも効き目があると思ったのだが、

「それがどうかしたの」

顔をこちらに向けるわけでも足を弛めるわけでもなく、どんどん歩いていく。

「彼女がやめた理由を――」

そこまで言ったところで、隣を歩く女は「ん」と声を漏らし、急ブレーキがかかったみたいに足を止めた。

「わたし、これからバイトでさ、時給いくらで働いてくるんだから、わたしの時間を使うからには時給がほしい」

言っている意味が理解できない。女はリュックから封筒を取り出した。そこから一枚の細長い印刷物を取り出す。

「チケット売らなきゃならないんだけど、一枚協力して。絶対面白くて、絶対損はさせないよ」

「劇団『魚座』公演『反逆のタイムマシン』」とある。値段は四千円、ちょっと高い。しかし、取材に経費はつきものだ。気合負けした感じで、有馬はポケットから財布を

取り出していた。

「ありがとうございます」

女はいちおうは頭を下げ、千円札四枚をゆっくり数えたあと、財布に入れた。表情もやわらかくなっている。チケットを渡したあと、「じゃあ」と言って、また駅に向かって歩きはじめる。

「わたしの知ってることなら、話してあげるよ。ただし、駅に着くまでね」

駅までは五分といったところだろう。とんでもなく高い時給だ。

「さっきのこと、わかりやすく言うと、丼《どん》さんと奥さんとの間で、いわゆる三角関係になって、それがもつれた」

あっさり言ってくれた。

「ドンさん？」

「主宰の丼三四郎《さんしろう》」

検索をした時、目では見ていたのかもしれないが、記憶には残っていない。

「要は、丼さんとホタルさんがそうした関係になった。まあ、誰がどんなことをしようがかまわないんだけど、問題は丼さんに奥さんがいて、それが主演女優の胡蝶蘭《こちょうらん》さんだったってこと。二人の関係を知った胡蝶蘭さんが猛烈に怒ってね、こういう場合は、いちばん格下のホタルさんがやめるしかない」

その時の騒ぎを、女はとくに感情をこめることもなく淡々と話していく。そんな話に区切りがつくと、もう西荻窪駅の前だった。

「わたしの知っていることはそのくらい。四千円もつかわせたからね、もう少しいい情報を教えてあげる。ホタルさんと親しかった人がいて、同じ劇団にいる田辺《たなべ》マッキーさん。知らない？」

「いや」

「最近、売れてきて、テレビにも時々、出てるよ」

「今日、稽古に来てるんですか」

「今日は来てなかった。別の仕事で、地方のほうに行ってるみたい。まだ公演までは日があるから、来週の、ああ、月曜日からは稽古に出られると聞いたな」

「何時くらいに来れば、つかまえられるんでしょう」

「あのスタジオ、夜10時にはクローズするから、そのあたりに来て、出てくるのをつかまえればいいと思う。すごく背が高くて、痩《や》せてて、顔だけは大きい人だから、すぐわかるよ。一部では、〝人間スカイツリー〟と呼ばれてる」

最後に「グッド・ラック」と抑揚のない声で言うと、女は駅の建物に入って行った。

残された有馬の気持は暗くなっていた。

〈また男女関係の失敗か……〉

何があって、そんなことになったのか。千波と親しかった田辺マッキーから話を聞くよりない。月曜日まで待とう。

すごく背が高くて、顔だけは大きい——西海刑事もそんなようなことを口にしていた。あれは、彼が教えようとほのめかしてくれたのか。暗くなっていた気持が少し持ち上がった。

3

さいたま市の若梅恒則から電話があった。「ごんぎつねの夢」について気になることを思い出したら連絡すると、前回会った時、若梅は言っていたはずだ。

「うーん、どこから話せばいいのか」

自分から電話してきたというのに、相手は束《つか》の間《ま》、呻吟《しんぎん》の声を上げる。

「大変に言いにくいんですが、『ごんぎつねの夢』を追いかけるのは時間の無駄ではないかと。止めたほうがいいのではないかと思って、お電話さしあげたしだいです」

想定になかった若梅の言葉だった。

「あなたが拙宅にいらしてからというもの、わたしもあらためて長門さんとのやりとりを思い返してみたんです。そうしたら、気になることがいくつか思い浮かんだんです」

「どんなことなんです、それは」

気が急《せ》いて、早口で先を促した。

「まず、うちでできた新酒と古酒の飲み比べをしていた時だったと思います。新酒に比べて、古酒は熟成が進んで、まろやかな味になるため、長門さんは『新酒のほうがフレッシュだが、古酒のほうが味わい深くなって旨いですね。この違いは、まるで新美南吉の作品のようだ』と言ったんです」

「南吉の作品のようだとは」

「南吉は結核という死病に追われるように、たくさんの物語を紡《つむ》ぎだした。それゆえ、熟成が足りないうちに瓶に詰めた——作品に仕上げたものも少なくない、と。だから、南吉自身が書き直したいと思った作品もあるだろうと、あの人は言ったんです」

有馬はうなずいて返した。これは自分の考えとも一致している。

「そして、こんなことも言った。三十年近く南吉の作品を幾度も読み返したり、生原稿の印刷物を見ているうち、彼の文体や筆跡が自分に染《し》みついてきている。その気になれば、新美南吉の作品を書き直すことも可能だ、と。酒の酔いもまわっていたんでしょうが、あまりにも大言壮語すぎて、わたしも『あなた自身が南吉の生まれ変わりで、かつ文体や筆跡までもそっくりに真似《まね》できるならば、熟成不足の作品を書き直し、新美南吉が書いたものだとして発表すればいいんじゃないですか』と言ってやったんです。そしたら、ただ発表しただけじゃ、黙殺されるのがオチだと」

「黙殺される、ですか」

「新美南吉の作品については、偉い先生方も含めて、たくさんの研究者が研究し尽くしている。そんなところに、在野で無名の自分が書き直した原稿を発表しても、無視されるだけ。偽物《にせもの》だと相手にもされない。ま、あの人が捏造《ねつぞう》した原稿が世に出ても認められないわけですから、それはそれで良いことなんでしょうが」

若梅は今日初めて、笑い声を漏らした。

「それとは別の時ですが、南吉の『花を埋める』の話になったんです。長門さんはこの小説を熟成させずに書いたと言っていましたが、部分的な美しさや発想自体は高く評価していた」

「いただいた同人誌にも、長門先生はそんなようなことを書いていましたね」

「常夜灯の灯りの下で、一人がガラス片をカバーにして埋めた花を、他の子供が探すという遊びをしている。ある少女が埋めた花を主人公が探し回るが、とうとう見つからない。次の日も探すがどこにもない。そして、少女が嘘《うそ》をついており、花なんてどこにも埋めていなかったことがわかる。いつまでたっても子供の男と違って、女のほうは早くに大人になって、ずるさも持つようになったと——身近な者が子供でなくなっていく哀《かな》しさがよく描けていると、長門さんは高く買っていました」

「私もそう思います」

常夜灯の淡い光の下、ガラスの内側でバラバラにされた花弁が美しく整えられ、土の中に隠されている。大人になっていく少女の発する女の匂《にお》いが入り混じって、切ないとも官能的ともいえる情景ができ上がっている。

「あの小説の中で、少女はわざと主人公の男の子を騙《だま》して、花を探させます。男の子はひどく傷ついた。しかし、少女のほうはほんの軽い気持だった。こういうことは人の世ではよくあると、長門さんは言ってました。有馬さん、あなたは本気で『ごんぎつねの夢』を探していますね」

「もちろんです」

「言いにくいことですが、『ごんぎつねの夢』なんて、最初からなかったんじゃないでしょうか」

「だったら、どうして、あんな事件を起こし、あんな遺書みたいなものをのこしたんですか」

出した声が震えていた。

「世間を振り回してやろうと」

「どういうことです」

「長門さんはいつか新美南吉の作品のうち熟成する前に発表されたものを、自分の手で書き直して発表してみたいと思っていた。しかし、世間に認められるような上手《うま》い方法が見つからなかった。なにか良い手はないかと、頭を悩ませているうち、ガンが見つかった。しかも手遅れだった。こうなったら、最後の大芝居をしてやろうと、彼は考えたんじゃないでしょうか」

「しかし、大芝居だっていっても、立てこもり事件を起こして警官に射殺されるようなことをするでしょうか」

「死が確実に迫っている。どうせ死ぬなら自分の望む形で死のうと考えた。『ごんぎつね』のごんと同じように銃で撃たれるという、一種の自殺です。ああ、近年、拡大自殺というのが、しばしば起こっているそうですね」

「自分ひとりだけで死ぬのではなく、他の人間を道連れにするという」

トラックで歩道に突っ込んだり、逃げ場のないビルで放火するなど、近年目立ってきた身勝手な自殺手法である。

「変形ではありますが、他人を巻きこむ一種の拡大自殺とも言えるのではないでしょうか。ただし、長門さんの良心というべきでしょう、自分だけが死ぬように綿密な計画をたてた。その代わり、テレビや雑誌で大々的に取り上げられ、日本中の人が知るような事件に仕立て上げ、『ごんぎつねの夢』とは何か、多くの人の頭を悩ませるようにした。『花を埋める』と通うところがあります」

若梅の言うことは無理なこじつけのように思えたが、いちおう筋は通っている。

「長門さんは精神に異常をきたしていたんじゃないでしょうか。だから、あんな事件を引き起こし、埋もれていた『ごんぎつねの夢』があると遺書に残してしまった」

精神異常――いちばん聞きたくない言葉だった。「ごんぎつねの夢」自体が長門の生み出した大きな嘘だったら、今自分が取材していることの意味がなくなる。

「あの人は新美南吉の生まれ変わりだなんて言って、もともとが偏執狂的なところがあった。悪いことは言いません。『ごんぎつねの夢』を追いかけるなんて、やめたほうがいい」

4

頭から冷水を浴びせかけられた気分だった。「ごんぎつねの夢」が嘘だったら、自分がしてきたことはまったく意味を失う。ばかみたいだ。

しかし、若梅の言ったことにも一理はある。そして、彼の言い分を幾度も頭の中に持ち出しているうち、心がそちらに傾きかけた。これだけ「ごんぎつねの夢」を探しているのに、かけらも見つからないのだ。

〈撤退したほうがいいのではないか……〉

自問した。

長門文彦は、中学時代、いちばんに影響を受けた人物だった。覚悟の決まった男だった。その彼が自分を指名して「ごんぎつねの夢」を広めてくれと言い残したのだ。

新美南吉は死に迫られながらも、亡《な》くなる直前まで執筆を続けた。南吉の生まれ変わりを自認する長門だったら、やはり同様な状況の中でも、最善の行為を選んでいたはずだ。

〈フラフラしちゃいけない。納得がいくまで取材を止めるべきではない……〉

自分に言い聞かせた。

だいたい長門については謎が多すぎる。千波とのことだって、ほんとうに妊娠させたのか、納得がいっていない。暗い顔で娘のことを語り、すぐにドアを閉めてしまったあの母親にしても、どこまでほんとうのことを言っているのかわからない。

〈団地もすっかり変わっていたな……〉

千波の母親を訪ねた時のことに思いが行った。棟はリフォームされたりしていたが、かつての活気は感じられなかった。

〈あの頃は、なにかというとイベントがあった……〉

住居の狭さに不満はあったが、青春時代を送った場所だ。書棚からアルバムを引き出してきて、ページを繰っていた。団地での写真がたくさん出てきた。祭などの催物があると、自治会の役員が子供の写真を撮り、あとで届けてくれるのだ。

夏祭の写真のところで、指が止まった。大きな太鼓の前で、山崎祐也といっしょに写っている。祐也は松葉杖《まつばづえ》をついていた。

そうだった。バスケットボールの選手だった彼は夏の大会で転倒し、足の骨にヒビが入るほどの大怪我《おおけが》を負ったのだ。

「中学最後の大会だったから、張り切りすぎてさ、リバウンドを取ろうとしてコケた」

そう言っていたのを、かすかだが憶えている。写真の下部に記された年月日も、中三の8月半ばの夏祭だということを示していた。中学くらいまでは、団地内での催し物にもよく顔を出したものだ。

写真を見ているうち、奇妙なことに気づいた。

〈足を骨折しているというのに……〉

そういえば、中学を卒業してからは一度も連絡をとっていなかった祐也から突然、電話が入ったのも不自然な感じがする。若菜から聞いたにせよ、わざわざ飲みに誘って、新井薬師前で千波を目撃したことを証言してくれるなど、あいつにしては親切に過ぎる行為ではないか。ある想像が湧《わ》いた。

5

風もなく太陽が出ていれば、12月の昼間はさほど寒くはない。恐竜広場に行くと、山崎祐也は先に来ていた。ベンチに腰を下ろし、こちらに向かって手を上げてきた。

「なんだよ、せっかくの休日だっていうのに、こんなところまで呼び出して」

会うなり、祐也は文句を言ってきた。

「いや、懐《なつ》かしの団地、懐かしの広場だったら話がしやすいと思ってさ。うーん、この場所だけは、昔と変わっていないな」

有馬は周囲を見回しながら、祐也とは少し間隔を空けて、ベンチに腰を下ろした。

恐竜広場は高野原団地の中でもいちばん広い広場だった。恐竜の形をした滑り台があり、小学生たちは授業が終わると、よくここに来たものだった。

「昔とそう変わってはいないけど、子供の数が違う。声の大きさも違うぜ」

祐也の言葉は間違っていなかった。土曜で晴れた日なら、エネルギーを持て余した子供たちが狭い部屋からぞろぞろ出てきて、カラスの戦争みたいに騒ぎまくっていたものだ。それが、今日は、何組かの親子が良く言えばほのぼのと遊んでいる。

「なんだよ、重要な話ってのは。ぐずぐずしてると、日がかげるぞ」

わざとらしく、コートの襟を立てる。

「わかった。手早く話そう。まず、これだ」

膝《ひざ》に置いたリュックから一枚の写真を取り出した。松葉杖をついている祐也といっしょに写った写真だ。

「夏祭の時に撮った写真だな。おお、かわいそうに、俺はケガして、松葉杖をついてる」

相手はまだ気づいていない。有馬は言った。

「写真の日付をみてくれ。中三の夏、8月16日に撮ったものだ。7月末の大会で足を骨折し、きみはこんな姿だった」

むこうも気づいたようで、「うん」とようやく聞こえる声で言った。横目で窺《うかが》うと、祐也は唇をすぼめた顔ですぐ前の地面を見ている。

「明日から新学期が始まるという日、きみは電車に乗って新宿まで遊びに行ったと言っていた。千波が長門先生のアパートがある新井薬師前で電車を下りるところを見たと、ぼくに言った。若い頃はケガの治りが早いといっても、この写真が撮られてから二週間で新宿まで遊びに出られるほど回復はしないだろう」

少しの間を空けて、祐也は答えた。

「もしかすると、もう少しあと、そう、10月の初めくらいだったかもしれない。その頃だったら、足を自由に動かせるようになってたからな」

「いや、きみは、明日から学校だと思うと気分が重かったとまで言っていたはずだ。今、考えれば、十五年前のある日の出来事を、それほど細かく言うのも不自然だった」

「有馬、なに言いたいんだ」

「きみは千波が新井薬師前で電車を下りるのを見ていない。嘘をついたんだ。なぜ、わざわざぼくの前に現れて、千波が長門先生のところに行くのを見たなんて、嘘を言ったんだ」

祐也は何も言わない。

「だいたいの見当はついてるけどな」

これでも八年ほどの取材キャリアはある。駆け出しの頃は、事件取材も数多くこなした。不自然さを感じることがあった時、その裏に何があるのか、おおよその見当はつくようになっていた。

「千波が先生のアパートに行くくらい親密だったことを、ぼくに強く印象づけたかったからだ。きみは、ぼくが立てこもり事件について取材していて、長門先生と千波の関係についても調べていることを、野瀬若菜から聞いた。そこで、いてもたってもいられなくなり、ぼくと連絡を取り、あんな嘘をついた。はっきり言おう。千波を妊娠させたのは祐也、きみだったんだ」

最後の言葉は想像によるものだった。確信に近い想像だった。

祐也の顔がこちらを向いた。「フフッ」と小さく笑った。

「有馬、やるなあ、鋭くなったなあ。中学のあの頃は、本がどうのとか、暗くてトロい奴《やつ》だと思ってたんだが、すっかり変わったな」

「答えてくれ。おまえが妊娠させたんだろ」

「約束してくれるか、おれの名前は出さないって」

頭の中ですばやく計算した。長門以外の人間が千波を妊娠させていたとするなら、その人物の名を実名で書く必要はない。問題は、あくまでも先生と千波の関係なのだ。

「わかった。きみの名前は出さない」

「信用していいのか」

「取材相手からの信用を失うようでは、ぼくの仕事は成り立たない」

隣に座っている男は小さく息を吐いた。肩の線が少し下がったように見えた。

「10月も末になるとな、足もだいぶ良くなって、まあ、普通に歩けるようになった。日曜日だったよ。バスケの練習や試合もなくなってたし、高校受験の勉強にも飽きて、そうだよ、ここの公園で千波と出くわして、少し喋《しゃべ》った。あいつが母親はパートに出ていて、家には誰もいないと言うんだ。で、行って、ゲームでもすることになった」

千波のところは義父が亡くなっているから、母親が外出していれば誰もいない。

「部屋に行ったら、ゲームより楽しいことがあるじゃないの。だけどさ、服を脱いだところであいつが言うんだ。危ない日だからゴムしてってって」

舌打ちの音が聞こえた。

「散歩がてら出てきたんだから、そんなもん持ってるはずがないじゃん。すっかりその気になってたから『外で出すよ』とか言って、入れちゃったんだ。そしたら、こっちもまだ経験浅かったんで、中出し。まあ、そう簡単に妊娠なんてするもんじゃないと思ってたから、気にしてなかったんだ。そしたらさ、翌年になって――」

言葉を止めた祐也はベンチを平手で叩《たた》いた。

「生理が止まった、妊娠したとよ。マジかよ。受験も近いし、どうしていいかわからなくなった。『堕《お》ろせよ』と言ったら『それしかないよね』と答えたけど、手術の金がねえ。中学生だもんな。うちの親けっこうカタくって、そう簡単には言えない。そしたら『いい手があるから』って、千波が言ったんだ」

「長門先生に妊娠の責任をおっかぶせると」

「その時はわからなかったんだけど、そんなふうになった。あいつは恐ろしい女だぞ。今でも耳に残ってる。『あなたは今、お金持っていないから、出世払いにしてやるよ』って。一筆書かされたよ。将来、償いをするって文章をさ」

「そんなの、書いたのか」

「むこうに証拠を握られてた。やったあと、ベッドで自撮りの写真を撮ったんだ。あいつのケータイでな。裸の二人が仲良く写ってる。そのあたり、すべて計算してたんだ。とんでもない女だ」

　吐息をつくのは、有馬の番だった。大人だったら、証拠を残すために写真を撮ったり録音を残すのは、珍しくもない。だが、千波はまだ中学三年生だった。

「それで、妊娠させた責任は長門先生が引き受けることになった」

「長門先生ともやってたんじゃないか。あいつさ、セックスは初めてじゃないふうだった。きっと、おれの前に先生とやってた。だから、先生も妊娠させたのを認めるよりなかったんじゃないか」

　祐也の言葉は、それなりに説得力があった。

　足元にサッカーボールが転がってきた。とっさに蹴《け》り返そうと思ったが、小学生に見える男の子が走り寄ってきたので、手で拾ってボールを投げ返した。意識を元に戻して、有馬は訊いた。

「で、出世払いはしたのか」

「あ、ああ、少しはな。高校一年の夏休みにバイトしてもらった金の半分を持っていかれた。このまま払い続けるのかと不安だったが、高二になった時、親が家を買って、団地から出て行くことができたんだ。ケータイのほうも新しいのに替えて、番号もアドレスも変えた」

「逃げきったか」

「そうだ、だから、長門先生が事件を起こすまでは、千波とのことなんて、すっかり忘れてた。だけどさ、もし……」

祐也は続く言葉を飲み込んだ。何を言おうとしているのかは見当がついた。

「先生がキツネの面をつけて起こした立てこもり事件の背後に教師時代のスキャンダルが隠されていると踏んで、警察が調べを開始したら、自分の身にも捜査が及ぶ、と。警察はそこまでのことはしなかったが、今度はぼくが取材を進めていることを、若菜の口から聞いて、きみは不安を膨らませた。だから、千波を妊娠させたのは長門文彦しかいないと、ぼくに嘘を吹き込んだ」

有馬はそこまでのことを一気に言った。

「そのとおりだよ」止めていた息を吐き出すように、祐也は言った。「うちの会社、こういうのに厳しいんだよ。女を妊娠させたくらいならまだしも、重大犯罪に関係しているって、実名が出たりしたら、会社でのおれの将来はない。わかってくれよ」

顔をこちらに向けてきた。すがりつくような目だった。

「嘘をついたことは謝る。だからさ、おれの名前は出さないようにしてくれ、おれとわかる書き方はしないでくれ」

一拍置いて、有馬は答えた。

「わかった。きみだとわからないようにするよ」

「ありがとう、友だちだもんなあ。だけど、千波って悪い女なんだよ。誘ってきたのはむこうからだったような気がするし、長門先生もつい引っかかったんじゃないかなあ」

そばにいる男の言葉が厭《いと》わしく聞こえた。

6

「あいつさ、初めてじゃないふうだった」

祐也の言った言葉がずっと耳に残っていた。千波はそれ以前から性体験があったというのか。

菊谷千波の体に宿った子供の父親は山崎祐也である可能性が高い。が、彼女は処女ではなかった？ ということは、長門とも関係を持っていた？

長門先生は自分が千波を妊娠させたのだと誤認して、関係を認め、教師を辞めた——そう考えるのが自然なのだろうか。よくわからない。だが、すべきことは残っていた。

12月半ばの月曜日、西荻窪にある貸しスタジオに向かった。スタジオは夜10時にクローズするからそのあたりに来ればと、先日会った劇団員の女は言っていたが、スーパーの閉店時刻と違って、舞台稽古はその時間ちょうどにお終《しま》いになるとは限らない。念のため、有馬は9時を少し過ぎた時刻にスタジオの前に着いた。

階段を地下まで下りてみた。地下室のドアからは灯が漏れていて、人の声も聞こえてきた。まだ稽古は続いている。また地上に上がって、道路《どうろ》脇《わき》で田辺マッキーを待った。

地上は木枯らしを思わせる風が吹いていた。こんなことも想定して、ズボンの下にはタイツをはき、膝まであるダウンのベンチコートを着てきた。しかし、時がたつにつれ、そうした重装備をしていても、寒さはじわじわと染み込んでくる。転がってきた空のペットボトルが靴にぶつかった。

寒さに震えていると、ここまでして菊谷千波のことを調べる必要はあるのだろうかという思いが湧いてくる。彼女は十五年も前に長門との間で妊娠騒ぎを起こしただけだ。本筋ではないと、警察のほうでは早々と手を引いている。

しかし、ここで放り出してはいけないと、有馬は思い直す。あの妊娠騒動に違和感のようなものを強く感じていたからだ。

長門も千波と寝ていたのか。だが、他の男性教師ならともかく、あの長門が教え子に手を出すとは思えない。それなら、なぜ長門は――疑問の思いはぐるぐると回って、答らしきものを得ることができない。違和感だけが残る。

あれこれ考え、腕時計を見ようとした時だった。階段を人が上がってきた。最初に一人、次に三人、その次に先日話をした女が上がってきた。彼女に歩み寄った。むこうもこちらのことを憶えていて、足を止め、

「マッキーさん、もうすぐ上がってくると思うよ」

小声で言うと、駅のほうに歩いていった。

さらに何人かをやりすごしたあとだった。階段を棒のような人影が地上へと上がってきた。痩せていて、身長は1メートル73センチある有馬よりも明らかに高く、顔が大きい。田辺マッキーに違いない。劇団の女は「人間スカイツリー」と呼ばれていると言っていたが、超大型のコケシのようにも見える。

「田辺マッキーさんですね」

寄って行って、声をかけた。

「そうだけど」

「私は有馬直人といいまして、ノンフィクションのライターをしております。昨年、劇団をやめた水田ホタルさん、本名・菊谷千波さんについて、お話を伺えれば――」

「ああ、取材ね」

むこうは止めかけていた足を前に進めた。追いかけて、有馬は言った。

「どうしてもお聞きしたいことがあるんです」

「この前、立てこもり事件に関連しているとかで、警察が来たけど、私は『よく知りません』で追い返した」

マッキーさんは足を速めた。背が高い上、足のコンパスも長いから、やっとのことでついていく。

「私は中学時代、彼女の同級生だったんです。立てこもり事件では人質にもなった」

効き目があるはずの言葉を口から出した。むこうは「ああ、そう」と気のない返事をしただけだ。が、

「演劇部でもいっしょでした」

と言うと、背の高い女は歩く足をゆるめた。

「ホタルから『ごんぎつね』で『ごん』を演《や》ったことは聞いたけど、あなたは何をやったの」

「脚本を担当しました」

「ふーん、あなたが脚本《ほん》を書いたのか」

声がやわらかくなった。

「その彼女が劇団をやめて、今は消息不明になっているので、そのあたりの経緯を知りたいんです」

少しの間を置いて、マッキーさんは言った。

「ホタルといっしょだった人なら、ま、いいか。警察は嫌いなんだけどさ」

ほっとした。

「南口に良い店があるから」

長い足をまた速めた。ついて行くのに苦労した。

早足で歩いたから、駅まではすぐだった。駅の構内を抜けて南口に出ると、突然、世界がタイムスリップした。北口が普通の商店街だったのに、駅のむこうは狭い路地の両側に焼き鳥、煮込み、台湾料理などの店が並び、店内だけでなく、外にまでテーブルと椅子が並べられ、冬だというのに、いっぱいの人が酒を酌《く》み交わしていた。まるで昭和の、というより写真で見た戦後の闇市《やみいち》みたいな光景だったが、客の服装が中央線沿線らしくこざっぱりしているのがどこかおかしかった。

マッキーさんは一組の客が出ていった焼鳥屋に首を突っ込んで、二階に空席があるか訊いた。

「今、出ていったから、たぶんね」

その答を聞いて、マッキーさんは入るよう手招きした。

一階はカウンター席しかなく、焼鳥の煙と話し声とが入り混じっていた。二階に上がる階段は狭くて急で、新美南吉の生家を思い起こさせた。二階は小さなテーブルが三つ置かれていた。一つだけ空いていたテーブル席にマッキーさんは体を滑りこませるようにして座った。有馬も似たような動作で椅子に腰を下ろした。

階段を上がってきた店員に焼鳥と「ホッピーと焼酎《しょうちゅう》のセット」を頼んでいる。勝手の知らない店だったし、壁に貼ってあるメニューもくすんでよく見えなかったので、有馬も同じ注文の仕方をした。

「ここ、よく来るんですか」

「この店だけじゃないけど、安いからね。ホタルとだって、何回か来たね」

そんな話をしているうち、階段を駆け上ってくる音が聞こえ、超特急で注文の品が届いた。マッキーさんは焼酎のグラスに瓶のホッピーを注ぎ、マドラーでかきまぜている。同じことを、こちらもした。レバーの串《くし》をひとくち食べてから、グラスを口に運んだ。アルコール度数の高いビール味の飲み物だった。

「で、何を聞きたいの」マッキーさんが言った。

「まず、彼女が今、何をしてるかです」

「知らない。あの子のことだからどこかの劇団に入っているのかと思ったけど、そんな話は聞こえてこない。引っ越したみたいだから、どこに住んでいるかもわからない。スマホに連絡しようとしたけど、番号もメールアドレスも変えちゃってる。まあ、あんなことがあったあとだから、すべてを切ろうとしたんだろうね」

マッキーさんは一気に、しかし淡々と語った。要はまったく知らないということだ。

「では――ホタルさんが、どうして劇団をやめたか、お聞きしたいんです」

「ある程度のことは知ってるんでしょ」

「まあ、主宰者の丼さんと仲良くなって、それが丼さんの奥さんである看板女優に知れて、結果、劇団を追い出されることになった、と」

「なんだ、知ってるじゃないの。それがすべてよ」

「いや、起こったことだけではなく、なぜ、主宰と不倫関係になったかです。狭い劇団内だったら、そういうことはすぐに知れ渡るでしょうし、相手の奥さんが看板女優だったら、勝ち目はないでしょ。もしかすると、丼さんとやらがホタルさんにおいしい役と引き換えに関係を迫ったのでは？」

マッキーさんはグラスに口をつけて離すという動作を二度して、黙った。近くで見ると、彼女の顔は大きいばかりでなく、細い目は白目が多く、見ようによっては怖い。

一つうなずき、グラスの半分ほどをあおるように飲むと、彼女はけっこう大きな声で「ま、いいか。当人、いなくなっちゃってるんだもんね」と言った。

「逆でね、彼女のほうから仕掛けたんじゃないかね。ホタルが丼さんにまとわりついてるのを見た人がいる」

「どうしてホタルさんのほうから」

「焦《あせ》ってたんだよ、彼女。声は魅力的だったし、演技も上手かったけど、ずっと中どころの役しか割り当てられなかったからね。主宰と親密になって、いい役をもらいたかったんじゃないかね。うちの劇団、最近、注目されているから、出る回数の多い役で目立てば、テレビや映画からも声がかかる——と、ここまでは想像にしかすぎないけど、たぶん当たってる」

「演技は上手かったのに、どうしていい役をもらえなかったんでしょう」

「今はそういう時代なのよ。演技を味わうお客さんは少なくなって、とくに若い人は芸の瞬間パワーとか役者のキャラで反応する。自分のことを言うのもなんだけど、私なんてたいした芸はないんだけど、舞台に出ているだけで客席が湧くんだね。いつの間にか『人間スカイツリー』なんて言われるようになってさ。そうなると、よそからも声がかかる。昔は、こんなふうに産んだ親を恨んだけど、今じゃあ、感謝感謝ね」

むこうがアハハハと笑ったので、こちらも声をたてて笑ってしまった。とたんに彼女の白目勝ちな目が鋭くなって、こちらを睨《にら》む。「すみません」と謝ると、すぐに表情を大きく弛める。むこうは役者だった。

「そのあたりのことをホタルはわかっていなかったんだ。演技が上手ければ絶対に評価されるってね。ウケてナンボの世界なのに、バカだねえ」

マッキーさんは焼鳥の串でホッピーのボトルをパチンと叩いた。

「バカというより、自分の考えに固執するそうとうな頑固者。頑固で自分の意志を曲げず、それが上手くいかないと、手段を選ばない」

それで主宰と寝たというわけか。

「上昇志向が強すぎる。そのあたりが嫌だったねえ」

「そんな嫌な人と仲よかったんですか」

「誰から聞いたのよ。でも、ま、いいよ。仲よかったよ。あの子、いいとこあるのよ。根は優しい子だったの」

初めて聞く評価だった。

「公演を前にして、私、体調崩して寝込んじゃったことがあるの。そしたら、彼女、アイスクリームを持って見舞いに来てくれた。アイスクリームってさ、のどの通りがいいだけじゃなく、水分もカロリーも摂《と》れるから、病気の時にはいいの。美味《おい》しいと言ったら、彼女、三日も続けてアイスクリームを届けてくれたのね。私なんかに付け届けしたって、なんの得にもならないのにさ。彼女、困ってる人に対しては優しかった――と、そんなこともあって、いつの間にか親しくなっていた」

「でも、そんな優しい部分と、這《は》い上がるためには手段を選ばないというところが同居してたのは、不思議といえば不思議ですね」

「まあ、それには理由があるんだよねえ」

そこまで言うと、マッキーさんは押し黙った。ふつふつと動くホッピーの泡に目をやったままだ。突然のように彼女は口を開いた。

「とても嫌な話だけど、聞きたい？」

嫌な話って何なのか。想像もつかないまま、うなずいて返していた。

「彼女、二番目のオヤジにやられてたんだよ」

「えっ」その言葉しか出てこなかった。

「一昨年くらいだったと思う。丼さんから二人揃《そろ》って、さんざんに怒られて、私の部屋でやけ酒を飲んだのよ。飲んだくれて、愚痴をこぼしているうちに、ホタルがぽろっと言ったんだ」

両親は彼女が幼い頃に離婚して、母親は別の男と再婚した。小学校六年の時だったという。母親が留守の時、その男から強姦《ごうかん》された。

「抵抗したけど、どうにもならなかった。そいつは『お母さんには言うなよ』と言っそいつは『お母さんには言うなよ』と言って、その後もホタルを犯した」

息をのんで話を耳に入れているしかなかった。彼女の家庭が複雑だということは知っていた。が、こんなことだとは想像もしていなかった。

「がまんできず、母親に訴えた。だけど、『そんなことあるはずないでしょ』とか言って、相手にしてくれなかった。ホタル、早く大人になって、なにがなんでも自分の力で生きていかなければならないと、強く思ったんだって。ま、天罰でも当たったのかね、オヤジはホタルが中学に入った時、心筋梗塞《こうそく》だとかで急死」

ほっとして息を漏らしてしまった。

「オヤジは死んだけど、むしろ母親に対する恨みのほうが深かったというね。何もしてくれなかったのは、何か言えば男が逃げるんじゃないかと、母親は思ったんだろうって。我が子よりも男を選んだ、裏切られたって」

団地の玄関口で見た千波の母親の顔が頭に浮かんだ。老《ふ》け込んで、女の部分などどこからも感じられなかったが、当時はまだ三十代だったはずだ。

「そんなことで手段を選ばずのし上がっていこうという性格ができたんだろうね。だけど、無理があるって、劇団内不倫ってのは。超狭い世界だからすぐにバレる。追い出されるのは自分のほうなのに、ほんと、バカだねえ、バカだよ」

マッキーさんの言葉が止まった。顔を見ると、目のあたりが滲《にじ》むように光っている。演技ではないだろう。こちらも込み上げてくるものがあったが、いちおうは取材のプロだ。訊かなければならないことがあるのを忘れてはいなかった。

「中学時代のホタルさんと立てこもり事件の犯人との関連性を警察では調べたようですが、マッキーさんは何か聞いていませんでしたか」

「いやあ、まったく。ただ――」マッキーさんは首をひねった。「ホタルから気になることを聞いたんだよ。私ら上からチケット割り当てられて、さばくのに苦労するんだね。頭下げたり、無理やり売りつけたりする」

うなずいて返した。自分も無理やり売りつけられた。

「だけど、ホタルは『私には足長おじさんがいるから、売れ残った分はいつでも買ってもらえるの』とか言ったんで、パパでもいるのかと訊いたらさ、『正真正銘の足長おじさん。昔からずっと応援してくれてるの』だと。まさか、そいつが立てこもり犯の元教師じゃないかって、あとになって思ったりしてさ」

自宅に帰る中央線の電車の中では、事実に押しつぶされそうだった。

菊谷千波は新しい父親から性暴力を受けていたのだ。母親も彼女に味方をしてくれなかった。世間ではある話だと言われているが、自分の知る人間に降りかかった事実だと思うと、どう受け止めていいのかわからなかった。

同じ団地の、間取りも同じ部屋で、そんなことが行われていたのだ。なんとなく、どこの家庭も自分のところと大きな違いはないと思いこんでいた。

菊谷千波の家だけでない。山崎祐也の両親は、スポーツが得意で、成績も悪くない祐也を自慢の息子だと考えていたはずだ。同じ団地に住む同級生を妊娠させたなんて、心の隅にも思っていなかっただろう。

現実は、自分が思っていたほど平和なものではなかった。その重量感に押しつぶされそうだった。

そして、足長おじさん。長門に決まっている。そう決めつけていた。千波が中学を卒業したあとも、なにかと脅され、チケットの残りを売りつけられていたのか。

知らないほうがよかったかもしれない。

第七章　人生のいちばん最後にすること

1

英光出版社の中林瞳子から取材の進捗《しんちょく》状況を訊《き》く電話があった。隠す必要もない。山崎祐也の行状から菊谷千波が劇団でやったことや彼女の過去まで、包み隠さず話した。「どんぐりの会」で長門といっしょだった若梅から電話があり、「ごんぎつねの夢」は出まかせに違いないと言われたことについても話した。

祐也と千波が避妊もせずにセックスして、その結果、妊娠したことについては、瞳子はさほど驚きはしなかった。が、千波が義父から性暴力を受けていたことには、言葉を失っていた。

「知らないところで、いろいろなことが起こってたんだね」

「ぼくは団地組だったから、知らずに通りすぎていたことが恐ろしい」

「おまけに児童文学研究会でいっしょだった人から電話があって、『ごんぎつねの夢』

は長門先生の嘘《うそ》だと忠告してくれた、と」

「嘘と切り捨ててしまえば簡単なんだけどね」有馬は言葉を曖昧《あいまい》にした。息を吐き出して、言った。「『ごんぎつねの夢』が実際に存在しているかどうかを知っているのは二人だけだ。新美南吉と長門文彦。もしかすると『ごんぎつねの夢』に絡《から》んでいるかもしれないのが菊谷千波。キーマンともいえるその三人のうち二人は死に、残る一人は消息不明で話も聞けない」

瞳子が言った。

「どうするの、『ごんぎつねの夢』探し」

いつもの彼女とは違い、言葉に力が感じられなかった。

「どうした？　弱気になった？」

「いいえ、まったく想定していないことばかりが起こって、迷いが生れているだけ。先が見通せないし」

「それは、こっちも同じだけど、やるさ。ここまで来たら、納得いくまでやる」

「若梅さんが言うように長門先生が嘘をついていた可能性は考えないの？」

「自分が警官に撃たれて死ぬのが確実なのに、『花を埋める』で出てくるような嘘をつくとは考えられない」

「末期ガンで死を前にした先生が精神に異常をきたしたとは」

「そうなったら、ぼくに運がなかったってだけさ。苦労したあげく、本にはならない。でも、もう覚悟は決まっている。中途半端《はんぱ》な終わらせ方はしたくない」

イジメ事件の時のような、あとで後悔するような行動はしたくない。

「長門先生に賭《か》けた?」

「そうとも言えるかもしれない。もし先生の言うことが嘘ではなく、『ごんぎつねの夢』が存在するなら――絶対に読んでみたい」

少し間を空けて、瞳子からの言葉が返ってきた。

「私も、読んでみたい」

2

「ごんぎつね」がらみの夢を幾度となく見た。ほとんどが他愛もないものだった。逃げる狐《きつね》を追いかけたのだが、どこまで行っても追いつかない。尻尾《しっぽ》を振りながら逃げていく後ろ姿が見えるだけ。

自分が狐になっていた。鉄砲で撃たれた。そのとたん、夢から醒《さ》めた。ごんも、それから長門先生も痛かっただろうな。完全には醒めていない頭でそう思った。ねばねばする汗をかいていた。

「ごんぎつねの夢」のことばかり考えているから、こんな意味のない夢を見るのだと思った。一方で、かなりリアルな夢も見た。

「赤い鳥」の主宰者である鈴木三重吉が夢に出てきた。口髭《くちひげ》を生やした紳士で、写真で見た顔がそのまま出てきた。新美南吉となった自分の前には「ごんぎつね」の原稿があった。原稿には三重吉の手による赤字訂正がいたるところに書き込まれていた。

「全部、赤字のとおりに直さなければ、『赤い鳥』に載せることはできないんですか」

三重吉はゆっくりとうなずいた。

「新美くん、きみの物語作りの能力は卓越している。だが、細かいところの文章処理は未熟で、全体のできを損ねている。自分で言うのもなんだが、文章を直すことにかけては、私の右に出るものはいない。芥川龍之介の『蜘蛛《くも》の糸』に直しを入れたくらいだ。赤字のとおりにして『赤い鳥』に載せよう」

「しかし、ごんが死ぬ最後の場面は冷たすぎます」

「そのほうがいいんだ。ぐさりと小刀が突き刺さるくらいでなけりゃ、読者に強い印象は残せない。新美くん、きみの気持はわかるが、同人誌とは違って、商業雑誌に載せる原稿は一人よがりじゃいけないんだよ。売れなければ、次の号が出せない」

三重吉の顔が突然、別な男に変わって、有馬は飛び起きた。

ベッドから半身を起こして考え、三重吉から変わった男が誰なのか思い当たって、苦笑した。以前、有馬が書いた原稿を読んで、「いい出来だけど、テーマが地味だから、うちでは出せない」と言った男性編集者の顔だった。

「まいったな」呟《つぶや》くよりなかった。

その数日後の夢の中に、額が広くて目鼻だちの整った男がいた。男は「ごんぎつね」の載った「赤い鳥」を手にして言った。

「すばらしい出来ばえの小説だと思う。だが、罪滅ぼしに励んだ主人公が無残にも殺されるなんて、子供たちにこんな残酷な結末を示していいんだろうか。これは童話なんだよ」

「しかし、現実世界はこんなふうに残酷なものです。そこから目を背けてはならないと思うんです」

「だが、子供たちには一時期でも、世界を全面的に肯定する夢を見せておかなければならないんじゃないかな」

「わたしは子供の頃から世界を全面的に肯定するなんて、一度もしたことはありませんでした」

相手は困ったような顔になり、開いていた「赤い鳥」を閉じた。そこで夢から醒めた。

少し考えて、相手の男は巽聖歌《たつみせいか》であることに気づいた。資料として読んだ本で見た顔だった。彼は「たきび」などの作詩で知られる詩人で、新美南吉の生涯にわたる理解者だった。「赤い鳥」に投稿された新美南吉の作品を高く評価し、南吉が東京で学生時代を送った時には、一時、自宅に住まわせたりした。南吉が結核による喀血《かっけつ》をした際は、聖歌の妻による看病を受けた。その後も作品集を出版することへの手助けをしたり、南吉が危篤《きとく》となった時には東京から半田まで駆けつけて容態を見舞った。

南吉の死後も支援は続いた。昭和31年、小学校の教科書に「ごんぎつね」が掲載されることになったのも、聖歌の尽力によるものだった。

聖歌が「ごんぎつね」を評価しつつも、子供に読ませてもよいものかと疑問を抱いていたことは資料にも載っていた。有馬自身も結末の残酷さを強く感じていたから、そんな夢を見たのだろう。

「ごんぎつね」がらみの夢を頻繁に見るので、有馬はベッドの横にノートを置き、見た夢を忘れないうちに書き留めることにした。しかし、あとで読み返しても、「ごんぎつねの夢」に到達できそうなヒントは得られない。
自分で動いて、新しい手がかりを見つけてくるしかないのだ。

3

暮れもどんづまりに近い12月30日。「高齢者向けの便利屋」の仕事が入っていて、千葉県松戸市にある巨大団地に行くことになった。今日の依頼主は稲葉《いなば》利夫《としお》さんという90歳近い男性だったが、彼の自宅に行く前に、松戸市内のレンタカー屋で車を借り、それに乗って団地まで行った。同じ県内の佐倉市にある亡《な》き妻の墓参りに行くので、車を運転してほしいというのがその日の依頼だった。

団地の一階にある稲葉さんの部屋のドアをノックした。すぐにドアが開いた。稲葉さんはもう身繕いを整えていて、出かける準備ができていた。寒い日だったので、ずいぶん厚いロングコートを着こんだ上、毛糸のマフラーまで巻いていた。

小さなバッグは有馬が持ち、足もとがおぼつかない老人の手を引くように車に誘導した。

エンジンをかけ、何分か暖房を回したあと、助手席に乗った老人がコートを脱ぐのを手伝った。コートの下は背広で地味なネクタイまで締めていた。

「女房の墓参りなんで、厳粛な気持にならなくてはとね」

老人は聞き取りにくい声で言った。厚いコートを脱がせると、格安スーパーで買ったエビの天ぷらみたいに本体はとても小さくなった。

住所の書かれたメモが手渡された。記されている住所をカーナビに打ち込み、車をスタートさせた。

「奥様のお墓にはしばらくぶりに行くんですか」

「いや、初めてなんだ」

意外なことを、稲葉さんは言った。

「亡くなった女房と言ったが、正確には元女房なんだよ。ずいぶん前に離婚してる。いや、なーに、好き勝手やったおれが悪いんだよ。罪ほろぼしも兼ねて、一度は行きたいと思ってたんだが、いろいろあってね、今日まで延ばし延ばしにしてしまった」

事情があるようだが、相手は話す気になっている。こうした時は、突っ込んだ質問をするより、話しやすいように相槌《あいづち》を打ったり、ごく短い問いかけをするほうがいい。

「女房とは高校時代の同級生でさ、栄子《えいこ》っていうんだ」

稲葉さんは問わず語りに「元女房」とのことを話しはじめた。

高校時代の同級生だった。22歳の時に結婚した。結婚後、しばらくは平穏で幸福な日が続き、二人の子供にも恵まれた。

「当時、おれは建設会社に勤めていたんだ。建設会社ってのはさ、地元の議員さんにいろいろ頼みごとをすることも多い。そんなこんなで、ある県議のところに出入りするようになって、そのうち秘書にならないかという誘いを受けたんだね」

その県議は次の国政選挙に打って出る算段で、秘書を増やそうとしていた。心が動いた。

「毎日、かわりばえのしないサラリーマン生活を送っているより、秘書になれば、いろんなことがあるんじゃないかと思ったんだ。もし、その県議が国会議員になれば、秘書の仕事の範囲もずっと広くなるしさ」

だが、栄子さんは大反対した。子供が小さいのに不安定な職業につくことはないじゃないか、と。女には男のロマンはわからんと、稲葉さんは反対を押し切って会社を辞め、秘書となった。

県議は次の国政選挙で当選して、国会議員になった。稲葉さんは地元秘書となり、後援会作りやさまざまな陳情を受けたりする仕事で多忙な日々を送るようになった。

「毎日が面白かったねえ。陳情っていうのは金がらみも多いし、夜の誘いで飲み歩くことも毎日だった。危ない橋を渡るようなこともやったさ」

もう時効だからと、かつての「武勇伝」を次々に披露していく。先の見えてきた高齢者が、自分の華やかなりし頃を嬉《うれ》しそうに語るのはよくあることだ。有馬は時々合いの手を入れながら、聞くことに徹した。どの道を行けばいいのかは、カーナビの音声案内に従ってハンドルを操作すればいいだけだ。ただ、時折、助手席の老人がコホン、コホンと咳《せき》をするのが気になった。

「先生は当選を重ねて、やれることが多くなり、こっちの羽振りもよくなった。女遊びもするようになってね、ろくに家に帰らなくなったんだ。そして、久しぶりに家に戻ってみると、女房がいなかった。子供をつれて実家に帰ると、置き手紙があった」

離婚の請求があった。自分にも負い目があったので、それに応じた。二人の子供は妻が育て、稲葉さんは月々いくばくかの養育費を払うことになった。

「以来、二人の子供とは音沙汰《おとさた》なしだ。女房が死んだことは、十何年か前に高校の同級生から聞いた。一度、線香をあげに行かなくちゃと思ってはいたけど、むこうとはこんな経緯があるんで、行くに行けなくてね」

老人の声が細くなった。コホンと咳をして、荒い呼吸をした。

しばらく静かにしていると、また元気を取り戻したようだ。稲葉さんは今度は少し詳しく栄子さんの話をする。家族の話もする。高齢者の話はあちこちに寄り道しながら、ゆっくりとしたペースで続いていく。話を耳に入れているうち、カーナビの画面では佐倉市に入っていた。

ガイドにしたがって進むと、田んぼのある農村地帯に入った。目的地に近づいたことを知らせる音声が聞こえた直後、「あ、そこの門の前で」と、稲葉さんが叫んだ。瓦《かわら》ぶきの屋根がついている門の前で、有馬は車を停めた。

「悪いけど、表札を見てきてくれないかな。『篠原《しのはら》』だったら、間違いない」

降りて、確かめた。『篠原』という木の表札が出ていた。

今度は稲葉さんを助手席から降ろし、コートを着せる。屋根つきの立派な門を入った。

農家のようで、広い庭の隅には小型のトラクターがとまっていた。玄関の前に立つと、稲葉さんは緊張した面持ちでブザーのボタンを押す。

少し待って玄関の引き戸が開けられ、中年の女性が姿を見せた。稲葉さんは言った。

「私は稲葉利夫と申しまして、篠原良男《よしお》さんがいらっしゃいましたら、お目にかかりたいんですが」

「あ、はあ、ちょっとお待ちください」

女性は奥に消えた。「よかった、まだ生きてたみたいだ」と、稲葉さんは呟く。厚手のカーディガンを着た老人が現れた。年は稲葉さんと同じくらいか、少し下に見える。表情がこわばっていた。

「あなた、どうしてここに来た」

「栄子さんのお墓参りにと。お墓の場所を教えていただきたいんです」

「あなたに線香をあげてもらったって、姉さんは喜ばないよ。帰ってくれ」

突然、稲葉さんは両膝《りょうひざ》をつき、玄関前のコンクリートに額が当るほど頭を下げた。

「今日は覚悟して参りました。どうしても墓参りがしたいんです。私は肺ガンの末期で、余命いくばくもありません。最後に彼女にお詫《わ》びをしたいんです」

声を絞り出すように言い、荒い息をする。コートの肩が上下していた。有馬にはどうすることもできない。

カーディガンの老人はたじろいだ様子で立っていたが、静かに言った。

「立ち上がって、少し待ってなさい」

奥に引っこんだ。

二、三分、待たされた。再び現れた老人はメモを差し出して、「地図だ」と短く言った。

紙に描かれた地図を受け取って、また車に戻った。紙には「正徳寺」と書かれた寺までの道順と、境内にある墓の場所が図示されていた。

五分ほど走って、寺に着いた。駐車場に車を駐《と》める。

墓地までは緩い坂道になっていた。支えて歩こうかと思ったが、稲葉さんは何かに憑《つ》かれたように前へ前へと足を進める。

篠原家の墓の前に着いた。突然のように、稲葉さんは墓の前で、さっきと同じように土下座をした。今度も見ているしかなかった。

墓石には枯葉がいくつかへばりついていた。立ち上がった稲葉さんはズボンの汚れを気にする様子もなく、「手桶《ておけ》を持ってくればよかった」と呟きながら、指で半ば腐った枯葉を一つひとつ取り除いていった。

小さなバッグから線香とライターを取り出して火を点《つ》けた。墓石の前に立てた。掌《て》を合わせて、目を閉じている。有馬もそれに倣《なら》った。

目を開けて、隣を見たが、稲葉さんはまだ掌を合わせていた。

長い合掌が終わって、最後に一礼した。あとは車まで歩いたのだが、行きとはうって変わって足どりがおぼつかなかった。有馬は腕をとるようにして、下りの道を歩いた。

コートを脱がせ、また助手席に乗せた。大きく息を吐いてから、稲葉さんは言った。

「おれも情けない男さ。栄子が亡くなったのはだいぶ前に聞いたんだけど、いろいろ考えると、足が向かなくてさ。だけど、死ぬのが目の前に迫ると、恐《こわ》いものがなくなった。いや、肺ガンってのは、ありがたいね。ガンのできる場所によっては、最期《さいご》のあたりまでけっこう動けるみたいだ。さあ、帰ろうや」

有馬はエンジンをかけ、車をスタートさせた。

しばらく走ると、助手席から声がした。

「どうして墓参りをしなくちゃいけないか、聞いてくれるかい」

「家庭を顧みなかったことへの詫びなんじゃないですか」

「もちろん、そうなんだけど、とりわけあのことについては謝って、言わなきゃいけないひとことを言いたかったんだ」

次の言葉は、すぐには出てこなかった。エンジンとタイヤが路面に接する音だけが続いたあと、稲葉さんは言った。

「あれはおれが秘書をやっていた先生が初めて国政選挙で当選した時だった。何日も選挙事務所に泊まりこんで、しばらくぶりで家に帰ってくると、女房が言ったんだ。『よかったね』って。あの頃はもう女房とうまくいってなかったんで、おれは何も言わずに、早く汗を洗い流そうと、風呂場《ふろば》に直行した。もしかすると、フンと鼻で応《こた》えたかもしれない。ばかだねえ、おれって男は」

相槌の打ちようがなかった。

「政治家の秘書になるのには大反対をしてたんだけど、当選してくれって心配してたんだ。だから、おれも『ありがとう』って言わなきゃなんなかったんだ。だいぶ遅くなったけど、今日『ありがとう』って言ってきた。これで思い残すことなく死ねる」

そのあとも稲葉さんは途切れ途切れに言葉を口から出していたが、いつしか静かになった。左横を窺《うかが》うと、頭をヘッドレストに預けて寝ているようだった。ちょっと気になり、信号待ちの時に稲葉さんの顔の前に掌をかざしてみた。息はしていた。

「これで思い残すことなく死ねる、か」

頭に浮かんでいたのは長門のことだった。

第八章　17分間の空中デート

1

年が明けた。年が改まると、なんとなく少しはいいことがあるような気がする。しかし、そんな希望的観測は、正月三が日の終わった4日に早くも冷や水をかけられた。「高齢者向け便利屋」の仕事を回してくれる介護事業所の矢崎さんから電話があった。先月末に元奥さんの墓参りに連れていった稲葉さんが急死したというのだ。

「うちのヘルパーが自宅に訪ねていったら、ベッドの中でもう死んでいたんだって」

「暮れに佐倉まで連れていったのが体に響いたんでしょうか」

ちょっとばかり責任を感じた。

「いや、肺ガンがだいぶ進んでたんだ。年明けに入院する運びになっていて、最後に墓参りをしたいと言うんで、有馬さんに頼んだんだが、安らかな顔で死んでいたというよ」

そんなふうに矢崎さんは言ってくれた。

三が日も過ぎた。動かなければならない。かけにくい電話をかけることにした。電話をする先は、長門先生の姉である川北珠美だった。

学習塾からは先生の預金通帳に定期的に給与が振り込まれていた。こうした給与からいつもとは違った出費はなかったのか、訊《き》いてみるつもりだった。法定相続人である姉は長門が遺《のこ》した預金通帳を見ているはずである。もし、菊谷千波あてに送金があったりしたら、彼女と長門とはずっと関係があったことになる。

先日、時間をとってくれたことへの礼の言葉を言い、次に「失礼を承知でお訊《たず》ねしたいのですが」と前置きをして、預金通帳の件を訊いた。

一度、顔を合わせ、短くはない時間、立ち入った話をしたからだろう。姉は戸惑いながらも、質問には答えてくれた。確かに相続の手続きで弟の預金通帳は見たという。

「とくにおかしなところはなかったと思いますけどね。毎月入ってくるお金の範囲内で生活していたみたいです。病気をしてからは働くことができず、引出すばかりになってましたけど、それでも五百万円くらいの残額はありました。安アパートで贅沢《ぜいたく》もせず暮らしていたんで、自然にお金も貯《た》まったんでしょうね」

相続した金額まで言ってくれた。さらに突っ込んで訊いてみた。

「菊谷千波さんという方に送金を行ったという記帳は、通帳にありませんでしたでしょうか」

「キクタニ？」

弟が妊娠させたという女子生徒の名前までは知らないようだった。

「長門先生と交遊があった方らしいのですが」

「はあ、そんな人、弟にいたのかしら」当惑したような声が聞こえたあと、「ちょっとお待ちください。通帳はまだ持ってますので、見てみます」と言ってきた。
三、四分待たされた。
「いや、そういった記録はありませんでしたね」

公演のチケット代も含めてたいした額でなければ、直接手渡ししたのかもしれない。

とりあえず訊くことはもうない。時間をとらせたことへの詫《わ》びを言い、電話を切ろうとした時だった。むこうから言ってきた。

「あの、若梅酒造の若梅さんって、お知り合いなんですか」

思いがけない人物の名前が出てきたので驚いた。

「はい、知り合いといえば知り合いですが」

「いえ、突然、訪ねてきたので、驚いちゃって」

訪ねてきたって、若梅は愛知県の半田まで行ったのか。

「弟が遺したり、生前こちらに送ってきたりした新美南吉についての資料があったら、見せてほしいと。『長門さんとは文学仲間として親しくさせてもらってたし、先日こちらに来た有馬直人さんとも知り合いだ』とかおっしゃいまして」

「あ、ええ」戸惑いの言葉が口から漏れる。

「若梅さんのところからは四、五年前に新酒を送ってもらったんで、無下にはお断りするわけにもいかず」ここまで来たところで、むこうも支離滅裂な話し方をしていることに気づいたようだ。「主人が大の日本酒好きで、それを知ってる弟が若梅酒造の新酒を送ってくれるよう頼んだみたいで」と、言葉をつけ加えた。

「それで、資料は見せたんですか」

自分が見たのは、古書や戦前の文房具の類《たぐい》だった。

「はい、自宅まで来られたんで、仕方がないかと。でも、生前、弟から預かったのは雑多なものばかりだし、ああ、そう、先日、有馬さんにお見せしたものです。あと、死んだあと、服とか雑貨とか、ほんの少し持ってきましたけど。そういったものを、若梅さんは真剣な表情で調べてましてね。二時間くらい調べてたでしょうか。『ありがとうございました』と言って帰っていったんですが、なにかひどくがっかりしたような表情で——こっちは狐《きつね》につままれたような気分でした」

「若梅さんがお宅に行かれたのは、いつくらいでしたか」

「12月15日でした。孫の誕生日だったので、よく憶《おぼ》えております」

電話を切って、狐につままれた気分になったのは有馬も同じだった。若梅はわざわざ電話をかけてきて、「ごんぎつねの夢」は長門が作った嘘《うそ》だと言ったのだ。「ごんぎつねの夢」を探すのは時間の浪費だとも言ったはずだ。そんな話をした後、若梅は愛知県半田市まで行って、長門の遺した物を調べている。

今回の取材については、あったことすべてをノートに記してある。若梅から電話があったのは、12月9日となっていた。そして、彼は15日に半田まで行って、長門が遺したものを調べている——。

2

事前に電話をしておいた。「ごんぎつねの夢」について面白い情報を得たと言った。電話をした翌日、さいたま市の若梅宅へ行く運びとなった。

「面白い情報って、いったい何なんです」

書斎に通された。挨拶《あいさつ》もそこそこに若梅は訊いてきた。

「新しい情報を持っていそうな人が見つかったんです。とても不思議なんですけど」

「どういう人なんです、情報の持ち主は」

茶菓が運ばれてきたので、会話は途切れた。

お茶をひとくち飲んで、有馬は言った。

「若梅さん、あなたです。あなたは12月15日に、愛知県半田市にある長門さんのお姉さんの自宅を訪ねたそうですね。訪ねて、長門さんが遺したものを熱心に調べた」

若梅の整った顔の中の目が一瞬、大きく見開かれたあと、視線が下を向いた。言葉が返ってこない。有馬はさらに言った。

「その六日前の12月9日には私に電話してきて、『ごんぎつねの夢』は長門先生のついた嘘だから手を引いたほうがいいと言った。その六日後、どうして半田まで行ったんでしょう」

そこまで言っても、むこうは沈黙したままだ。「おおよそは見当がつきますが」と、つけ加えると、若梅は両手をテーブルに置き、白髪まじりの頭を深く下げた。

「申し訳ありません」絞り出したような声だった。

「でも、なぜ」答えは想像がついていた。

若梅は顔を上げ、居住まいを正した。

「最大のライバルを消したかったのです。私も『ごんぎつねの夢』が何だったのか探りだしたかったのです」

「だったら、協力して『ごんぎつねの夢』探しに当たればよかったじゃないですか」

若梅が言いよどんで、小さな間が生じた。そこになにか不自然なものを感じた。相手は舌をもつれさせながら言った。

「いや、あ、あの、あなたはプロのライターです。もし、協力して『ごんぎつねの夢』探しをして、めでたく真相にたどりついたとしたら、あなたの名前で本が出され、きっと私は取材協力者として名前が出るくらいでしょう」

「そ、そんなことは」舌をもつれさせるのは、こっちの番だった。思ってもいなかったことを、むこうは勘繰っていた。

「私も商売の世界で長く生きてきた人間です。そのくらいのことは見当がつきます。一つわかっていただきたい。私は児童文学が好きで長年がんばってきたのですが、同人誌に文章を載せる程度で、もうすぐ人生が終わってしまう。ですから、一度でいいから若梅恒則ここにありということを示してみたかったんです。あなたから『ごんぎつねの夢』の件を聞いた時、これしかないと思ったんです」

「それで、真相解明のライバルとなった私を諦《あきら》めさせようと、あんな芝居を」

「もうしわけありません、出来心から、つい」

若梅はもう一度、頭を下げた。頭を上げると、一気に話した。

「ごんぎつねの夢」について調べを入れようとしたが、何の手がかりも得られない。

長門から有馬宛《あて》に送った映画「にんじん」を自分も手に入れて、何度も観《み》たが、得られたものはなかった。長門の姉の自宅には、何かが遺っているかもしれない。長門の姉の家には一度だが、新酒を送ったことがある。姉から礼状ももらっていた。その手紙が見つかり、住所はわかった。

「半田まで行きました。そして、長門さんの遺品を見せてもらいましたが、解明につながるようなものはありませんでした」

長門の姉は若梅が落胆した様子を見せていたというから、その言葉に嘘はないだろう。だが、取材のプロとして、若梅の言葉ととった行動との間に不自然なものがあることを感じていた。

「では、若梅さんは、これからどうされようとしてるんですか」

「ハハ、私のような素人《しろうと》に文学上の謎《なぞ》を解くなんて、所詮《しょせん》は無理な相談でした。しかも、新美南吉は私の専門じゃない。『ごんぎつねの夢』のことは忘れて、自分のフィールドである宮沢賢治について自費出版でいいから本を出してみたいと思っております。もう『ごんぎつねの夢』に手を出すことはいたしませんので、これでご寛恕《かんじょ》のほどを」

目の前の男はまたまた頭を下げかけたが、有馬は「若梅さん」と強い口調で言って、それをやめさせた。

「あなたが商売のプロなら、私も取材のプロです。ですから、私の言うことは的を外していないと思います。若梅さん、まだ何か隠していることがありますね。あなたは『ごんぎつねの夢』は嘘ではなく、実際に存在しているという確証を得ていたんです」

最後の言葉は半分はったりだった。が、こういう男には踏み込んで言ったほうがいい。

相手の視線があちこち彷徨《さまよ》った。

「教えてください、それを」

できるだけ柔らかな口調で言った。こちらの言葉につられるように、若梅は口を開いた。

「私が嘘をついたことは、誰にも言わないでください。活字にもしないでください」

「わかっております」

「以前、ある民間研究者が昭和初期に亡《な》くなった童話作家の未発表作品ではないかという原稿を発見して、この世界では話題になった時のことです。風間さん、いや、長門さんが言ったんです。『ぼくも真贋《しんがん》の判別のつかない新美南吉の原稿を持っていて、いつ発表するのがいちばんいいのか考えあぐねてるんだ』とね。どんな原稿なのか訊くと、『秘密、秘密』と言って、話をはぐらかした。有馬さんの話を聞いて、それが『ごんぎつねの夢』ではないかと思ったんです」

「どうして、そのことをお話しくださらなかったのですか」

若梅はフーッと長い息を吐いた。

「私だけでそれを見つけ出したいと、咄嗟《とっさ》に思ってしまったんです。あれだけ話題になった事件です。もし、その原稿を見つけ出せば、私は大きな注目を集めます」

電話で嘘をついただけではなかった。前回、自宅で会った時にも嘘をついていた。ライバルを蹴落《けお》とすために――。

「愚かな老人の行いを、どうぞお許しください」

若梅はまた頭を下げた。これでお終《しま》いのはずだった。だが、続きがあった。顔を上げた若梅はしっかりとした口調で言った。

「一つ提案があるのですが、いかがでしょう。私と組みませんか」

思ってもいなかった言葉に相手の顔を見てしまった。むこうもこちらの顔をまっすぐに見て、言葉をつなぐ。

「私には『ごんぎつねの夢』にたどりつくだけの能力はありません。思い知りました。しかし、資力はあります。資金は出します。いっしょにやりましょうよ」

いつの間にか、上半身がそっくり返っている。端正な顔だちの白目の部分が濁っているのに、今更ながら気づいた。

「上手《うま》く『ごんぎつねの夢』が明らかになれば、本はあなたの名前で出せばいい。私の名前はあとがきにでも書いてくれれば、それでけっこうです」

この男の前にこれ以上いるのが苦痛になってきた。

「せっかくですが、フリーの人間というのは他人との共同作業が苦手なんで、ひとりでやるつもりです」

それだけ言うと、有馬は椅子《いす》から立ち上がった。

〈二人目の裏切り者か……〉

帰りの電車では、苦さを覚えるばかりだった。級友だった山崎祐也から嘘をつかれた。妊娠の責任を長門に押しつけるためだった。続いて、若梅から嘘をつかれた。こちらは「ごんぎつねの夢」探しから有馬を引き剝《は》がすためだった。どちらも自分のことしか考えないケチな嘘だった。

〈人間、こんなにも自分本位になれるものなのか……〉

新美南吉の小説に登場する面々のことが頭に浮かんだ。「花を埋める」の中で、平気で嘘をついた少女ツルだけではない。「手袋を買いに」では、子狐を危険なお使いに行かせた母狐。「ごんぎつね」で狐を撃つことに躊躇《ちゅうちょ》しなかった兵十。「百姓の足、坊さんの足」では僧侶《そうりょ》という地位に安住している坊さん。「屁《へ》」では高いレベルを目指す若き教師が、あっという間にいい加減な田舎教師になってしまった――挙げていけばきりがない。南吉の小説には、不完全で自分本位な人間が数多く登場する。南吉はその欠点の多い人たちを突き放すでもなく、憐《あわ》れむでもなく、「人間って仕方がないね」と、受け入れているような気がする。それが新美作品の魅力の一つだった。

南吉の小説を頭に浮かべていると、心の苦さが少しずつ薄れてきた。それに彼らの裏切りによって、新たなことがわかってきた。

祐也の嘘がバレて、千波を妊娠させたのは99パーセント長門先生でなかったことがわかった。卑怯《ひきょう》な振舞いが露見して追い込まれた若梅は、長門から真贋の判別できない新美南吉の原稿を持っていることを聞いたと白状した。もし、それが「ごんぎつねの夢」ならば、真贋はともかく、未発表の何かが存在するのだ。

読んでみたい。また思った。

3

「ごんぎつねの夢」は絶対に存在している。

長門先生は、どこかで「ごんぎつねの夢」なる原稿を手に入れた。おそらく新美南吉の直筆原稿だ。「赤い鳥」の鈴木三重吉からさんざんに手を入れられた「ごんぎつね」に不満を感じ、他人に邪魔させず、納得のいく完成稿を書き上げた——。

論理的に考えてみようと思った。

長門は有馬に託して「ごんぎつねの夢」を広めようとした。だったら、広める前に「ごんぎつねの夢」を確実に有馬のもとに届けなければならないのではないか。長門からのメッセージは二つある。一つ目は死ぬ時に彼が身につけていた遺書だ。もう一度、見てみた。

有馬よ、私からの遺言だ。埋もれている「ごんぎつねの夢」を広めてくれ。もはや、きみにしかできない。私もあらゆる手を尽くしたつもりだ。

幾度となく読み返した文だった。が、今日あらためて読んでみると、奇異に感ずる部分があった。後半の「もはや、きみにしかできない。私もあらゆる手を尽くしたつもりだ」の部分だった。そのまま読めば「私も『ごんぎつねの夢』を広めるためあらゆる手を尽くした。しかし、上手くいかなかったので、もうきみに頼むしかない」という意味だろう。

だが、長門が「ごんぎつねの夢」を発見し、あらゆる手を尽くしてそれを広めようとしたというならば、今までの取材で何か引っかかってきたはずだ。警察だってマスコミだって、遺書にある『ごんぎつねの夢』とは何かを追っていたが、成果は上がっていない。

〈きっと、違うんだ……〉

「あらゆる手を尽くしたつもりだ」というのは、有馬が「ごんぎつねの夢」までたどりつけるよう、手を尽くしたという意味ではないのか。「あらゆる」と言うからには、複数の手段を使ったということだ。その手段のうち一つが、若梅を通じて映画「にんじん」を送ってきたことになる。

「にんじん」は学生時代の南吉が感銘を受けたという映画だ。もう一度だけと、映画を観た。だが、前回と同じ感想を抱いただけだった。

〈この映画だけで、長門先生は何を伝えたいんだ……〉

途方にくれながら、DVDをプラスチック・ケースに戻し、プリントされている主人公「にんじん」の写真に目をやる。

ふと思った。DVDだけではなく、このパッケージも含めて、何かを伝えたかったのではないか。しかし、表面にはフランス語で配役が記されているだけ。裏返すと、日本語で映画のあらすじや配役、そしてDVDの発売元などが記されているだけだ。どれも印刷されたもので、格別に引っかかるものはない。むろん、暗号めいた数字や記号が記されているわけでもない。

「迷路に入ってしまった時は理屈で出口を探せ、か……」

大先輩の湯原恭介の言っていた言葉を思い出した。事件ものなどで全体の構図が見えない時は、ともかく動いてみる。動いて、しかし、壁にぶつかった場合は、今度は理屈で考えてみる。人間の行動は、感情的なものであれ、理不尽なものであれ、底には当事者なりの理屈がある、と。

長門は、若梅経由でゆうメールを送ってきた。それは「にんじん」のDVDを警察の手に渡してはならないという理屈があったからだ。さらにこのDVDを通じて「ごんぎつねの夢」に到達してもらいたいという理屈もあるはずだ。

謎には二種類ある。ずっと秘密のままにしておきたいのなら、解くのが極めて難しい「謎」を設定する。しかし、特定の誰かに秘密を解き明かしてほしいなら、「謎」の構造はもっと簡単な形になっているはずだ。

長門先生は有馬にどうしても「ごんぎつねの夢」に到達してほしかった。だったら、謎が解けるまでの筋道はずっと単純な形をしているはず。

もう一度、パッケージを見てみた。ケースはプラスチック。説明文などは当然、紙に書かれている。そして説明の紙は、プラスチック・ケースとそれに被《かぶ》せられた透明シートの間に挟みこまれている。

〈もしかすると……〉

ある想像が湧《わ》いた。半信半疑で、指の爪《つめ》を使って透明シートを持ち上げ、説明の紙とプラスチック・ケースとの間を見てみた。小さな紙切れのようなものが見えた。どきりとした。

〈いくらなんでも、こんな単純で原始的なやり方で……〉

すぐに思い直した。長門がいちばん恐れていたのは「ごんぎつねの夢」が警察の手に渡り、正当な扱いを受けずに処理されてしまうことだ。それゆえ、警察という関門をすり抜けさえすれば、単純で原始的だったほうがむしろいいのだ。

パッケージを逆さにして、机にトントン打ちつけた。強く打ちつけた。だが、あと二センチほどのところで、紙切れは止まったまま出てこない。

首をまわし、視線を動かして探した。楊枝《ようじ》が目に入った。

楊枝の先端で、その紙切れを引き出しにかかった。出てきた――レシートだった。

「緑林書房」とあり、電話番号が入っている。領収額は52，500円。

大手の書店ではない。古書店かもしれない。長門は高田馬場の古書店街で本を買っていたと、学習塾の経営者が言っていたのを思い出した。

電話をかけてみた。だが、「この電話は現在、使われておりません」という音声が聞こえてくるだけだった。もう一度レシートを見ると、八年前の日付になっている。

もう店はないのかもしれない。

電話番号は新宿区内のもののようだ。とにかく行ってみることにする。

4

駅でいえば、早稲田駅のほうが近い。かつて大きな大学の近くには古書店街ができていた。私大が集結した神保町には最大級の古書店街があるし、東大や早稲田大学の近くにも古書店が軒を連ねる一角がある。

冬休み中で学生の姿は少なかったが、大学から早稲田通りを西に向かう道路沿いには古書店がいくつも店を開いている。明治通りまでの間にある店の看板を一つひとつ見ていった。

盲点だった。東京時代の南吉がたくさんの映画を観たことを知っているだけに、「にんじん」という作品そのものに引っ張られてしまった。まさか単純かつ物理的な手がかりがパッケージの中に潜んでいるとは思わなかった。

早稲田の古書店街は神保町ほどは大きくない。たいして時間もかからずに明治通りまでの区域を見てしまったが、「緑林書房」は見つからない。

すぐ前にあった古書店に入って、訊いてみた。

「緑林さんね、三年くらい前かなあ、店を閉めてるよ」

店番をしていた男はあっさり答えてくれた。やはり、そうだった。少し落胆した。

店の経営者はどちらに住んでいるのか、次に訊ねた。古書店同士のつながりで知っているだろうが、個人情報をたてに言ってもらえないかもしれない。だが、この問いかけにも、あっさり答えてくれた。

「大学に向かって三十メートルほど行くと、コンビニがあってさ、以前はそこに緑林書房はあったんだよ。そのビルの三階に店をやっていた林田《はやしだ》さんが住んでる」

礼を言って、店を出た。コンビニの看板が見えた。早足で歩いた。

古くて小さなビルで三階までしかなかった。たぶん林田という人物がビルの持ち主で、かつては一階で古書店をやっていたのだろう。

狭い階段があったので、そこを三階まで上がっていった。「林田」というネームプレートの横にあるインターホンのボタンを押した。嗄《しゃが》れた男の声で応答があった。

「古書店をされていた時のことで、少しお聞きしたいことがあるんですが」

「あなた、どちらさん」

「フリーのライターをしております有馬と申します」

「おう、有馬さん」こちらを知っているような言葉が返ってきた。「ちょっと待っててね。今、開けるから」

かぎをあける音がして、ドアが開いた。小柄な老人がいた。白髪を伸ばし放題に伸ばし、よく映画に出てくる頭の狂った博士のようにも見えた。

「入んなさい」

言われるとおりに玄関を入り、部屋に上がった。老人が一人で住んでいるのだろうか、きれいとは言えないダイニングルームにきれいとは言えないテーブルと椅子があった。

椅子に来客を座らせると、「ちょっと待ってな」と言って、老人は隣の部屋に行った。開け放された引き戸から隣室を見ると、本が部屋のあちこちに山積みとなっている。

林田が戻ってきた。手提げの紙袋を持っている。

「悪いけど、免許証とか氏名を確認できるものを見せてくれる？」

有馬は運転免許証を手渡した。

「古本屋をやってた時の習性が抜けないんだよな。本を買い取る時は身分証明書を見せてもらって、記録も保管しておかなきゃならないんだ」

林田は呟《つぶや》きながら免許証を確かめ、

「はい、有馬さんで間違いなし。じゃあ、これ」

まず、免許証を返し、それから手提げ袋を有馬の足元に置いた。

紙袋には「有馬くんへ」と書かれた紙が貼《は》ってある。右肩上がりの長門の字だった。

中に何が入っているのか、すぐにでも見てみたかったが、袋の口がガムテープでとめられている。その前に訊いてみなければならないこともあった。

「林田さん、これはなぜあなたのもとにあったんです」

「話せば少し長くなるな」

老人は流し台の横にある冷蔵庫のほうに歩いていく。ドアを開けて、缶入り飲料を二つ取り出し、戻ってきた。缶コーヒーを有馬の前に置き、自分は缶ビールの栓を開けた。ビールをひとくち飲んで言った。

「旨《うま》いねえ、ビールは。もっとも、店を畳んで暇になってから、昼ビールをやるようになって、よくないんだけどね」

有馬も缶コーヒーの栓を開けて、飲んだ。部屋は暖房が利《き》いていて、冷たいコーヒーがのどに気持ちよかった。

「長門さんもとんでもない死に方をしたよなあ。しかも『ごんぎつねの夢』がどうのこうのと、遺書に書いてあったみたいだけど、それは私にもさっぱりわからない」

古書店主だった老人は、長門の事件を知っていた。若梅の時と違って、こちらは偽名を使っていたわけではないようだ。そうか、長門は大量に買い集めた古本を古書店に売却することもあったらしいから、身分証明書の提示が必要ならば、偽名は使えない。

「この袋の中は何が入ってるんです」

「私にもわからない。有馬さんが来たら渡してくれとだけ頼まれていたから、こっそり中を調べるわけにもいかない。ま、男の約束だな。私は約束はきっちり守る人間だ」

昨年の9月にやせ衰えた長門が突然やってきた。自分は病気で長くないかもしれない。私の教え子だった有馬直人という男がやってきたら、これを渡してほしいと、紙袋を託したという。

「当然、何かわけでもあるのかと訊いた。だが、彼は微笑《ほほえ》むだけで、理由は言わない。病気だと言うんで、それ以上は訊かず、預かることにしたよ」

その直後、長門が人質を取って立てこもり事件を起こしたことを知った。ただただ驚くばかりだったという。

「警察が聞き込みにきたりはしなかったのですか」

「いやあ、廃業した古本屋のおやじのところに話を聞きにくるやつがいるわけもない。こっちから、わざわざこんなものを預かってますよと言いに行く義理もない。ただただ彼との約束を守るのみ」

林田はビールの缶を手にして、今度はグイグイとかなりの量をのどに流しこみ、型どおりプハッと息を吐いた。有馬は訊いた。

「長門さんとは、どういう関係だったんです」

「古本屋とお客の関係——だったんだよな、最初は。だけど、彼が何度もうちで古本を買ううち、話をするようになったんだ。長門さんは新美南吉の民間研究者で、その他の童話作家にも興味がおありだった。古本屋にも得意分野があってさ、うちは児童文学の本をたくさん置いていたんだ」

童話の古書や童話作家の自筆原稿などの話をするうち、親しくなって、林田の部屋で酒を酌《く》み交わすようにもなったという。

「そうだ、今きみがいる場所に長門さんが座って酒を飲んでたんだ。懐《なつ》かしいなあ、あれから、もう何年もたつ」

「林田さんも児童文学については、かなりの興味をお持ちなんですか」

意外な反応が返ってきた。

「いや、私は商売人なんでね、誰それの初版本や限定本がいくらするとか、自筆原稿が売りにだされているといった話はよく知っているけど、児童文学そのものについては素人より詳しいといった程度だ。店にやってくる客から買い取るだけでなく、古書の収集家が亡くなって遺族が売りたいと連絡してきた時には飛んでいって、本から手紙、原稿に至るまで売れそうなものをいっさいがっさい買わせていただく。長門さんとは違う」

「だったら、何を話してたんです」

林田が椅子に座り直した。

「有馬さん、古本屋というのは何のためにあると思う？」

「それは、やはり新刊よりもずっと安い値段で本が買えるという――」

自分もネットで中古本はよく買っている。新刊価格が二千円を越えると、貧乏ライターには手が出しにくい。

「むろん、そうしたこともある。だがね、中古本には別な面があるんです」

林田は椅子から立ち上がり、隣の部屋へと向かった。

何冊かの本や雑誌を手にして戻ってきた。

老人はまず缶ビールをのけて、台拭《だいふ》きでテーブルを拭いた。さらに紙を敷き、その上に二冊の本を置いた。本にはパラフィン紙がかかっている。今度は染《し》みの浮き出た手で、そのパラフィン紙を丁寧に外していく。一冊は黄色、もう一冊は白地のきれいな本だった。少しくすんだ黄色の本には形の異なるいくつもの鞄《かばん》が、そして光沢のある白の本には鮮やかな赤いバラが浮き立つように描かれている。

「きれいですね」

「だろ。儲《もう》けが出ればいいという、今の本とは作りこみが違う。両方とも昭和30年代の本だ。出版社によっては、画《え》を新進の画家に描かせたり、とにかく気合が入っていた。本が単に情報を発信する道具ではなくて、書かれている内容も含めて一つの作品になってたんだね。そういうのを長門さんも理解していて、二人、一冊の本を肴《さかな》にして、装丁はどうの編集者の意図はどうのとか言いながら、旨い酒を飲んだんだ」

しゃがれていた老人の声が、いつの間にか力を帯びていた。今度は三冊の雑誌をテーブルに並べた。さっきの本とは打って変わって、色褪《いろあ》せて古色蒼然《そうぜん》とした雑誌だった。

「これはね、戦前から戦中にかけて発行された月刊誌です。まあ、正直、見栄《みば》えはよくないんだけど、中を開くと、当時の社会や文化を背負った記事が出てくる。歴史の本を読んだりするより、時代の空気が直接伝わってくる。長門さんは昭和も一ケタの雑誌を欲しがってて、そういうのが入ってくると、すぐに電話をしたんだよね」

昭和の一ケタは新美南吉が「ごんぎつね」を書いたり、東京で学生生活を満喫していた頃だとは、すぐにわかった。

「つまり、古本とか前の時代の雑誌とかは、過去の時代に立ち戻れるタイムマシンとも言えるでしょうな。古本屋は昔に戻れる場所なんだね」

林田は気の利いた例えを口にした。白髪を振り乱すように話す林田が映画「バック・トゥ・ザ・フューチャー」でタイムマシンを発明した老博士のようにも見えた。

「ところがね、最近はこうした古本の魅力を語れるような人がいなくなった。単に安いから買うという客ばかりになってしまったんで、つまらなくなって古本屋を畳んだというわけですよ」

客の変化を嘆く言葉を連ねる。なにか自分のことを言われているような気がして、有馬は首をすくめた。

疲れたのか、しだいに老人の声が小さくなって、とりあえず話に区切りがついた。早く自宅に戻って、袋の中を確かめてみたい。有馬が礼を言って、立ち上がりかけた時、元古書店主が強い口調で言った。

「有馬さん。その中に入っているのは長門さんが大切にしていたもので、それゆえ私に託したんでしょう。しっかりと検分してください」

すぐにでも手提げ袋の中を見てみたかったが、入っているものを紛失するのが恐《こわ》くて、電車の中では袋を胸に抱きかかえて、北千住まで帰った。

5

自分の部屋に帰り着いて、大きく息を吐いてからガムテープを切った。

紙袋が出てきた。緑林書房と印刷がしてある。袋には古書が一冊入っていた。新美南吉の「牛をつないだ椿《つばき》の木」だった。古い雑誌が三冊出てきた。文芸系の雑誌で、いずれも昭和15年に発行されたものだった。つまり、南吉が執筆活動をしていた時代だ。

この本一冊と雑誌三冊で、長門は何を伝えようとしているのか。「緑林書房」の袋に入っているからには、あの古書店で買い求めたものかもしれない。

もう少し注意深く見てみようと思った。「牛をつないだ椿の木」の表紙を開いた内側の部分に「奥野尚三蔵書」と蔵書印が押されていた。見てみると、雑誌のほうにも蔵書印が押されていた。かつてこの本と雑誌は奥野尚三なる人物が所有していて、それが緑林書房経由で長門の手に渡ったというのか。

「牛をつないだ椿の木」のほうは奥付を見てみると、昭和18年に発行された初版本だった。ぱらぱらとめくっていったが、書き込みもなく、気になる点はどこからも見つけられなかった。雑誌のほうもチェックした。目次を見たが、どの雑誌にも新美南吉の著作が載っているわけではなかった。三冊目を手にとった時、それまでの二冊よりも少しだが膨らみを感じた。

そのページを開いてみた。二つ折りにされた原稿用紙が出てきた。緊張が走った。

震える指で原稿用紙を開いた。

変色した原稿用紙に黒っぽい文字が連なっている。ところどころ訂正の書き込みが入っている。

最初の部分、原稿用紙の枠外に「『ごん狐の夢』ごん狐の末尾に加へる」と書かれているのが目に入って、息が止まりそうになった。

〈これなのか……〉

胸が高鳴った。だが、プロのノンフィクション・ライターとして、冷静さも残っていた。すぐに感じた。

〈字が違う……〉

新美南吉の字は資料などでさんざん読んできている。とりわけ漢字は角のとれた丸っこい字で、かなり特徴がある。しかし、原稿用紙に書かれた字はきちんとした楷書《かいしょ》の字だ。違う。だが、訂正の文字に目を移すと、気持が引きしまった。南吉の字のように見えた。

南吉の自筆原稿が載っている何冊かの資料を引っぱり出して、照らし合わせた。どれも彼の字のように見えた。

〈なぜ……〉

文章を読む前にこの点にとらわれた。答えを求めて、考えた。さほど時間はかからず、答えは出た。

転写原稿だ。

死期が近づいた頃、南吉は自分が書いて訂正文字だらけになった原稿を清書するだけの体力も時間もなかったのか、その役目を勤務していた女学校の生徒などに頼んだ。清書された原稿に、また南吉が手を入れた後、出版社に渡したのだ。

何編もの転写原稿が存在していることは、新美南吉の研究者にはよく知られた事実で、それについての論文も書かれている。

長門は緑林書房で本や雑誌を買った。そして、おそらく手に入れた雑誌の間に転写原稿が入っていたのだ。有名作家の原稿や手紙などが思ってもいなかったところから発見されるのは、よくあることだ。

　そう、長門は偶然手に入れた雑誌の間から新美南吉の転写原稿と思われるものを発見したのだ。従来の「ごんぎつね」の結末部分をひっくり返すような大発見だ。しかし、長門本人は無名の南吉愛好家だ。新発見をそのまま発表したとしても、真偽のほどがはっきりしない原稿発見は、研究者たちから黙殺されるかもしれない。とりわけ原稿を入手したのが中学教師退職後だとしたなら、教え子を妊娠させたという過去が暴《あば》かれ、そんな信用の置けない男の新発見など、誰も相手にしないだろう。

〈おそらく長門先生は、どんなふうにすればこの発見が大々的に取り上げてもらえるのか考えあぐねていた……〉

　そうこうするうち時間ばかりが流れ、効果的な発表が行えないうちに、自分がガンに、それも死期の迫った末期ガンに罹《かか》っていることがわかった。そこで、自分の命を少しだけ縮めて「ごんぎつねの夢」を広めることを考え、実行した。

「ごんぎつねの夢」を抱え込んだまま死ぬのは、死んでも死にきれなかったに違いない。新発見を認めてもらうため、あのような事件を起こすなど、普通の人間だったら、しやしないだろう。だが、同僚教師の証言にもあったように、長門は思いこんだら真《す》っ直ぐに走ってしまう男だった。しかも、死期が迫り、精神的にもギリギリのところに追い込まれていた――。

想像していて、我に返った。まず何を置いても原稿を読まなければならない。

転写原稿を手にとった。全部で四百字詰め原稿用紙が五枚だった。

「ごん狐の夢「ごん狐」の末尾に加へる」

そう記された原稿は第七章から始まっていた。「ごん狐」、そう「ごんぎつね」は第六章で終わっていたから、それに続く物語だというわけだ。全文は旧仮名や旧字体を使って書かれていた。新美南吉は戦前の作家である。

長門が大切に持っていて、命をかけて有馬に託そうとした原稿だ。五枚の短い原稿だったが、一言一句見落とさぬよう文字を追っていった。概略は以下のようだった。

銃で撃たれたごんは痛みとショックで意識を失っていた。意識を失った中で夢を見ていた。

場面は数年先に飛んでいた。兵十とごんは山の中で出会った。兵十には妻と子供がいた。ごんにも妻と子供がいた。両者は小さな谷をはさんで遭ったのだが、言葉を交わすこともなく、お互い敬意を払って、すれ違っていった。

次にごんはうつらうつらする中で過去の出来事を回想した。そして、兵十の声が聞こえた。「ごん、しっかりしろ」と言っている。「だいじょうぶだ、片耳が飛んだだけだ」と言っている。その声に意識がしだいにはっきりしてくる。

読み終わって、不思議な気分になった。

第七章を加えないほうが、切れ味としては勝っただろう。罪滅ぼしのかいもなく、ごんは命を奪われ、兵十は一生、罪の意識に苛《さいな》まれながら生きなければならない。両者が哀れで切なくて、絶望的な物語だ。

一方で、今読んだばかりの原稿には、はっきりとした安堵感《あんどかん》がある。救いがある。切れ味は劣るものの、こちらのほうが好きだ。

たぶん、ごんは助かっている。だが、それ以降、兵十とごんが仲良くなるなどということには、おとぎ話にはなっていない。人間は人間、狐は狐と、接することのない別の世界で、各々《おのおの》が家族を持つ生活をしている。

緑林書房で手に入れた古い雑誌の中に宝物がひそんでいたのだ。

この雑誌をかつて所有していた奥野尚三とは何者なんだ？　林田の電話番号は聞いてあった。すぐに電話をした。

ある程度は正直に話した。先ほど受け取った手提げ袋の中に入っていたのは、新美南吉の「牛をつないだ椿の木」の初版本一冊と戦前の雑誌三冊だと、まず告げた。そして雑誌の間から新美南吉のものかもしれない原稿五枚が見つかったと言った。

「なにしろ誰かに転写させた原稿に見えますので、真偽のほどは判別がついておりません。本も雑誌も緑林書房の紙袋に入っていたので、これは林田さんの店で売ったものなんでしょうか。何年か前、あるいは十年以上も前になるかもしれませんが」

「うーん」と、まず林田は唸《うな》った。「古いものになると、記憶にないなあ。長門さんにはずいぶんいろいろ買ってもらったし、何か特別なことでもあれば憶えてるかもしれないけど、このところ記憶力も落ちてるし」

「では、奥野尚三という方はご存じないでしょうか。本ばかりでなく雑誌にも蔵書印が押してあるんです」

「奥野尚三——聞いた憶えのある名前だけど、誰だったか。ちょっと待ってね、調べてみるから」

五分間はたっぷり待っただろう。「お待たせ」と林田の声が聞こえてきた。

「古い手帳を調べるのに時間がかかってしまった。買取記録の保管義務は三年だから、古いやつは処分ずみだ。ただ、手帳におおまかなことは書いてあってさ、もう十二年も前になるんだが、奥野さんのところから、古書や古い雑誌を大量に仕入れている。思い出したんだが、奥野尚三さんというのは古い童話などを含めた文芸書籍の収集家で、彼が亡くなってから、遺族の方が蔵書を売ったんだ。膨大な数だったから、たしか同業者と二人で目黒のお宅まで参上して、私が児童文学関係の本や雑誌を買い取ったんじゃなかったかな」

「雑誌の間に原稿が挟まっていたことは」

「さあ、そんなところまで細かく見てる余裕がないからなあ。大量買いつけの場合は、限られた時間で、売れそうな本を選びださなきゃならない。しかも同業者と競争だし——ああ、思い出した。店に持って帰ってすぐ長門さんに電話した。彼が店まできて、いろいろ漁《あさ》っていったんだ。本一冊に雑誌三冊だけじゃなく、もっと買い取ってくれたんじゃないかな」

林田から得られた情報はそこまでだった。礼を言って、電話を切った。

この転写原稿は新美南吉が誰かに清書させたものに違いないような気がしてきた。主たる文字は他人が書いたものだが、訂正文字は南吉のものに酷似している。

12年前、緑林書房で手に入れた戦前の雑誌に「ごんぎつねの夢」と思われるものが挟みこまれていた。誰がそんなことをしたのかは、今となっては調べようがない。原稿には新美南吉という名前も入っていない。前の所有者である奥野尚三が正体不明の転写原稿をたまたま雑誌に挟み込んで、そのまま忘れていたのかもしれない。

〈長門先生が発見した「ごんぎつねの夢」を今、発表すれば、マスコミにも大きく取

り上げられる。それが先生の望んでいたこと。やるべきだ……〉

前のめりになっている有馬の耳の中に「注意しろ」という声が響いた。またしても大先輩の湯原恭介の声だった。

「取材が上手く行き過ぎている時には注意しろ。別な作為が裏側で動いていることがある。いったん止まって、しっかり裏取りをしてから、前に進むんだ」

別な作為って、あるのか？　まさか長門先生がこの転写原稿を捏造《ねつぞう》したなんて――

すぐに思いがそちらに飛んだ。

中学校の時も「もっと別の終わらせ方もあった」と自らの口で言っていたように、長門は「ごんぎつね」の結末に納得のいかないものを感じていたはずだ。若梅にも似たようなことを言っている。そんな男のもとに、偶然、結末を変えた転写原稿がやってくるだろうか。都合がよすぎる。

若梅によれば、長門は新美南吉を長く研究した結果、文体も筆跡も真似《まね》できると自慢していたという。だから、この原稿も長門が捏造したもの。しかし、だったら、どうして本人が全文を書かずに、わざわざ転写原稿の形にした？

有馬は問題の転写原稿を睨《にら》んで、考えた。本文はきれいな楷書で書かれていて、訂正の文字だけが南吉の筆跡を思わせる角の取れた丸い字になっている。これは何を意味するのか？

ある仮説が浮かび上がった。もし全文を自分で書いていたとしたら、どんなに南吉の筆跡を真似ても、字数が多くなれば、注意しきれない部分が出てくるはずだ。長門が新原稿の発見を発表すれば、長門自身の筆跡と比べられて、類似性を指摘される恐れがある。それを避けるために、死期の迫った南吉がよく使った転写原稿という形にした。

転写原稿ならば、本文の筆跡は南吉のものと異なっていてもかまわない。そして限られた訂正語句だけを〝南吉ふう〟に真似た筆跡にすれば、疑われる危険性が格段に低くなる。

〈じゃあ、本文を鉛筆書きしたのは誰なんだ……〉

菊谷千波。その名前が自然に浮かび出た。長門と千波を結んでいたのは「ごんぎつねの夢」の清書という秘密の作業だったのだ。千波と親しくなった長門は、転写原稿の清書を千波に頼んだ。彼女は長門の部屋でその作業をした。その対価として、千波は担任教師である長門に内申書を良く書いてもらうよう要求した。今まで謎だった長門と千波の関係に説明がつく。

今、目の前にある転写原稿は本物なのか捏造なのか？ どちらも説明がついてしまう。が、どちらも、確たる証拠はない。真実を知るのは二人だけ。新美南吉と長門文彦。二人とも死んでいる。

しかし、もう一人だけ事情を語れそうな者がいる。菊谷千波だ。はたして彼女は転写原稿の本文を書いたのか。

〈探し出すよりない……〉

6

西海刑事によれば、千波は住民票を母親のところに置いたままだという。実家にはたまに郵便物を取りに帰るくらいで、どこに住んでいるのか母親も知らない。おそらく預金通帳やケータイの手続きなどには、実家の住所を使っている。「魚座」の田辺マッキーにしても、現在どこにいるのかは知らないと言っていた。

おそらく、義父からの性暴力の過去を断ち切るために、千波は母親に行方も告げず家を出た。劇団の主宰者との不倫騒動を断ち切るために、友人にも連絡先を教えずに姿を消した。彼女はひたすら過去から逃げようとしている。

今、千波は何をしているのか。中学の頃から役者として身を立てることを夢見ていたのだ。今さらまったく畑違いの仕事についているとは思えなかった。

とりあえずは、イージーな手段で行方を追おうとした。「水田ホタル」と入れてパソコンで検索してみた。本物のホタルの情報が出てくるばかりで、千波と思われるものはまったくヒットしなかった。「菊谷千波」と入れても同じだった。たいがいのものは出てくる検索といえども、無名の俳優まではカバーしきれない。

それでも諦めきれず、今度は「劇団　魚座　所属　出身　俳優」と入れてみた。今度はずらずらと出てきた。看板女優である胡蝶蘭はむろんだったが、いちばん数多くヒットしたのがあの田辺マッキーだった。このところ売れていて、あちこちに出ているというだけあった。根気よく片端から「魚座」に関係する俳優を調べていくと、「岸田《きしだ》六朗《ろくろう》は舞台俳優だった」というタイトルに突き当たった。岸田六朗は外国映画の吹き替えやアニメによく出演している売れっ子の声優で、有馬も名前と声だけは知っていた。

ページを開いて、読んでみた。豊かに響く低音の声で人気を集めている岸田は元々が劇団の俳優だっただけに、表現力にも定評がある。彼は十年以上も劇団「魚座」に所属して舞台に立っていたが、声優の仕事が忙しくなったので、一昨年、退団している。

【演技力よりも声の表現力のほうが上だと評されたのはショックだったけど、これも天から与えられたものだと割り切り、声優専業を決心したんですね。今でも舞台が恋しくなることはあるけど、あっちではあまり誉《ほ》められたことがありませんでしたから（笑）】

などというコメントもつけられている。

〈声優、かも……〉

思いがそちらに向いた。千波は声がよく通っただけでなく、わずかに嗄れていて、それが声の魅力となっていた。

声優だったら、舞台よりも上手くいくかもしれない。同じ劇団にいた岸田を頼って、声優としての道を歩んでいる？　何の根拠もないのだが、そうではないかと想像した。

岸田六朗の所属事務所はこれまたネット検索ですぐに判明した。問題はここからだ。千事務所に連絡を入れて、運良く岸田に会えたとしても、どうすればいい？　千波が岸波が岸田を頼って声優の仕事をしているというのはヤマカンみたいなもので、あくまでも想像にすぎないのだ。仮に想像が当たっていたとしても、元同級生を名乗る不審な男が彼女とコンタクトを取ろうとすれば、冷たくあしらわれるのがオチだろう。

〈ここは紹介してもらうよりないか……〉

田辺マッキーだ。マッキーならば、当然、岸田と接点があるはず。また声優の仕事について、過去に千波と何か話しているかもしれない。

マッキーのメールアドレスは教えてもらってあった。先日の取材のあと、礼のメールも打ってあった。取材の大先輩の言葉どおり「取材が終わってから新たな展開が始まることもある」のだ。

すぐにメールを送った。

メールでの返事があるものと思っていた。しかし、深夜に近い時刻、スマホが鳴った。マッキーだった。

「たしかに声優ってのは、ありかもね。『あんたの声は武器になるよね。舞台俳優と並行して声優もやってみたら』なんて話を、ホタルとしたこともある」

勢い込んだ声で、マッキーは言った。

「岸田さんとホタルが劇団時代に仲良くしていたってことは？」

「とくに仲良かったわけじゃないと思うけど、同じ劇団だからね、話をするくらいのことは当然あったと思うよ。うん、岸田さんの紹介で声優の仕事をまわしてもらっている可能性はあるね。もう声のほうの演技力はできてるから、俳優に声優のオファーがくるのはよくあること」

そして、こちらが望んでいることを、マッキーのほうから言ってくれた。

「岸田さんに当たってみようか。私にしても、ホタルが今何をしてるのか知りたい。スマホの番号は知ってるから」

「ぼくがホタルに会いたがっていることを、岸田さんに伝えてくれないかな。頼みます」

マッキーが頼みの綱となった。

翌々日、マッキーからまた電話があった。

「有馬さんの想像が当たったよ。ホタルは今、外国映画やドラマの吹き替えの仕事をしてる。まだたいした役は与えられないんだけど、評判はいいんだって」

ヤマカンは当たっていた。プロをある程度やっていると、ヤマカンが当たる確率もけっこう高くなる。

「それで、ぼくが会いたがっていることは」

「話しはしたけど、難しいんじゃないかって。なにしろ、過去を切り捨てようと、水田ホタルという芸名も別な名前に変えたというよ。新しい芸名、私にも教えてくれない」

マッキーは少し不満そうな声を漏らす。が、千波の気持はわかるような気がする。

主宰者と不倫騒動を起こし、劇団を追われたなどというスキャンダルが新たな仕事先で噂《うわさ》になるようなリスクは、少しでも避けたいはずだ。マッキーが言った。

「有馬さんの願いをかなえてやりたかったから、少しねばったんだよ。そうしたらさ、彼女宛に手紙を書いて、岸田さんの所属事務所宛に送ってくれと。それをホタルに渡すって。もし、彼女がOKならば、あっちから連絡がくるらしい」

まわりくどいやり方だが、それで千波と会えるのなら、ありがたい。

マッキーから岸田の所属事務所の住所などを聞いた。それから最大限の謝辞を述べ、電話を終わりにした。

また手紙だ。取材に応じてもらおうと、以前、長門先生の姉にも手紙を書いた。手紙、それも手書きの手紙はいい。一文字一文字書いていくと、こちらの思いが伝わるような気がする。嘘を書けば、その分も文字に表れてしまうような気がする。

ふだんの原稿はパソコンのワープロ機能を使うのだが、手紙の時は違う。モンブランの万年筆にロイヤルブルーのインクを入れて、太い罫《けい》の便箋《びんせん》に書く。長門先生が昨年秋に立てこもり事件を起こして亡くなったことについて話をしたいと、嘘も書かず余計なことも書かず、便箋にしたためた。

マッキーから教えてもらった所属事務所の住所と名称に加え、「気付」として岸田六朗の名前を書いて、ポストに投函《とうかん》した。あとは、むこうしだいだ。

手紙を出してちょうど一週間後のことだった。スマホの呼出音が鳴り、未登録の番号が画面に現れた。電話に出ると、どこかで聞いた憶えのある太くて響きのよい声が「有馬さんですか」と言ってきた。岸田六朗だと名乗った。

「あなたがお探しの、えーと、本名・菊谷千波さんですね、彼女に手紙を渡したところ、会ってもいいということでした。急で申し訳ありませんが、明日か明後日の午後に時間がとれませんか」

両日とも予定が入っていたが、明後日ならば変更も可能だ。そのことを告げると、むこうは言った。

「江戸川区にある葛西《かさい》臨海公園をご存じでしょうか」

「あ、はい、有名なところですから。マグロが泳ぐ水族館がある公園ですね」

「その臨海公園に大観覧車があります。そうですね、明後日の午後2時、観覧車のチケット売り場の前で待ち合わせということでお願いいたします」

7

埋め立て地を造成したのだろう、ただひたすらだだっ広くて平坦《へいたん》な公園だった。公園という名称こそついているが、水族館や鳥類園ウォッチングセンター、さらにホテルまであり、一角には巨大な観覧車がゆっくりと回っているのだから、レジャー施設のようにも見える。

吹き替えが行われる都心の録音スタジオ近くの場所が指定されると思っていたが、まさか江戸川区のウォーターフロントとは考えてもいなかった。が、内密の話をするには、人の密度が低い場所のほうがいいのかもしれない。

約束の15分も前に観覧車のチケット売り場の前に着いていた。真冬のウィークデーにもかかわらず、カップルや若いグループなどで、売り場の周辺は人の数も多かった。

あとは千波が現れるのを待ち、長門とのことを聞くだけだ。

〈ちょっとスラスラ行き過ぎているかな……〉

そのことだけがちょっと気にかかった。検索でかつて「魚座」にいたという声優の岸田六朗の名前が浮かび出て、千波は声優という仕事に新たな道を求めているのではないかと想像した。それが田辺マッキーの尽力により、そうであることが判明。岸田経由で千波と会うアポイントメントがとれた。

「上手くいき過ぎている時には注意」と先輩ライターは言っていたが、彼は「取材が本筋を突いている時は、スラスラ行くんだよな」とも言っていた。相反する言葉のようだが、どちらも本当だということは、体験からもわかってきている。要は、気を抜くなということだ。

だいたい千波に会えたからといって、彼女がすべてを話してくれるかはわからない。取材相手というものは、自分に都合の悪いことは隠すものだ。

あれこれ考えていた時、突然、うしろから両肩に手が置かれた。驚いて振り返ると、

「有馬くん、お久しぶり」

若い女がいた。菊谷千波だった。

「なんだ、驚いたよ」

ショートにした髪形、一重で地味な目などは昔と同じだったが、顎《あご》のあたりに少し肉がついて、貫禄《かんろく》のようなものが出てきたように見えた。いや、あの頃の彼女だったら、うしろから肩に手を置くようなことはしなかった。

「悪いね、わざわざ来てもらって。住んでるところ、ここから近いのよ。ああ、長門先生のことを聞きたいんだったたね」

「そう、わけのわからない亡くなり方したんで、調べてるんだ」

「いいよ、話せるところは話してあげる」あっさり言って、千波は笑った顔になった。

「ただし、17分間だけ」

「17分──」

千波は止まっているような速度で回っている大観覧車に顔を向けた。

「ここの観覧車は乗って17分でまた地上に下りてくる。質問に答えるのはその間だけ。いつまでも質問を受け続けるのもウザいしさ」

17分。短すぎるが、質問項目は頭の中で整理できているから、むこうが答えてくれるのならなんとかなる。有馬は券売機でチケットを二枚買った。

チケットを一枚渡すと、まわりを見回しながら、彼女が言った。

「けっこうカップルが目立つね」

「いい天気だし、ここだったら、ディズニーランドよりもずっと安くデートを楽しめるからかな」

「じゃあ、私たちも」

乗車口に上る短い階段のところで、千波が腕を有馬の腕に巻きつけ、上半身を押しつけてきた。冬服だったが、上腕部に胸の柔らかさを感じた。

「ハハ、今日はそれどころじゃないか。厳しい訊問《じんもん》が飛んでくるんだもんね」

千波は体を離した。これが彼女のやり方なのか。一瞬、岸田六朗との関係はどうなのかと思った。だが、それは今日のテーマではない。雑念を振り払った。

順番がまわってきて、係員の手によって開けられたドアからゴンドラに乗り込んだ。向かい合わせに座った。ふつうだったら窓からの景色を楽しむところだが、今日は違う。17分間と時間が限られている。すぐに質問に移った。

「中学三年の頃、きみは新井薬師前にある長門先生のアパートに通ってたんだよね」

「そうよ」

「どうして先生の部屋に通うようになった？」

「他に行くところがなかった。ね、マッキーさんに会ったんなら、私が義理のオヤジからどんなことをされたか聞いてるよね」

うなずいて返した。

「そんなこともあって、いやな思い出しかない団地の家にはいたくなかった。かといって、行くところもなかった。中学生ではバイトもできないしさ。それで、先生の部屋に行くようになった。いえ、最初は放課後の学校で悩みなんか相談していただけ。なにしろ、あの頃は、私、どうやって生きていけばいいのかわからなかった。二日にいっぺんは死ぬことを考えてた。私の家は五階だったから、ベランダから飛び下りれば死ねるんじゃないかって。でも、もし助かって半身不随にでもなったらどうしようと、なかなか踏み切れなかった」

千波は深刻な状況を感情をこめることもなく、淡々と話していく。ゴンドラはしだいに上昇していき、高速道路や海が目の下にある。

「そんなこんなを先生に話してさ、でも、学校じゃ、どこで誰が聞いているかわからないじゃない。だから、先生の部屋に行くようになった。先生から言われたよ。『何があっても生きのびろ。あんな義父のせいで死ぬなんてバカバカしいだけだ』と」

だが、話をしたりするだけだったのか。どんな言い方で訊けばいいのか迷った時、千波が声の質を変えて言った。

「あ、富士山が見える」

彼女が指さすほうに目を向けると、西の方向に富士山があった。高層ビル群のずっとむこうに白く輝く独立峰が浮かんでいた。スピーカーから流れているアナウンスが、ゴンドラが今、最高点の117メートルに達したことを告げる。つまり、17分の半分に達したということだ。

「嫌な部屋だったけど、ベランダに出て、外の景色を見るのは好きだった。うちは家賃の安いエレベーターなしの五階で、その分、遠くまで見えた。冬だったら富士山も見えたわ。早く家を出て、景色の果てまで行きたいと、いつも思っていた」

彼女の言葉に、次の質問を言うきっかけを失っていた。千波が一瞬、笑ったような表情を作って言った。

「私ね、人生経験を積むうち、相手の心が読めるようになったの。有馬くん、私が長門先生と寝たか、訊きたかったんでしょ」

こちらが反応する前に、むこうから言った。

「性的な関係は、まったくなかった。妊娠したのは事実だけど、父親は長門先生じゃなかった。優秀な有馬くんだから、もう調べずみかもしれないけど、同級の山崎くん。あの頃、関係したのは一人だけだから、間違いない」

「じゃ、じゃあ、どうして長門先生の子供だって――」

「あの頃の私はね、精神状態が不安定だったし、とくに大人の男に対しては憎しみを抱いていたのよ。先生にはお世話になってたけど、意地悪な感情が湧いて、先生の子供を妊娠したと、親には嘘を言った。どうせ、先生は強く否定するだろうと思ってたんだけど、なぜか認めてしまった」

「先生には、どう言ったんだ」

「知らない人と一度だけしちゃったら妊娠したと。私がフラフラしているのを、先生は心配して、それから同情もして、それで自分だと認めたのかもしれない」

「そんな、ばかな」

とても不自然な話だと思った。たとえ、自分の部屋に来るほどになった教え子に同情したからといっても、自分が職を失うような濡《ぬ》れ衣《ぎぬ》を自ら被るだろうか？

「信じてないでしょ」上目づかいで、千波が言った。

「信じていない。セックスもしていないのに、父親だと認めるはずがないだろ」

「あの時、先生も教師を辞めたいと思っていたみたいよ。私ね、一度だけ先生の愚痴を聞いた。職員室では四面楚歌《そか》だ、孤立してるって」

D組の担任だった岩下の話からしてみても、あの頃、長門が教師の間で孤立していたのは間違いない。辞めたいと思っていたところで、教え子を救えるようなことが起こったならば——今度は、長門という男だったら不自然なことではないと思いはじめた。わからなくなって、少しの間、黙った。

窓の外の風景が低くなっている。黙っている時間はないはずだ。とりあえず、言葉を口から出した。

「長門先生が教師を辞めてから、会っているのかい」

「辞めて、少ししてから会った。時間がたつと、私、すごく後悔した。先生のアパートに謝りにいったの。そうしたら、先生は『気にするな。塾の仕事に就いて、伸び伸びやってる』って。時々は遊びにこいと言われて、時々は会ってたよ」

「最後に会ったのは？」

「一昨年の夏前。劇団やめて、声優でも勝手が違って上手く行ってなかった時、先生を訪ねた。生きる希望がなくなったと言ったら、前と同じようなこと言われたよ。『何があっても生きのびろ。南吉と同じように、どん詰まりまで生きるんだ』って」

長い息を吐いてしまった。新美南吉は死ぬ間際《まぎわ》まで小説を書き続けた。地上が近づき、高速道路を走る車がはっきり見える。いちばん重要なことを訊いていなかったのに気づいた。

「最後の質問だ。長門先生が立てこもり事件を起こし、『ごんぎつねの夢』を広めてくれと書き遺したのは知ってるよな」

千波はうなずいた。

「その『ごんぎつねの夢』の原稿を手に入れたんだ。だが、南吉の自筆ではなく、誰かが清書した転写原稿だったんだ。千波、きみが先生の部屋で転写原稿を書いたんじゃないのか。先生はそうした弱みを持っていたから、自分が子供の父親だと認めてしまった」

時間がない。早口で言った。言いながら、相手の表情を窺《うかが》った。が、千波の表情に変化はない。

「何わけのわからないこと言ってるの。私があの部屋でしたのは、悩みを打ち明けて、聞いてもらっただけ。あ、着いたみたいよ。約束どおり、質問に答えるのは終了」

ゴンドラが地上に戻って、係員がドアを開ける。ここまでだった。これ以上、訊いても、まともな答えは返ってこないだろう。

乗り場から続く短い階段を下りた時、千波が言った。

「一個おまけで教えてあげようか。なぜ、長門先生があんなにも私に同情したのかを」

それはずっと疑問な点だった。「遅れてきた金八先生」とあだ名がつけられた長門にしても、千波に対しては思いが過剰だったような気がする。

「先生のお母さんが、どんなだったか、知ってる？」

「い、いや」

「同人誌で小説を書いてて、とても情熱的な人だったらしいけど、二人の子供がまだ小さかった頃、男の人と駆け落ちした。だから、先生たち姉弟は父親の実家で育てられた。母親というのは、そうした部分もあるって、先生は言っていた」

初めて聞く話だった。言葉が出なかった。

「私の毒母が娘よりも男のほうを選んだことを泣きながら言ったら、自分のことを話してくれたんだ。そして新美南吉も早く死んだ実母から愛を注がれたわけじゃないって」

全体の構図がようやくはっきりしてきたような気がした。

「じゃあね」

チケット売り場のところまで来ていた。

「もう一つだけ教えてくれ」

「なに」

「きみの声優としての芸名さ。陰ながら応援する」

「ありがとう。でも、教えないわ。そう遠くないうち、あなたも私の芸名を知るようになる。大人気の声優だって、顔写真もマスコミで取り上げられるようになるからね。それまでは、なんとしてでも生きのびる。人生という作品を生ききってやる——これが長門先生との約束」

踵《きびす》を返すと、くすんだ緑の中に続いている道を行ってしまう。ジーンズの脚が前に進み、ジャンパーの背中が遠ざかる。振り向きもしなかった。風が出てきていて、遠くの木がゴッホの糸杉みたいな形で揺れていた。

第九章　ごんぎつねの見た夢

1

同じ会議室で同じようにコーヒーを前にしているのに、これまでとは違った緊張感が流れていた。机の上にＡ４サイズの紙袋がある。「説明が終わったあと、読んで、感想を聞かせてほしい」と言って、置いたものだった。

今回は取材結果をまとめたものを事前にメールで送ったりもしていなかった。あまりにも複雑すぎて、無理にまとめると、かえって抜け落ちが出そうだった。

「まず、これがぼくのもとに来るまでの経緯を話そう」

有馬は紙袋に目をやって言った。瞳子は無言でゆっくりとうなずいた。有馬はまだ瞳子に話していなかったことを丁寧に話していく。

話に区切りがつくや、我慢しきれなくなったのか、

「焦《じ》らしたりしないで、早く見せてよ」

瞳子が紙袋に手を伸ばしかけた。「待って。必ず見せるから」と、有馬は制した。「見せる前に、まだ話したいことがある——長門先生がなにからなにまで計算して、念入りな仕掛けを仕込んでいる気がするんだ。だから、真相が一つに絞りこめない」

「念入りな仕掛けがある？　真相が一つに絞りこめない？」

瞳子の声が大きくなった。

「キツネの面をつけて警察に射殺されたのも仕掛けの一つさ。すぐに『にんじん』のDVDを送らず、若梅を経由させたのも、時間を置いて警察の目から逃れる仕掛けになる。その他、あっちこっち仕掛けだらけだ。だから、神経を使って考えなきゃならない」

瞳子は曖昧《あいまい》にうなずいた。

「いろいろ考えたし、追加の取材もした。だけど、一つに絞りこめなかった。可能性は二つある。一つは新美南吉自身が書いた『ごんぎつねの夢』。もう一つが長門先生が大芝居を打って捏造《ねつぞう》した『ごんぎつねの夢』。事前に説明をしなければ、現物を見ても混乱するばかりだ」

「長門先生が捏造」瞳子の声がかすれて聞こえた。「いいよ、我慢して聞こう」

有馬はテーブルに置いてあったノートを開いた。瞳子もボールペンを構える。

「順を追って説明しよう。まず、なぜ長門先生があれほど派手な事件を起こして、キツネの面をかぶって殺されるという最期《さいご》を用意したかだ。簡単に言ってしまえば、『ごんぎつねの夢』を広めるための前宣伝だったんだ」

「自分の死を宣伝に使おうとした、と」

「死が確実にそばまで迫っていれば、何だってできる。長年考えていて実行に移せなかったことならば、最後にやってやろうって気になる」頭の中には、死の直前、亡《な》き元妻の墓参に行った稲葉利夫のことがあった。「長門先生の性格からすれば、充分ありうることだ」

「いいよ、先に進めて」

「仮に自分が新美南吉の未発表原稿を見つけたと発表しても、一介の在野研究者の言うことなど、たいした評判にはならず、黙殺される。だけど、派手な事件を起こした後に『ごんぎつねの夢』が発見されれば、マスコミなどでも大々的に取り上げられる」

「その推理には、私も同意する」

「まず『ごんぎつねの夢』を発表する役として、有馬直人を指名した。きっと、先生はぼくがノンフィクションの本を出したことを知っていて、役を演ずるにはちょうどいい人間だと考えたんだ。そしてあの大事件を起こし、紆余《うよ》曲折を経て、先生のもくろみどおり『ごんぎつねの夢』はぼくの手に渡った。だが、そこからが真っ二つに分かれてしまう」

有馬は手をつけていなかったコーヒーのカップに口をつけた。コーヒーは冷めていた。ひとくち飲んで口の中を湿らせ、一度ノートに目を落としてから、話していく。

「まず第一の可能性。『ごんぎつねの夢』は新美南吉が書いたもので、奥野尚三という人物の手に渡った。新美南吉の研究家ではなかった彼は原稿の重要性を認識できず、死後、収集家であるが、古書店に売り渡された。それを長門先生が入手したんだ。南吉は『赤い鳥』に掲載された『ごんぎつね』に不満を抱いていた。一方で、鈴木三重吉が手を入れた結果、悪魔と取引したみたいな大傑作となった『ごんぎつね』を認めてもいた。認めざるを得なかった」

「自選の短編集の中にも入れたりしたんだよね」

「しかし、それでは自分の気持が治まらず、最後の部分を大きく変えた新しい『ごんぎつね』、そう、『ごんぎつねの夢』を創《つく》ったんだ。これが第一の可能性だ。そして、第二の可能性というのは――」

有馬はまたノートに目を投じた。頭の中でポイントを整理して、口を開く。

「長門先生が『ごんぎつねの夢』を捏造した可能性だ」

「捏造」瞳子が口の中でつぶやく。

「いつの頃からかはわからないが、長門先生は『ごんぎつね』に不満を持つようになった。大傑作であるが、あまりにも結末が残酷だ。それに、自らが敬愛する新美南吉の他の作品と読後感が大きく違う。そこで、自分の手で結末部分を改変した『ごんぎつね』を作り、埋もれていた新美南吉の作として発表しようとした。ある意味、大いなる冒瀆《ぼうとく》だ」

「ベートーヴェンの『運命』の第四楽章を変えるみたいなものだものね」

「問題は、どうやって変えるかだ。新美南吉の作品は研究が進んでいて、いくら筆跡を真似《まね》ても、原稿用紙何枚かになる結末部分を書けば、どこかでボロが出て、偽物《にせもの》だと疑われてしまう危険性が大きい。だったら、筆跡など最初から無視すればいいと」

「無視――」

「死が近づいてきた頃の南吉は、自分で書いてごちゃごちゃに手を入れた原稿をきれいに書き直す力も時間もなく、勤務していた安城高等女学校の女子生徒何名かに清書を頼んでいた」

「ああ、そんなようなことは、長門先生も、あの頃、言ってたね」

「だから、南吉の自筆原稿を清書した転写原稿というのが、いくつも残っている。つまり、女学校の生徒が清書した原稿だと思わせればいい」

「おじいさんのランプ」「ごんごろ鐘」「久助君の話」などの他に、名作「手袋を買いに」にも、清書した人間が定かではない転写原稿が存在すると、有馬は説明した。

「転写原稿の存在は、新美南吉の研究者の間ではよく知られた事実だ。だから、これを逆用しようとした」

少しの間、言葉が途切れた。瞳子が小さく首を振ってから言った。

「だったら、長門先生が、転写されたものと装《よそお》って、自分の手で『ごんぎつねの夢』を書いたというの?」

「短くはない文章を書けば、どんなに似せようったって、自分の癖が出てくる。先生が『ごんぎつねの夢』を発見したと発表すれば、寄ってたかって真偽のほどが検証される。発見者の筆跡と原稿の筆跡の同一点なんかが、すぐに明らかにされる。それに――転写原稿にするには、女学校の生徒が書いたような字にしなければならないんだよ」

言葉の空白が一瞬、生じた。

「じゃ、じゃあ」そこまで言った瞳子の口が開かれたまま止まった。彼女はカンの良い女だ。「じゃあ、千波さんが」

「千波から役作りの相談を受けたりするうち、二人は親しくなった。そんな彼女を利用しようと、先生は考えたんだ。細かな事情は話さず、自分の書いた『ごんぎつねの夢』を彼女に転写させた。他人から見られないように自分の部屋に呼んでね。そんなふうな経緯があるから、千波は先生が内申書を良く書いてくれるものと思いこんだ」

「辻褄《つじつま》は合ってる……」

「千波が無事に卒業すれば、この件は終わりにできると、長門先生は考えていたはずだ。ところが、妊娠騒ぎが起こった。しかも、その罪は自分に被《かぶ》せられた」

「どうして、千波さんは山崎くんの子供だって言わなかったの」

「あの頃は大人の男に敵意を抱いてたし、長門先生を困らせてやろうと、言ってしまったらしい。先生は断固否定するだろうと考えていた。が、自分が子供の父親だと認めてしまった。千波のことを考えてそうしただけじゃなく、先生自身も四面楚歌《そか》の学校を辞めたくなっていたみたいだ」

そこまで言うと、瞳子の目がこちらを真っ直《す》ぐに見た。

「どうして、そこまでのことが言えるの」

「千波と会った、三日前に」

「えっ」瞳子の口が半開きになった後、怒ったような口調で言った。「だったら、どうして最初にそれを言ってくれなかったの」

「最初にそれを言うと、話が混乱してしまう」

舌打ちみたいな音が、こちらの耳に届いた。

「いいわ、どうやって千波さんをつかまえたか、彼女から何を聞いたのか、できる限り詳しく話して」

外国映画の吹き替えで人気の高い岸田六朗をはじめとして、俳優から声優に転向した者は少なくない。声が魅力的だった千波も声優をしているのではと当たりをつけ、調べを進めた。そして、葛西臨海公園で会うことになった。

観覧車が一回りする間だけ、質問に答えると言われた。一周する17分間で起こったことを、有馬は細大漏らさず話した。

「いちばん重要だったのは、千波が転写原稿を書いたかどうかだ。しかし、彼女はそんなことはしていないと答えた。むろん、本当か嘘《うそ》かはわからない」

「真実を知っているのは、今となっては千波さんだけなのか」

「もし、彼女がほんとうに書いていないんなら、あの転写原稿は南吉本人が創った可能性が極めて高いものとなる。しかし、彼女が書いていたとしても、本当のことは絶対に言わないだろう。中学を卒業したあとも、先生に悩みを聞いてもらったりしていて、先生を裏切ったりすることは絶対にしないはずだ。だから、長門先生も不安なく『ごんぎつねの夢』の原稿を、ぼくに託したんだ。そうだった。どうして長門先生が千波のことをあれほど気づかったのか、理由があったんだよ」

長門の母親が子供を置いて男と駆け落ちしたことを話した。千波に会ったあとで考えてみると、半田で長門の姉と会った時、彼女が母親について何か言いかけて不自然に黙ったことがあったような気がした。

「先生からすると、自分、千波、新美南吉のだれも母親には恵まれていなかったことで、一種の同族意識みたいなものが生れていた――以上だな」

瞳子が訊《き》いてきた。

「それで、千波さん、過去を断ち切るために水田ホタルという芸名を変えてると言ったよね。声優用の名前は何なの」

「教えてもらえなかったよ。いやでも、そのうち知るようになるってね。なんとしてでも売れっ子の声優になって、顔もテレビや雑誌で見るようになるからって。彼女、今ではぼくらよりもずっとたくましい。なんとしてでも生きのびる、人生という作品を生ききってやる――それが長門先生との約束だって」

「人生という作品を生ききるって、新美南吉の一生を解説した時も、先生は言ってたんじゃないかな」

二人の間で言葉がなくなった。有馬も瞳子もテーブルに視線を向けたまま黙っていた。瞳子も「ごんぎつねの夢」は頭から離れ、菊谷千波のことを思っていたに違いない。

顔を上げて、有馬は言った。

「でも、これからが本番なんだよ。いよいよ『ごんぎつねの夢』が登場する」

「わかった。意識を集中させて聞こう」

瞳子は背筋を伸ばした。

「長門先生は千波が書いた転写原稿のあちこちに合計9文字分の直しを入れている。実際、女学校の生徒が清書した他の転写原稿にも、南吉自身が手を入れている。それと同じ形にした。直しは、南吉の筆跡を真似る。筆跡はネットでも研究紀要でも調べることができるんだ」

有馬はプリントアウトした南吉の自筆原稿を瞳子の前に置いた。

「漢字も仮名も丸っこい大きな字で、いかにも自由闊達《かったつ》さが表れているような筆跡」

「そう、独特な筆跡だ。でも、たったの9文字だったら、練習すれば南吉の筆跡と見分けがつかない字が書けるはずだ。問題はそこからだ。どうやったら、効果が最大限上がる発表ができるかだ。どうすればいいのか、ここ十数年は手をこまねいてたんじゃないかな」

時間がかかった。いや、時間があった。それだけに綿密な計画を練ることができた。小道具も手に入った。古書店で古本を買った時、愛好家が放出した戦前の雑誌も手に入れることができた。

「その雑誌の中に『ごんぎつねの夢』を紛れ込ませれば、本物らしく見せかけることができる。有名作家の未発表原稿や手紙が思わぬところから発見されるのはよくあることだ。そんな時に大きなチャンス、いや、正しく言えば、不幸が起こったんだ」

「末期ガンになっていて、決断を迫られたのか」

「あらためて捨て身の計画を練った。折よくぼくからクラス会の案内状が届いた。これを最大限活用しようと、先生は考えた。クラス会の案内状を送るのは三カ月前というのがいちばんいいんだそうで、卒業以来初めて行われるクラス会だったから、百日前に送った。猟銃を入手するまでには所持許可証をとったりして、最短でも二カ月以上かかるらしいから、クラス会にギリギリ間にあったんだろう」

「間に合わなかったら」

「ガソリンが入っているように見せかけた缶とか、手製の爆発物らしきものを準備するとか、別の方策を考えてたんじゃないかな。散弾銃を発射するのに比べれば、アピール度は落ちるけどね」

瞳子が右手を小さく上げた。

「一つ疑問あり。確実にやるんなら、若梅経由なんてのはカットしたってよかったんじゃないかな。事件から時間がたって、警察の目がゆるんだ頃、古書店の店主のところに荷物を預けてあるという手紙を、当の古書店主に頼んで出してもらうとか」

「それはぼくも考えた。だけど、だめなんだ。『にんじん』を初めとする外国映画は、新美南吉が東京時代に幾度も観《み》て影響を受けたことを、伝えてくれる人がいなければならなかった。『ごんぎつねの夢』は、18歳の南吉が書いて鈴木三重吉が手を加えた『ごんぎつね』から成長した作品だということを、先生ははっきりと伝えておきたかったんだ」

長門はしっかり人を見ていた。酒造会社の経営者だった若梅ならば、メール便の投《とう》函《かん》くらいは確実にやってくれる。緑林書房の店主にしても、警察に報《しら》せたりするような人間ではないと踏んだから、最も重要なものを預けた。

「これが『ごんぎつねの夢』は長門先生が仕組んだ自作自演だったという可能性だ」

長い筋立てを説明し終えて、有馬は息を吐き、上体を背もたれに預けた。だが、これからがほんとうに大変なところだ。すぐに背筋を伸ばして言った。

「どちらなのか、正直、判断がつかない。どっちの可能性もありだ」

林田から自分宛《あて》の手提げ袋を受け取った直後は、これで「ごんぎつねの夢」は明らかになるものと、思っていた。が、中に入っていたものを検《あらた》め、さまざまに思いを巡らせてみると、また霧の中に迷いこむことになってしまった。

「きみの考えも聞いてみたい」

有馬は紙袋を瞳子の前に押し出した。一瞬躊躇《ちゅうちょ》した様子を見せたあと、瞳子はもつれる指で中に入っているものを引き出した。

2

ごん狐の夢　「ごん狐」の末尾に加へる

兵十の言葉にうなづいたあと、氣が遠くなりました。目の前が白い霧に包まれていきました。

七

いつの間にか霧が晴れてゐました。ごんは山の中にゐて、泉の水を飲んでゐました。でも、ひとりぼつちではありません。隣では雌の狐と子狐がやはり水を飲んでゐました。水に映つた自分の顔を見て、ごんは「おや。」と思ひました。片方の耳が見れません。

「どうしたんだらう。」

不思議に思つた時、山おろしの風がぴゆうと吹き、水面に小さな波が立つて、顔は見えなくなりました。

「もう行きませう。」

雌の狐が云ひました。夕陽を受けて、かへでが眞赤に燃えてゐます。

小さな谷のところに出ました。谷のむかふには、人間の親子がゐました。兵十ト

その家内、男の子もをりました。

「お父ちゃん、人間だ、あぶないよ。」

子狐は草の中に隠れました。いつしよに隠れた母狐も云ひました。

「隠れたはうがい、よ。鶏を盗に行つた時、人間に追ひかけられ、怖いめにあつた。」

「大丈夫だ。人間は悪いばかりぢやない。」

なぜだか、ごんはさう云つてゐました。

谷のむかふでも、兵十たちがごんに氣づいたやうです。

「狐だ。」

男の子が石をつかんで、投げようとしました。

「やめホ、あれは悪さしない。」

兵十は男の子を止めました。かたはらの母親も云ひました。

「早く歸りませう。今夜は鰯の煮つけだよ。」

「わーい。」

㐂んで驅けだした男の子を、母親が慌て、追ひかけました。兵十はごんを見ると、ひとつうなづいて山道を下つていきました。脊負つたいつぱいの薪が秋の日に輝いてゐました。

夕暮れが近づいてきてゐます。冷たい空氣が霜のやうに下りてきました。親子の狐は洞穴に向かつて歩きだしました。

「お母ちゃん、栗がいつぱい落ちてゐるよ。」

子狐が叫びました。栗の時季は終はつてゐるはずなのに、木の下にたくさん落ちてゐたのでした。

「夕飯に喰べませう。」

母狐は㐂で栗を拾ひ集めました。ごんも手傳ひました。栗を拾つてゐると、兵十のところに通つてゐた時のことが思ひ出されます。ひどい目に遭ひましたが、とても懐しい思ひ出でした。

また白い霧が出てきて、目の前が眞白になりました。

兵十がとつた鰻を逃がしたこと、お母の葬式、栗を持つていつたこと。それらが夢を見てゐるやうに浮かびました。しかし、

「ごん、しつかりしろ。」

その聲で霧が薄れていきました。

「大丈夫だ。耳を飛ばされて、氣絶したゞけだ。」

兵十の聲がはつきりと聞こえました。體にごつ〳〵した大きな手を感じました。

3

原稿から視線を外した瞳子は、一点を見たまま動かない。しばらくそのままの姿勢だった。

「どうだった。『ごんぎつね』は六章だてだから、新たに七章をつけ加えたわけだ」

うながすように有馬は言った。

「うーん、旧字体に旧仮名遣いか」

少しとぼけた答えが返ってきた。当り前だ。新美南吉が生きていたのは戦前と戦中だから、誰かに頼んだ転写原稿の字も旧字に旧仮名遣いとなる。

「アルファベット小文字の『f』に点を二つ打ったような文字は前後関係からすれば『な』だと思えるけど」

「そう、おそらく漢字の『奈』を崩した変体仮名だ。南吉はプロトタイプの『権狐』ではふつうの『な』を使っていたけど、後年は崩し字で書いていた」

それから真面目《まじめ》な顔になって、瞳子は言った。

「やはりごんは生きていた。でも、想像していたのと大きく違う終わり方になっている」

「そう、ごんの命は助かり、兵十のほうも栗を運んできたのが神様ではなく、キツネだと知った。めでたし、めでたし。それ以来、兵十とごんは仲良しになりました――そんないかにも子供が喜びそうな甘いお菓子のような終わり方はしていない」

「誤解がとけて双方が抱き合うなんてシーンはどこにもない。だけど、何年かの後、兵十もごんも家族を持ってるんだね」

「二つの家族が山ですれ違うんだけど、接触はしない。だけど、兵十とごんとはおたがい相手を認めあっている。キツネはキツネ、人は人と、それぞれの幸福を求めている。ハッピーエンドでもあり、お互いが交わることのない哀《かな》しい結末でもある――それらが、ごんが意識を失い、夢の中で未来を見ているように描かれているんだ」

「時空を越えて未来を見てきた。そして、また今に戻ってきた。なにか現代のSFっぽいよね」

「こうした現代的なSFは戦前では書かれていないはずだ。そういう意味では、南吉はとても斬新《ざんしん》な試みをしたのかもしれない。死なずにすんだことといい、それぞれが相手を認めつつ、独立して生きていくことといい――何かに似てると思わないか。そう、映画の『にんじん』だ。主人公はジャスト・タイミングで死から助け出され、独立した大人への道を歩むこととなった」

瞳子が叫ぶように言った。

「『にんじん』だけじゃないわ。手の感触で誰なのか知るところはチャップリンの『街の灯』のラストに似てるし、生きていく哀しさは『巴里《パリ》の屋根の下』で失恋した主人公がシャンソンを歌うシーンにも通じている。ともかく1930年頃の名作映画はラストシーンで心を揺さぶられるような作品が数多く作られてるのよ。きっと新美南吉はそうした影響を強く受けて、『ごんぎつね』の最終部を変えた。そうよ、この原稿は南吉が書いたものに違いないわ」

「ぼくも、そう思ってしまった。だけど――」

言葉を止めて、瞳子の顔を見た。むこうも悟ったのか、フーッと長い息を吐き出した。

「長門先生が勝手に南吉の意を汲《く》んで、原稿を捏造した可能性もあるんだよね。東京時代の南吉が外国映画をたくさん観たことは、先生もよく知っている」

「だからさ、困ってるんだよ。本物か捏造かフィフティー・フィフティーだ」上半身を大きく揺らしてしまった。「捏造の道具を揃《そろ》えるのは、時間さえかければ、そう難しくない。まず、いちばん重要なのは原稿用紙だ。科学的な年代測定にかけられると、炭素を含んでいる紙がどのくらい前のものかは一発でわかってしまうから、戦前の用紙を使うしかない。戦前の原稿用紙はアンティークのオークションに時々出品されているから、昔の文房具のコレクターだった先生からすれば、手にいれるのは可能だ。ちなみに使われている原稿用紙はマルゼン製で、これは『おじいさんのランプ』を書く時にも使われていたものだ。訂正文字に使われたインクはブルーブラック。南吉もそれを使っていた」

「茶色がかった黒インクのように見えるけど」

原稿に目を近づけて、瞳子は言った。有馬は調べてきた知識を披露する。

「昔のブルーブラック・インクは何年かすると、青が消えて黒や茶色がかった色に変わる。そういった古典的なブルーブラック・インクは今でも買うことができるんだ。そして、インクは紫外線に弱いから、書いたあとで日光に当ててやれば、色が褪《あ》せて時代感が出てくる。家庭用のUVライトを使えば、その期間を大幅に短縮できるかもしれない」

「えーと、1、2、3――」瞳子は指さしながら、訂正文字を数えはじめた。「読点を入れても9文字か。このくらいだったら、精神を集中させて南吉の字に似せて書けば誤魔化せるか」

「まあ、違いが少しくらいだったら、病気が重くなっていて筆の乱れが出ているとか、そういった解釈もできてくる。南吉の病が進行した時期に現れた転写原稿を巧みに使ったトリックだ」

「原稿を清書したのは、千波さん以外には考えられない？」

「考えられない。会ってわかったんだが、今の千波は長門先生を信頼しきっている。

先生も、彼女が裏切って、『ごんぎつねの夢』は私が書いたんですと、マスコミに売り込む危険性なんて、微塵《みじん》も考えていなかっただろう」

「千波さんの筆跡って、わからないのかしら」

「それは、ぼくも考えた。ただ一つ残っていた。小学校の卒業文集だ。あれは自分の書いた作文がそのまま印刷されている。むろん、千波も書いている。将来は女優になるのが夢だと、彼女は書いていた」

「それで」

「転写原稿にある楷書《かいしょ》の文字じゃなかった。小学生らしい幼稚な字だった。比べてみると、似ているような部分もあるが、だいぶ違っている。ただし、卒業文集から転写原稿の清書までは三年に近い時がたっている。野瀬若菜の言っていたことを思い出したよ。千波は金もかけずに女としての武器を増やすため、ペン習字を練習してたんだって」

「つまり」

「どっちなのか、わからないってわけだ」

「そうか……」瞳子の視線がテーブルに向けられ、右左と彷徨《さまよ》っている。

4

「ごんぎつねの夢」は新美南吉の創作なのか。それとも〝南吉への愛〟が暴走してしまった長門の捏造なのか。これだけ調べても、どっちなのかわからない。

不思議な気持もした。南吉の創作なのか、長門の捏造なのか、どちらも正しいような気がした。だが、そんな馬鹿《ばか》な話はない。どちらかしかないのだ。

有馬は言った。

「やるだけの取材はやった。だけど、これをまとめて本にしていいものか、悩んでいる。もし南吉の創作なら、新しい『ごんぎつね』の誕生として、発表したほうがいいに決まってる。一方で、もしすべてを長門先生が企《たくら》んだものとするなら、ぼくは捏造の片棒を担《かつ》ぐことになる」

瞳子が口を開けかけたが、言葉になる前に、有馬は言った。

「文化祭で『ごんぎつね』をやる前に、長門先生がこんなようなことを言ったの憶《おぼ》えてるかい。新美南吉は早くに亡くなったが、彼の死後、『ごんぎつね』が教科書に載せられて評判になり、以後、その他の童話も広く読まれるようになった。そういう意味では、南吉は人生という作品を生ききったのかもしれない、と」

「ああ、憶えている。『人生という作品』の部分が心に残って、憶えているわ」

「南吉の創作なのか先生の捏造なのかは判定できない。だけど、転写原稿の捏造から始まり、立てこもり事件を起こして『ごんぎつねの夢』なるものの存在を世の中に広め、ぼくを原稿の発見役に指名した——これらのこと全体が、長門先生の人生の作品で、先生はそれをやりきったような気もしている」

瞳子はゆっくりとうなずいた。

「『ごんぎつね』は巽聖歌という旗振り役がいて国民的童話になった。そして『ごんぎつねの夢』の旗振り役は有馬直人というノンフィクション・ライターに任せられた。だけど、悪いほうのクジを引いた場合、先生の捏造をぼくが宣伝することになるんじゃないかと、気持の整理がつかないんだ」

どちらなのかわからない。有馬は掌《てのひら》でテーブルを二度三度と打った。

「著作者人格権のほうはだな、『ごんぎつね』はあくまで『ごんぎつね』で、『ごんぎつねの夢』とは別物であることを明らかにしておけばOKだよね」

瞳子はなにかわからないことを口の中で呟《つぶや》いたあと、視線をこちらに向けた。うって変わって強い目だった。

「有馬くん。あなた、何を言いたいの」

「つまり、プロとして、どちらなのか確信が持てるようになってから本にしたいんだ」

「結論なんて、いつ出せるの。ここまで調べてわからないものは、永遠にわからないんじゃないの？」

瞳子の顔がぐっと近づいた。名前を表すような大きな目が動かず、こちらを見ている。

「有馬くん、いつからそんなに偉くなったの」

とっさに言葉が返せなかった。

「あなた、自分が神様みたいに真偽を判定する能力があると思ってるの？　あの原稿が新美南吉によるものなのか、長門文彦の捏造なのかは――両方の可能性を書いて、あとは本を読んだ読者に判断してもらえばいいじゃないの。今、本にすれば、ベストセラーになって、たくさんの読者が判断してくれる」

事件の熱がさめないうち、「ごんぎつねの夢」の本を出せば、売れるのはわかりきっている。瞳子の「読者に判断してもらう」は、こちらの決断を促す口説き文句だとわかってはいた。

「読者からいろんな手紙が来るわよ。『ごんぎつねの夢』の転写原稿についての、さまざまな情報が入ってくるかもしれない。長門文彦なる人物にマルゼンの古い原稿用紙を売ったとか、亡くなった父がよくわからない新美南吉の転写原稿を持っていたとか——ここまで調べたんだから、あとは自分だけではなく、多くの人の力を借りたほうがいい」

これには心が動かされた。つい小さくうなずいてしまった。間髪いれず、瞳子は言った。

「真偽を明らかにするためにも、本にしよう。ともかくできるだけ早く原稿にしてちょうだい。社内の準備は、こっちでがっちりやっておくから。いいよね」

退路は塞《ふさ》がれた。

5

予想どおり『ごんぎつねの夢』の本は売れた。派手な立てこもり銃撃事件から始まり、「ごんぎつねの夢」が明らかになるまでを描いたノンフィクションは、有馬の前作とは比べものにならないほど売れ、版を重ねた。

当然だったろう。教科書で読んだ数千万人という「ごんぎつね」読者がいるところに、派手な前宣伝があり、そして、とうとう謎《なぞ》が明らかにされたのだ。

「ごんぎつねの夢」の真偽について、見解は三つに分かれた。

まずは本物であることを疑う声で、これは研究者に多かった。

「鉄砲で撃たれたあと、ごんの意識が未来に飛んでしまうところは、地に足がついている新美作品としては異質だ」

「転写原稿は主として安城高等女学校の生徒が書いたもので、転写人の氏名が判明しているものも少なくない。だが、『ごんぎつねの夢』は初めてお目にかかる筆跡だ。本の収集家である奥野尚三氏の手に渡るまでの経緯もまったくわかっていないし、この原稿を新美南吉の作だとするには、あまりにも判断材料が少ない」

一方で、「ごんぎつねの夢」は新美南吉が誰かに清書を頼んだ転写原稿に違いないとする声もあり、その多くが小学校の時に授業で読んで、有馬と同様に結末部分にショックを受けた人たちだった。

「『ごんぎつねの夢』が結末部分ならば、気持がほっとする。『ごんぎつね』という傑作を心から愛することができる」

「人間が善であるか悪であるか判定をつけないところは、『手袋を買いに』の最終場面で母狐が『ほんとうに人間はいいものかしら』とつぶやくところにも通ずる。これぞ、新美南吉作品を貫く世界観だ」

「新美南吉が鈴木三重吉の手の入った『ごんぎつね』を認め、しかし『ごんぎつねの夢』も書いたことは、彼の良心の表れではなかったのか」

というのが代表的な意見だった。

真偽のほどがわからないのなら、よけいな詮索《せんさく》をせずに作品を味わえばいいのではないかという意見もあった。完璧《かんぺき》ながら冷酷な「ごんぎつね」。そして魂のやすらぐ「ごんぎつねの夢」。どちらが自分に合うのかは自分で決めればいい、と。

調べたことを明らかにし、あとは読んだ人間に判断を委《ゆだ》ねる――それは、読者の多くにも受け入れられたようだった。

本は売れた。しかし、有馬の気持は宙ぶらりんのままだった。

瞳子は、読者から真贋《しんがん》をめぐる証言や証拠が寄せられるかもしれないと言っていた。しかし、編集部に届いた山のような手紙の中に「ごんぎつねの夢」の真相に迫るようなものは一つもなかった。

もしかすると、まがい物を売ったのではないか。時としてそんな気持にもなった。

本のページを開いては、「ごんぎつねの夢」を幾度となく読んだ。

「ごんぎつねの夢」そのものは、よくできた話だと思った。無駄のない、すっきりとした文章だという思いもした。

もし、自分が「ごんぎつねの夢」を書いていたのなら、どうなるのだろう？　おそらくごんが火縄銃で撃たれる前から、いろいろ原稿をいじっていたに違いない。

ごんは山に栗もきのこもなくなる冬を前にして焦《あせ》っていた。このままでは自分が栗を運んできたとは気づいてもらえない。そこで、わざと足音を立てて、兵十の家に入っていった。その音に兵十はキツネが来たことに気づき、火縄銃を構えて、ごんに近づく。だが、幸運があった。ごんがうっかり落とした栗のイガを踏み、その痛さで的を外してしまう――そんなことをごちゃごちゃ書き、結論部に持っていっただろう。

が、問題の転写原稿は違った。兵十がどうしてごんが来たことを知ったのかとか、なぜ致命傷を負わせられなかったのかなどには、いっさい触れず、いきなり火縄銃の弾で片耳を落とされたことになっている。読者の想像にまかせようというのか。無責任といえば無責任だが、ごちゃごちゃ書かないことによって、読者を遅滞なく最終場面に導いている。上手《うま》いと思った。

そして最終場面。人間とキツネはおたがい相手を認めつつも、触れ合うことはない。が、一方は鰯の煮つけにはしゃぐ家族を持ち、他方は季節外れの栗に喜ぶ家族を持っている。「手袋を買いに」「狐」「和太郎さんと牛」などに通ずるほんわかした温かな結末だ。

〈やはり、これは南吉自身が創ったものではないのか〉

そう信じたくなってくる――。

事件からほどなく一年という初秋のその日、有馬はまた自著『ごんぎつねの夢』を開いていた。本には現代語に直され、一部の漢字にはルビも打たれた「ごんぎつねの夢」が載っていた。

兵十の言葉にうなずいたあと、気が遠くなりました。目の前が白い霧に包まれていきました。

いつの間にか霧が晴れていました。ごんは山の中にいて、泉の水を飲んでいました。でも、ひとりぼっちではありません。隣では雌の狐と子狐がやはり水を飲んでいました。水に映った自分の顔を見て、ごんは「おや」と思いました。片方の耳がありません。

「どうしたんだろう」

不思議に思った時、山おろしの風がぴゅうと吹き、水面に小さな波が立って、顔は見えなくなりました。

「もう行きましょう」

雌の狐が言いました。夕陽をうけて、かえでが真っ赤に燃えています。

小さな谷のところに出ました。谷のむこうには、人間の親子がいました。兵十とその家内、男の子もおりました。

「お父ちゃん、人間だ、あぶないよ」

子狐は草の中に隠れました。いっしょに隠れた母狐も言いました。

「隠れたほうがいいよ。鶏を盗みに行った時、人間に追いかけられ、怖いめにあった」

「大丈夫だ。人間は悪いばかりじゃない」

なぜだか、ごんはそう言っていました。

谷のむこうでも、兵十たちがごんに気づいたようです。

「狐だ」

男の子が石をつかんで、投げようとしました。

「やめな、あれは悪さしない」

兵十は男の子を止めました。かたわらの母親が言いました。

「早く帰りましょう。今夜は鰯の煮つけだよ」

「わーい」

喜んで駆けだした男の子を、母親が慌てて追いかけました。兵十はごんを見ると、ひとつうなずいて、山道を下っていきました。背負ったいっぱいの薪《たきぎ》が秋の日に輝いていました。

夕暮れが近づいてきています。冷たい空気が霜《しも》のように下りてきました。親子の狐は洞穴《ほらあな》に向かって歩きだしました。

「お母ちゃん、栗がいっぱい落ちているよ」

子狐が叫びました。栗の時季は終わっているはずなのに、木の下にたくさん落ちていたのでした。

「夕飯に食べましょう」

母狐は喜んで栗を拾い集めました。ごんも手伝いました。栗を拾っていると、兵十のところに通っていた時のことが思い出されます。ひどい目に遭《あ》いましたが、とても懐かしい思い出でした。

また白い霧が出てきて、目の前が真っ白になりました。

兵十がとった鰻を逃がしたこと、おっ母の葬式、栗を持っていったこと。それらが

夢を見ているように浮かびました。しかし、

「ごん、しっかりしろ」

その声で霧が薄れていきました。

「大丈夫だ。耳を飛ばされて、気絶しただけだ」

兵十の声がはっきりと聞こえました。体にごつごつした大きな手を感じました。

転写原稿の「ごんぎつねの夢」は写真版となって載せられていた。

現代語版を見たあと、写真版を読んでいた時だった。片耳が「見え」を「あり」に書き替えてある部分で目が止まった。続く字が「ま」だから、続けて読めば、「ありま」つまり「有馬」とも読める。今まで幾度も読んだが、ごく自然な訂正で、とくに何も感じなかった。

〈まさか、ぼくにメッセージを送ったんじゃないだろうな……〉

そんなことはあるはずがないと思ったが、とりあえず訂正文字をノートに抜き書きしてみた。

「あり」「う」「と」「み」「な」「が」「、」「ん」

「ま」の字は訂正文字に入っていないから、「有馬」にはならない。しかし、書かれた文字を目で追っているうち、最初の三つでなにか妙な感じを受けた。

「あり」「う」「と」——そこからは「ありがとう」の言葉が浮かび上がってくる。

「が」の文字を加えればいいだけで、その字は訂正文字の中にある！

〈「ありがとう」を除けば、「み」「な」「、」「ん」……〉

「みんな、」「、みんな」となる。

信じられなかった。目をこすった。間違いではないかと、コピーにある転写原稿の訂正文字を何度も確認した。間違ってはいない。頭に血が昇っていくのを覚えた。

ありがとう、みんな

文化祭で舞台から下りてきた時に、長門先生がかけてくれた言葉だった。みんなで泣いて、今でも心の中に残っている言葉だった。

「冷静になれ」

プロのライターであるもう一人の自分の声が耳の中でした。読点を入れても、たった9文字だ。偶然かもしれない。

偶然である可能性もなくはない。しかし、「ありがとう、みんな」は、演劇部にいたぼくらしかわからない言葉だ。先生がぼくらに最後の言葉を遺《のこ》してくれた——。

〈やはり、すべては先生の人生をかけた作品だった……〉

新美南吉の代表作「ごんぎつね」の残酷さを温かいものにしようと、捏造を試みた。不幸にして余命いくばくもない大病におかされたが、それを逆用した。ノンフィクションのライターをしている有馬を原稿の探索役に仕立て上げた。そして「ごんぎつねの夢」が発見されて本となり、多くの読者を獲得した。

〈だまされた……〉

だが、憤《いきどお》りの感情は湧《わ》いてこなかった。

長門先生の意図はそれだけではなかったのだ。作品のフィナーレとして、ぼくらに伝える「別れの言葉」を用意していたのだ。瞳子、千波、桑田、美咲、それから名前を思い出せない他の部員。みんなの顔がストロボライトを明滅させたみたいに浮かんでいった。

「遅れてきた金八先生」は、最後までぼくたちのことを気にかけていたのだ。胸の底が熱くなり、ノートの文字が滲《にじ》んで、見えなくなった。

（終）

〈主要参考文献〉

『校定　新美南吉全集』大日本図書
「発見された巽聖歌旧蔵資料について」（遠山光嗣）　新美南吉記念館研究紀要第11号
「『権狐』・『ごん狐』・『ごんぎつね』――作品の改変と若き日の南吉の思い」（山本英夫）　新美南吉記念館研究紀要第23号
『新美南吉・青春日記　1933年東京外語時代』　明治書院
『ごんぎつねのふるさと』（大石源三）　エフエー出版
「二〇歳、その年に四三本の映画を観る」（新美康明）　別冊太陽・新美南吉　平凡社
『世界映画名作全史・戦前篇』（猪俣勝人）　社会思想社
『新編　銀河鉄道の夜』（宮沢賢治）　新潮文庫
『古本屋開業入門』（喜多村拓）　燃焼社
『前世を記憶する子どもたち』（イアン・スティーヴンソン／笠原敏雄訳）　日本教文社

その他にも多くの書籍、インターネット記事を参考にさせていただきました。併せて感謝いたします。
なお、冒頭の引用は『校定　新美南吉全集』をもとに一部を変えてあります。

多くの感動と考える機会を与えて下さいました新美南吉氏に敬意を表します。当作品「ごんぎつねの夢」は「ごんぎつね」を基にして新たに発想したフィクションであることを記しておきます。

著　者

解説　孤独を埋める物語

伊与原　新

ギャップが見事に埋められていく小説である。

出来事や時の流れ、人の感情の中にちりばめられた、隔たり、すき間、ずれ。そこに失われたピースが一つずつはまっていき、最後に一つの像を結ぶ。それがミステリの王道だと言ってしまうのは簡単だが、本作はギャップのあり方が非常に新鮮な物語だと、私には映った。

まず、タイトルと冒頭のシーンからして、大きな落差がある。表紙に『ごんぎつねの夢』とあれば、ほとんどの人はある種の郷愁に誘われるに違いない。童話「ごんぎつね」の悲しい結末を忘れてしまっている場合はとくに、牧歌的、民話的な小説を想像するだろう。

ところがである。物語の端緒となるのは、緊迫した立てこもり事件なのだ。主人公、有馬《ありま》が幹事をつとめる中学時代のクラス会の会場に、きつねの面をかぶった男が散弾銃を手に押し入ってくる。犯人は結局、警察の特殊部隊によって射殺されるのだが、その正体はなんと、クラスの担任だった元国語教師の長門であった。そして、死んだ長門の胸ポケットにあったメモ用紙には、有馬に宛てた不可解なメッセージが残されていた。

〈有馬よ、私からの遺言だ。埋もれている「ごんぎつねの夢」を広めてくれ〉

このシーンまで読み進めたとき、エンタメ小説の書き手としての私は、まずこう思った。なるほど。冒頭にショッキングな出来事を持ってきて、読者を一気に物語の中へ引きずり込もうというわけか。

しかし、ストーリーも終盤に差し掛かる頃には、それがあまりに浅薄な考えであったことを思い知らされていた。長門という元教師には、撃ち殺されるという形で自らの生涯を閉じなければならない彼なりの理由があったのだ。それについては後述するが、作中では長門が悲壮な決意に至る経緯が丁寧に解きほぐされ、「ごんぎつね」と立てこもり事件との間に横たわる深いギャップが埋まっていく。

物語は、恩師の長門が残していった様々な謎《なぞ》を、ノンフィクション・ライターの有馬が時間をさかのぼって追うという形で進む。その過程で、有馬の中学時代に同級生たちが抱えていた秘密や傷があぶり出され、当時の彼らの間にあった心の隙間《すきま》やずれも解消されていく。

　大小の謎が解けていくテンポの良さは、さすがという他ない。数多くのミステリ小説を手掛けてきた著者、本岡類《もとおかるい》氏のキャリアを考えれば当然のことであろうが、読者を飽きさせない構成とリーダビリティは実に素晴らしく、ページをめくる私の手が止まることは最後まで一度もなかった。

　さて、全編に通底する最大の謎は言うまでもなく、「ごんぎつねの夢」とは何か、ということである。

　現在、小学校の教科書などでも広く読まれている「ごんぎつね」は、新美南吉が最初に書いたオリジナルバージョンではない。元の原稿に雑誌の主催者の手が加えられ、文学的には磨かれた一方、より救いのない結末になってしまったという。南吉は、そのことにずっと不満を抱いていたのではないか。そして実はどこかに、結末が異なるもう一つの「ごんぎつね」が存在し、それこそが「ごんぎつねの夢」なのではないか――。

　この謎を、新美南吉の葛藤《かっとう》に満ちた生涯と照らし合わせながら追っていくという点では、本作は文芸ミステリでもあると言っていい。本岡氏がこれを着想したのは、ご本人も以前から、「ごんぎつね」のあまりに悲しい結末にどこか釈然としない気持ちを抱いていたからではないかと推察しているのだが、果たして真相はどうだろう。

というのも私自身、結末に納得できない童話を題材に、小説を書いたことがあるからだ。『青ノ果テ　花巻農芸高校地学部の夏』というその作品の中で取り上げたのは、宮沢賢治の「銀河鉄道の夜」である。

やはりいくつかバージョンがある「銀河鉄道の夜」だが、現在もっとも広く流布《るふ》しているのは、第四次稿と呼ばれるものだ。結末はこうである。銀河鉄道の旅から現実世界に戻った主人公のジョバンニは、親友のカムパネルラが川で溺《おぼ》れ死んだことを知る。と同時に、長らく出稼ぎに出ていた父親が帰ってくると聞かされる。ジョバンニは、父親のことを早く母親に知らせようと、大急ぎで家へと走っていく。そこで唐突に物語は終わるのだ。

親友が死んだばかりだというのに、ジョバンニの行動はあまりに冷たいではないか。私は自作の登場人物にも、そんな台詞《せりふ》を言わせた。だがもちろん、このような終わり方になっていることには訳がある。宮沢賢治が十年にわたって改稿し続けた「銀河鉄道の夜」は結局、未完成のまま終わっているのだ。賢治が本当に望んでいたラストシーンがどのようなものだったか、今となっては知る由《よし》もない。

この時代の作家が一編の童話にかける情熱と執念には、凄《すさ》まじいものがある。新美南吉が「ごんぎつね」の結末について生涯悩み続けていたとしても、驚くにはあたらない。

一九一三年（大正二年）に生まれた新美南吉は、十七歳年上の宮沢賢治のファンだったという。南吉が女学校で教師をしていた頃には、教材に賢治の作品を使ったり、教え子に贈った本の見返しに「春と修羅」の一節を書き添えたりしている。

互いに比較されることの多い南吉と賢治だが、彼らの作品群に触れ、その生涯を知った上で私が両者に共通して感じるのは、「渇き」だ。何かを表出したい。それによって自身の存在を認めてほしい。そんな焦《あせ》りにも似た渇望が、自身の病や身内の死、すなわち生の儚《はかな》さに対する強烈な意識によって著しく増幅されているように思える。

賢治の「渇き」は、それが文学だけでなく科学にも向けられていたという点で、やや特異かもしれない。賢治の作品世界において、宇宙や鉱物、元素などのモチーフが不可欠な要素となっているのは周知のことだ。科学の徒としての彼の強い自負心は「私は詩人としては自信がありませんけれども、一個のサイエンティストとしてだけは認めていただきたいと思います」（草野心平への手紙）という一節にもうかがえる。

かつて私もその末席にいた本職の科学研究者の中にも、無垢《むく》な知的好奇心や超然とした探究心というよりはむしろ、「渇き」に突き動かされるようにして生きたのではないかと思わせる者が何人もいる。

賢治と同じ明治生まれの日本人科学者としてまず思い浮かぶのは、野口英世だ。貧困の中に育ち、火傷《やけど》で左手の自由を失い、ろくな学歴もない野口は、学者として生き残る道をアメリカに求めた。その地で彼が見せた猛烈な仕事ぶりは、ほとんど想像を絶する。

野口の中に、学問への情熱と立身出世の願いがあったのは言うまでもない。しかし、彼を研究に駆り立てた最大の原動力はやはり、逆境に打ち勝つべく生きる自分の存在を、自然の摂理という不滅のものの中に刻みつけたいという渇望ではなかったか。

「渇き」というのはときに、人を惑わせ、誤らせる。実際、野口が残した数々の〝業績〟には、現在否定されているものが多い。当時の技術的限界を差し引いたとしても、彼が思い込みや勇み足によって誤った結論を導いたという面は確かにあるらしい。

純粋だったはずの科学への情熱が、「渇き」のせいで世俗的な功名心に完全に乗っ取られてしまうことも、ままあるようだ。天才と称されながら理論物理学者として世界の頂点に立つことは叶《かな》わず、その能力のすべてを鬱屈《うっくつ》とともにマンハッタン計画に注ぎ込んだロバート・オッペンハイマーなどは、その好例だろう。

さて、話を文学に戻したい。宮沢賢治の「渇き」が自然や宇宙など外に大きく開けた世界へ向けられていたのに対し、新美南吉のそれはやや内側に向いている。すなわち、人間や家族、共同体にだ。とくに南吉は、本作でも繰り返し指摘されているように、幼くして死別した母親に対して複雑な感情を抱いていた。作中の言葉を借りれば、彼にとって母親は「慈愛に満ちた存在ではなかった」のだ。

幼い南吉から母親の慈愛が欠落してしまったことは、彼の三十年に満たない生涯に影を落とし続けた。遠距離恋愛をしていた恋人は他の男と結婚し、その後交際した女性も急死してしまう。南吉の作品には当然、人間の抱える孤独と寂しさが重要な要素として内包されることになる。「ごんぎつね」はその代表だ。一匹で生きる小ぎつね「ごん」と、母を亡《な》くした貧しい百姓「兵十《ひょうじゅう》」は、ともに南吉自身の孤独を引き写したかのような存在に見える。

孤独を描くということにかけては、本岡氏の手腕もまた素晴らしい。本作では、消息を絶ってひっそりと生きた元教師、長門の人生にそれが濃密に現れている。

個人的には、主人公の有馬が副業としてやっている高齢者専用の便利屋の客、稲葉《いなば》とのエピソードも心に残った。死期を悟った独居老人の稲葉が、大昔に別れた元妻の墓参りに行くシーンが実にいいのだ。高齢者の深みある描写は、特養老人ホームの介護職員として実際に勤務し、関連する著書も出している本岡氏ならではのものだろう。

本岡氏の他の著作の中で、孤独な中高年の姿が印象的な小説作品としては、『夏の魔法』を挙げておきたい。離婚し、会社勤めも辞めて那須《なす》で牧場を営んでいる男のもとに、引きこもりになっていた十九歳の息子がやってくる。十五年ぶりに再会した父親と息子の一年間を描いた清々《すがすが》しい物語だ。一人で人生を見つめ直す父親のモノローグには、胸に迫るものがある。

最後に、本作冒頭の大きなギャップを埋めるもの――長門が撃ち殺されなければならなかった理由に立ち戻って、本稿を締めくくりたい。

本岡氏が、長門という元教師に与えた孤独。それは、新美南吉が抱えていた孤独と相似《そうじ》形《けい》をなすものであった。だからこそ長門は、自身を南吉の生まれ変わりだと信じたのである。そして南吉は彼自身を、「ごんぎつね」の「ごん」と「兵十」に重ねていた。その「ごん」は童話のラストで悲しくも、「兵十」に火縄銃で撃ち殺されてしまう。

つまり、自身の中に南吉だけでなく「ごん」と「兵十」までをも宿していた長門は、がんに冒され余命いくばくもない自らの最期《さいご》を、その二者の間に起きた悲劇と同じ形で閉じようとした。閉じねばならぬと思ったのだ。「兵十」のように猟銃を構え、「ごん」のようなきつねの面をかぶって。

こうして考えてみれば、冒頭のギャップの大きさは、長門の、すなわち新美南吉の孤独の深さだったのかもしれない。

ギャップという名の孤独が埋まるだけでなく、満ち足りた読後感にひたれる小説でもある。

長門は死の間際《まぎわ》、「ごんぎつねの夢」を見ただろうか。そんなことを思いながら、私は本を閉じた。

（令和六年三月、作家）

本書は書下しです。

ごんぎつねの夢《ゆめ》

新潮文庫　も-37-2

令和六年五月一日発行

著者　本《もと》岡《おか》類《るい》

発行者　佐藤隆信

発行所　株式会社新潮社

郵便番号　一六二―八七一一
東京都新宿区矢来町七一
電話　編集部(〇三)三二六六―五四四〇
読者係(〇三)三二六六―五一一一
https://www.shinchosha.co.jp

印刷・株式会社光邦　製本・株式会社大進堂

ISBN978-4-10-127612-0 C0193